# VIVENDO NAS
## *entrelinhas*

# JULIANA CIRQUEIRA

# VIVENDO NAS
*entrelinhas*

Outro Planeta

Copyright © Juliana Cirqueira, 2022
Copyright © Editora Planeta do Brasil, 2022
Todos os direitos reservados.

PREPARAÇÃO: Andresa Vidal
REVISÃO: Vivian Matsushita e Jean Xavier
DIAGRAMAÇÃO: Nine Editorial
CAPA E ILUSTRAÇÃO: Filipa Damião Pinto (@filipa_) | Foresti Design

DADOS INTERNACIONAIS DE CATALOGAÇÃO NA PUBLICAÇÃO (CIP)
ANGÉLICA ILACQUA CRB-8/7057

Cirqueira, Juliana
 Vivendo nas entrelinhas / Juliana Cirqueira. -- São Paulo: Planeta do Brasil, 2022.
 256 p.

ISBN 978-65-5535-640-3

1. Ficção brasileira I. Título

22-0934                                        CDD B869.3

Índice para catálogo sistemático:
1. Ficção brasileira

Ao escolher este livro, você está apoiando o manejo responsável das florestas do mundo

2022
Todos os direitos desta edição reservados à
Editora Planeta do Brasil Ltda.
Rua Bela Cintra 986, 4º andar – Consolação
São Paulo – SP – 01415-002
www.planetadelivros.com.br
faleconosco@editoraplaneta.com.br

Para a minha avó Raquel, por todo o amor e
saudade que deixou para trás.

# CAPÍTULO 1

Era como uma névoa embaçando a minha visão.

Tive que piscar algumas vezes para fazer os olhos lacrimejarem e voltarem a ter foco. Era assim toda vez que eu tentava caprichar em um delineado nos olhos, especialmente se eu estivesse com pressa.

Estávamos ligeiramente atrasados para o churrasco na casa da Mel e do Thiago, e eu ainda não havia terminado a maquiagem. Não tinha o menor ânimo para festejar, mas sabia que precisava ir logo porque Guto já me esperava impacientemente na sala. É claro que, se eu estava me arrumando, era por causa dele, e Guto sabia bem disso. Sempre que eu podia, fugia da entediante tarefa de me maquiar. Não que eu não fosse vaidosa, mas raras eram as vezes em que eu queria me maquiar apenas para mim. Calcei as sandálias de plataforma, que me forçavam a manter uma boa postura, e saí do quarto com passos apressados.

— Prontinho, podemos ir! — falei, dando o meu melhor sorriso de desculpas. Eu sabia o quanto ele odiava se atrasar.

— Nossa, até que enfim! Está linda! Agora vamos logo, porque eu odeio me atrasar!

Minha resposta foi um revirar de olhos debochado, seguido de uma risadinha. *Eu sei.*

— Eles sempre olham torto para as pessoas que chegam atrasadas, você sabe.

— Claro que eu sei, me desculpe — respondi, rindo e jogando o cabelo para o lado.

Seguimos para a garagem enquanto eu digitava uma mensagem avisando que estávamos a caminho. Era engraçado como um simples churrasco no meio da semana conseguia me deixar tão ansiosa. Antes fosse uma ansiedade boa, daquelas que roubam sorrisos que tentamos esconder, mas essa era um sentimento de embrulhar o estômago e provocar dores de cabeça.

Eu não poderia culpar nossos amigos, eles não faziam ideia de como eu me sentia. Nem mesmo Guto, que tanto gostava de eventos sociais e festinhas. Eu só podia culpar a mim mesma e a minha mais recente falta de paciência e de tempo. Ultimamente, nada parecia importar mais do que dar conta do trabalho na escola e, nos intervalos, encontrar algum tempinho para descansar e esvaziar a mente.

*Como cheguei a esse ponto?*

— Está tudo bem? — Guto tirou os olhos da pista por um segundo e olhou para mim.

— Sim, tudo. Estava só pensando no trabalho.

Eu não tinha certeza se ele entendia a minha inquietude, pois nunca o vi, nem uma vez sequer, reclamar das horas extras que fazia no trabalho ou da papelada que levava para estudar em casa. Muito menos questionar sua escolha de carreira. Nunca conheci alguém tão determinado quanto ele. Sua certeza de tudo costumava me trazer segurança, principalmente quando eu tinha vontade de jogar tudo para o ar e fugir para as Filipinas.

*Claro que, se essa fosse realmente uma opção, eu nem estaria mais aqui.*

Entramos no condomínio e, enquanto Guto manobrava o carro na vaga de visitantes, eu tentava me recordar de uma conversa que havíamos tido cerca de seis anos antes, quando ainda namorávamos.

Ainda não nos conhecíamos tanto e, na época, eu tentava entender como ele havia conseguido ser tão prático na escolha que definiria toda a sua vida, sem nenhuma dúvida quanto a ser advogado; acho que, para ele, era "coisa de família". Lembro que Guto apenas me respondeu: "Você precisa pensar melhor nas coisas, Heloísa". E, ao tentar me recordar do fim que levou essa conversa, percebo que meu rosto se aqueceu com a lembrança. Naquela época, nossas conversas muito frequentemente ficavam inacabadas, substituídas por outro tipo de comunicação.

Sobressaltei-me com a porta do carro abrindo.

— Vamos? — Guto me ofereceu a mão.

A música estava alta para o horário, sobretudo tratando-se da área de lazer de um condomínio, mas ninguém parecia incomodado. Olhei ao redor, tentando identificar traços de preocupação no rosto dos convidados, mas todos estavam distraídos, como se o amanhã estivesse fora do campo de visão.

Ah, mas o amanhã existia e, com ele, vinte e oito rostinhos juvenis me aguardavam às sete horas da manhã com a energia recarregada para mais um dia de: "tire os fones de ouvido", "guarde o celular" e "vamos prestar atenção, turma!", isso porque corria o boato de que eu tinha as melhores turmas. Não havia grandes problemas em minhas aulas, isso era verdade. Entretanto, circulavam histórias na sala dos professores sobre alunos que os desafiavam, com frases e atitudes agressivas, e até brigas feias entre alunos com as quais meus colegas não conseguiam lidar sozinhos; para esses casos, havia a coordenação e a pedagoga. Não que sempre funcionasse perfeitamente, mas era um último recurso. Ainda assim, no fim do dia, eu acreditava que a Educação havia sido a escolha certa.

Sacudi a cabeça para tirar da mente o assunto "trabalho". Já era a segunda volta que eu dava sozinha em torno da área de lazer, bebericando uma taça de vinho que certamente me traria uma leve dor de cabeça no dia seguinte. Percebo que instintivamente me afastei do grupo de convidados e da música alta, então lancei um olhar ao redor procurando por Guto.

— Helô, vem pra cá, estamos falando de você! — Uma voz se sobrepôs à música.

Era Joana, esposa de Marcelo, uma morena de cabelos longos que sempre tentava me incluir nas conversas e brincadeiras. Ela também era advogada, trabalhava no mesmo escritório de Guto, e acho que era a única que percebia o meu distanciamento. Ou talvez, por não me conhecer há tanto tempo quanto as outras mulheres, ainda não havia se acostumado com meu jeito. Por mais que tentasse evitar, eu me perdia facilmente em pensamentos ou preocupações, especialmente nos últimos tempos, por isso me sentia tão grata pelos seus puxões para a realidade. Como botes salva-vidas, eu me agarrava a eles e voltava à superfície.

— Estou indo! — respondi, aproximando-me. — Quer dizer que estão falando mal de mim? — comentei entrando na brincadeira.

— Claro que não, meu amor! Nunca! — Guto me puxou para perto, rindo. — Estávamos falando sobre como você é uma santa!

— Ah, então vocês estão mesmo falando mal de mim, eu sabia!

*Pensei que hoje eu passaria ilesa, mas, pelo visto, não.*

— É sério, Helô, você trabalha muito, por que não tenta um concurso público em outra área? Ou poderia cursar Direito, como já te falei! — Bianca disse, antes de dar um longo gole em sua cerveja.

A colega de Guto sempre insistia que eu deveria mudar de área, mas eu sabia que para ela só havia o Direito, já que todas as outras áreas que me sugeria estavam ligadas à advocacia. Será que ela não percebia? Mas não a condeno por acreditar que um salário alto e um terninho elegante me fariam uma pessoa mais feliz.

— De novo esse assunto, pessoal? — Joana interveio. — Que chatice!

— Ah! Nós já oferecemos várias vezes um cargo na empresa do Thiago, ela é uma teimosa! — Aproximou-se Mel, vindo da pequena cozinha da área de lazer, parecendo ignorar o comentário de Joana.

Na visão dos nossos amigos, eu só podia ser professora por *hobby*, falta de opção ou teimosia. Não passava pela cabeça deles que eu *queria* dar aulas de História, que eu escolhi fazer isso.

Apesar disso, eu sentia um carinho involuntário por aquelas pessoas, que nos acolheram desde que mudamos para essa cidade. Havia me acostumado com os amigos de trabalho do Guto, e sabia que estavam apenas brincando, mas nunca era sem um aperto no peito que eu constatava quão pouco sabiam sobre mim.

Em algum momento, talvez quando eu era criança, tenha me imaginado em uma profissão corporativa, indo para um escritório, participando de *happy hours* como esse com a "galera do trabalho", talvez até usando um terninho. É engraçado como as nossas opiniões mudam. Mesmo conseguindo entender por que os amigos de Guto, e ele próprio, escolheram a vida corporativa, trabalhando em escritórios de advocacia, engenharia ou administrando seus próprios negócios, isso nunca fez com que eu almejasse o mesmo para mim.

Encontros como este só ressaltavam o quanto eu me sentia uma intrusa.

# CAPÍTULO 2

Voltamos para casa à uma e meia da manhã.

A noite correu como tantas outras: o zumbido das vozes que tentavam se sobrepor ao som da música alta; o cheiro abafado que nos rodeava, um misto de brasa de churrasco, cigarro, odor de bebida e suor; pensar naquilo me deixava tonta. Talvez fosse apenas uma fase, tenho certeza de que não me incomodava tanto assim antes, ou talvez eu tivesse mudado. Ou só tivesse me tornado uma chata, o que era mais provável.

Uma coisa a minha consciência me garantia: se eu tivesse bebido mais do que uma taça de vinho, a festa ressoaria a noite toda nos meus sonhos.

Acordei pouco antes de o sol nascer, o quarto escuro como de costume, mas à medida que eu me arrumava e andava de lá para cá pela casa, feixes de luz começavam a surgir, invadindo o ambiente. Fiz o café e enchi a minha garrafa térmica, afinal, eu precisaria de muita cafeína durante o dia. Além do que, se existe uma coisa que nunca é de mais, é o café. Deixei um pouco em outra garrafa para o Guto e voltei ao quarto para me despedir.

— Amor, estou indo, tá? — falei baixinho, acariciando seu rosto.

— Uhum — ele murmurou, abrindo levemente os olhos. — Bom trabalho!

— Pra você também. Deixei café pronto na cozinha, não se esqueça de tomar.

Ele sempre saía de casa um pouco mais tarde do que eu, mas hoje precisaria fazer um esforço a mais para se levantar da cama.

Peguei a mochila na sala e deixei o apartamento.

Ao dirigir por nossa rua, fui tomada pela sensação de gratidão que sempre me atingia a essa hora da manhã enquanto a vizinhança parecia calma e pacífica. Era o meu momento preferido do dia. Eu nunca pensei em morar em um apartamento, sempre morei em casa, brincando solta em um enorme quintal, mas a verdade é que Jardim da Penha era um bairro universitário, e seus prédios baixos e suas pracinhas me encantaram à primeira vista.

Além disso, não tive coragem de me opor à escolha de Guto, mesmo achando um pouco fora do nosso orçamento. Era um apartamento pequeno, mas muito bem dividido, e a localização era um sonho, perto de tudo. Fui contra receber ajuda financeira dos pais dele, mesmo sabendo que para eles dinheiro não era problema. Convenci Guto de que precisávamos nos virar sozinhos, então conseguimos um financiamento; em contrapartida, prometemos aos pais dele que se encarregariam da cerimônia de casamento. Os dois ficaram nas nuvens. Nós também estávamos, para ser sincera.

Foi um momento de grandes mudanças, especialmente para mim. Casar, mudar de cidade, de emprego. Mesmo após três anos morando em Vitória, ainda não posso dizer que me adaptei por completo.

A casa em que eu cresci não era sofisticada, mas trazia um aconchego familiar do qual eu ainda sentia falta.

Talvez fosse apenas a falta da minha família que, por sinal, eu não via fazia um bom tempo. No começo, mamãe, meu irmão e vó Nena vieram nos visitar algumas vezes, mas acho que depois ficaram esperando nossa visita e acabaram chateados quando perceberam que nós não conseguiríamos ir com tanta frequência.

Dirigi devagar por pelo menos duas quadras tentando colocar os pensamentos em ordem sem, é claro, tirar os olhos do relógio no painel. Aproveitei aquele raro momento de silêncio do meu dia antes de ele ser atravessado pelo caos estudantil que me aguardava.

Ao chegar à escola, fui direto preparar meus materiais para a primeira aula, já que aquele seria um dia bem cheio e eu precisava estar com tudo à mão.

— Bom dia, pessoal! — cumprimentei enquanto passava pela porta.

Ouvi vários "bom-dia" sendo sussurrados e alguns acenos se sucederam, com o barulho de portas de armário abrindo e fechando. A sala dos professores já estava cheia e movimentada.

— Oi, Helô. Bom dia! — Marcos, o professor de Educação Física, acenou passando por mim com uma bola embaixo de cada braço e o apito preso a um longo cordão ao redor do pescoço. Acenei de volta.

— E aí, Helô! Tudo bom? — Era a nova professora de Português, recém-formada. Ela gesticulou para que eu me sentasse com ela enquanto não soava o sinal de entrada dos alunos.

— Ei, Clara! Tudo certo, e aí?

Sentei-me ao seu lado enquanto abria a mochila e retirava uma pasta cheia de cópias.

— Ah, na medida do possível, né?

Eu já imaginava o porquê.

— Ainda está se acostumando com os *anjinhos*? — comentei, rindo, e comecei a separar os exercícios.

— Espero que eles se acostumem comigo, porque não quero ter que chamar a coordenação em todas as aulas! Deus me livre!

Percebi verdadeira tensão em sua voz e pensei em como aconselhá-la, afinal, eu dava aula havia cinco anos. Mas como, se os meus próprios sentimentos ainda eram conflituosos? Por mais que eu admirasse os profissionais à minha volta e por mais que gostasse da minha disciplina e tivesse "meus momentos" em sala de aula, na maior parte do tempo eu já não sabia mais se aquela profissão me preenchia por completo. Por outro lado, eu também não queria sucumbir à pressão externa e mudar de profissão apenas por dinheiro ou status. Não queria entrar em grandes divagações filosóficas, então optei pelo conselho prático que já havia recebido diversas vezes:

— Olha, Clara, é assim mesmo — falei, olhando em seu rosto —, eles ainda não te conhecem, então vão testar os seus limites por um tempo. Mas depois melhora, eles vão se acostumar.

— É o que eu espero, viu.

— Vai melhorar, você vai ver.

— A prática é bem diferente da teoria, né?

Sorrimos em cumplicidade.

*Com certeza.*

O sinal tocou, e aos poucos a sala dos professores foi se esvaziando.

O dia estava sendo particularmente entediante. Mesmo com tanto trabalho, eu me sentia presa em uma bolha de desânimo, como se estivesse fazendo tudo no piloto automático. Nem o mais brilhante ou o mais fofo dos meus alunos conseguiu me arrancar um sorriso sincero.

Meu último horário estava vago e eu aproveitei para dar um pulo na biblioteca; além dos minutinhos de silêncio, não faria mal dar uma olhadinha na seção de ficção. Não sei a quem eu queria enganar, porque fazia anos que não lia um livro de ficção, pelo menos não por inteiro.

Lembrei-me de ter começado um suspense havia alguns meses, acho que o nome era *Garota exemplar*. Escolhi esse livro para ler durante um fim de semana que passamos em Guarapari com os amigos do Guto. Eu estava tão empolgada por finalmente ter um tempinho livre que levei o livro comigo, afinal, passaríamos dois dias inteiros na pousada. Tentei ler algumas vezes à beira da piscina, mas abandonei a ideia logo depois de ouvir comentários de algumas esposas.

— O que é isso aí que você está lendo? Decidiu estudar para concurso, Heloísa?

— Na verdade, não. É só um livro de ficção mesmo. — Virei a capa para que ela visse.

— Mas para que você está lendo isso?

A resposta que ela esperava era: "Vai cair em uma prova dos meus alunos" ou "Porque sou obrigada". Eu nem sabia como responder sem ser indelicada.

*Porque eu quero.*

— Porque achei interessante.

Pronto, eu já tinha ficado sem graça.

— A gente veio para relaxar, Heloísa, larga esse livro! Pelo amor de Deus, parece até aquelas nerds com o nariz enfiado em um livro.

Eu não costumava me incomodar com esse tipo de piadinha nem tinha problema em rir de mim mesma, mas o comentário me chateou. A forma como ela me olhava dizia mais do que suas palavras. Novamente aquela sensação de estar no lugar errado. Não peguei o livro de novo naquele fim de semana. E, por fim, acabei o abandonando.

Adentrei a sala onde ficava o pequeno acervo da escola, dei boa-tarde à bibliotecária e me dirigi às estantes do fundo.

A verdade é que a leitora em mim saiu de férias por tempo indeterminado e aparentemente não queria mais voltar. Era estranho como em um momento eu aproveitava cada minuto possível debruçada sobre um livro, em outro já não conseguia mais passar das primeiras páginas. Para ser bem sincera, isso não ia muito na contramão do que via ao meu redor, porque cada vez mais constatava que eu não conhecia leitores – pessoas que, como disse Roberta, viviam com o nariz enfiado em um livro.

As pessoas estavam muito ocupadas encurvadas sobre seus smartphones para enfiarem o nariz onde quer que fosse. Nada contra a tecnologia, juro, mas eu mesma me enganava dizendo que não tinha tempo para ler por conta do trabalho e da vida de casada, quando, na realidade, gastava umas boas horas por dia consultando a telinha em minha mão.

Percorri os dedos pelas lombadas na prateleira de clássicos.

*Esses costumavam ser os meus favoritos.*

Pensei na época da faculdade com ligeira saudade. A gente só percebe algumas dádivas quando já é tarde para aproveitá-las. Depois de ler aleatoriamente algumas sinopses, selecionei o escolhido e fui me sentar a uma grande mesa central.

Eu me sentia até meio sem jeito após tanto tempo sem abrir um livro. Perguntava-me se teria a concentração necessária, se conseguiria me desligar por alguns minutinhos, só o suficiente para ler um capítulo inteiro. Olhei em volta: todos de cabeça baixa, concentrados em suas tarefas. Então abri *A volta ao mundo em 80 dias*, mal acreditando que finalmente leria algo do Júlio Verne.

Permiti a mim mesma mergulhar nas páginas como costumava fazer antigamente e pude sentir aquele contagiante borbulhar de expectativa dentro do peito enquanto passava os olhos atentamente por cada linha. Quando cheguei ao fim do primeiro capítulo, o sinal de saída dos alunos quase me fez saltar da cadeira.

Levantei a cabeça e os poucos que restavam na sala iam retirando-se apressados. Olhei novamente para o livro.

*Será que eu vou ter tempo para você?*

Fechei o livro e me levantei, jogando a mochila nas costas. Eu já estava a meio caminho da bibliotecária quando notei um fôlder com uma ilustração curiosa em meio aos papéis e livros jogados no centro da mesa. Se havia uma coisa que me chamava atenção eram ilustrações bem-feitas. Estiquei o braço e peguei o papel retangular.

No topo havia um livro aberto ao meio, algumas lombadas de livros aparecendo atrás, e ao lado havia uma caneta-tinteiro. Tudo parecia muito delicado e de outros tempos. Embaixo da ilustração estava escrito em uma fonte cursiva "Clube do Livro Escarlate, encontros todas as últimas quintas-feiras de cada mês, às 20h". E no rodapé havia o endereço de uma cafeteria não muito distante dali e um contato de e-mail. Não sei exatamente o porquê, mas dobrei aquele papel e o enfiei rapidamente dentro do livro.

— Marina! Sei que já bateu o sinal, mas tem como registrar esse empréstimo pra mim? — pedi, forçando um sorriso que eu tinha certeza de que me delataria.

— Claro, Helô! Faz tempo que não te vejo por aqui!

*Fazia mesmo.*

— Pois é, resolvi voltar.

# CAPÍTULO 3

A noite estava fresca e eu me sentia bem.

Apesar do trânsito na volta para casa, consegui chegar com disposição o suficiente para preparar o jantar. Normalmente eu optaria pelo que fosse mais prático. Guto nunca se importou muito com isso, e para mim qualquer lanchinho já era um banquete. Nós dois chegávamos do trabalho tão exaustos que daríamos um braço por um pouco de sossego. Mas, naquela noite, havia um impulso incomum de fazer algo especial. Acho que eu estava pensando em Guto e em como nós precisávamos daqueles momentos de casal. Fazia seis meses desde que havíamos saído para jantar juntos pela última vez, em comemoração a um bônus que ele recebera no escritório.

Tirei o salmão do congelador e corri para tomar um banho rápido, já que teria pouco tempo até que ele chegasse em casa. Antes de entrar no banheiro, mandei uma mensagem avisando que o esperaria para o jantar. A empolgação começava a tomar conta de mim. Não consegui evitar que minha mente fosse parar nas correções de provas enquanto me despia e entrava embaixo do chuveiro, mas só durou alguns minutos. Assim que pulei do banho, nada restava em minha mente além da vontade de passar um tempo com meu marido.

Costumávamos sair mais quando estávamos namorando, Guto fazia questão de organizar a nossa programação dos fins de semana e escolher os melhores restaurantes. No começo, eu ficava um pouco sem graça, pois não tinha costume de frequentar os mesmos lugares que ele. Ainda assim, fingia não me importar e apenas aproveitava a sua companhia. Ele não desgrudava os olhos de mim e passávamos a noite toda agarrados um no outro. Às vezes eu nem acreditava que ele pudesse ter se interessado por mim. Todas as minhas amigas me achavam uma baita sortuda e me falavam para não o deixar escapar de jeito nenhum.

Olhei o celular depois de sair do banho. Ele ainda não havia respondido à mensagem, mas, de qualquer forma, eu precisava começar os preparativos se quisesse que o jantar saísse no horário. Temperei o salmão, comecei a cortar a cebola e as verduras, e deixei o resto dos ingredientes na bancada de mármore da cozinha. Apesar de não ser a cozinheira mais talentosa do mundo, eu adorava a nossa cozinha americana, de onde dava para ver quase todo o apartamento. Era modesta, mas bem abastecida. Só gostaria que ela fosse um pouco menos impessoal. Talvez ainda falte um pouco para chamar esse apartamento de lar. Às vezes tenho a sensação de estar na casa de outra pessoa, com medo de deixar migalhas na mesa ou marcas de dedos na porta da geladeira. Outras vezes, tenho vontade de bagunçar as coisas de propósito, espalhar enfeitinhos cafonas ou colocar ímãs na geladeira, só para quebrar a seriedade.

*Guto ficaria louco.*

A parte boa é que cozinhar me faz lembrar de minha mãe, e só essa lembrança já me faz bem. Era quase como se, por um segundo, eu estivesse em casa. Foi ela quem me ensinou a preparar esse prato e tantos outros; nunca vi pessoa mais dedicada às tarefas domésticas, mesmo com tanto trabalho nas costas. Todo o ritual me hipnotizava, desde os sons de panelas e talheres trabalhando até os aromas dos temperos e da comida ficando pronta. Comida caseira. Nunca me esqueço do seu cuidado ao levantar uma tampa, não deixando eu me aproximar até que o vapor quente tivesse saído por completo, para me ensinar o ponto certo de cozimento dos legumes. Queria ter herdado seus talentos assim como ela herdou os da vovó. Ah, se ela soubesse quão pouco eu trouxe de suas lições culinárias para a vida de mulher adulta. Ela definitivamente me olharia nos olhos e diria: "Heloísa, assim você me decepciona", com um sorriso de canto de boca. Eu nunca deixei de pensar nela como uma menina crescida. Quase uma Wendy sem o Peter Pan.

Não sou uma dona de casa descuidada, mas "do lar" não é a única coisa que eu sou. E é impossível se dedicar a todas as tarefas com o mesmo empenho.

Parei na metade o que estava fazendo, lavei as mãos e fui até o celular. Não custava dar uma ligadinha para casa e falar com a mamãe, poderia até pedir algumas dicas para o salmão. Eu nunca acertava o ponto do molho mesmo. Quando a tela do celular acendeu, notei que havia uma mensagem do Guto.

> Não vou conseguir chegar a tempo, pode jantar sem mim.
> Te amo. Bjs.

Sentei-me na poltrona atrás de mim e suspirei.

Não havia nada que eu pudesse fazer, ele não viria. Provavelmente mais uma reunião interminável; às vezes eu nem conseguia esperá-lo acordada. Olhei para a cozinha do outro lado do cômodo e pensei no salmão que eu havia acabado de colocar no forno. Tudo bem, ele pode comer quando chegar. Nós não havíamos combinado mesmo, Guto não tinha como saber. De repente, depois do jantar, até consigo ler um pouco daquele livro da biblioteca. Vai ser bom ter um tempo para mim.

O salmão ficou delicioso, acho que eu finalmente estava pegando o jeito. Achei tarde para falar com mamãe, ela já deveria estar dormindo. No fim das contas, não me sobrou tanto tempo quanto eu esperava, só o suficiente para começar a corrigir algumas provas.

A paixão da maioria dos professores que eu conheço é a sala de aula. A adrenalina, a sensação de deter o conhecimento e de passá-lo adiante: essa é a sala de aula. Mas não foi o que me fez escolher a profissão. Os professores sempre foram como deuses para mim, mas a verdade é que eu nunca planejei ser um deles. A decisão de cursar História foi totalmente guiada pela minha mania de curiosidade. Eu queria conhecer mais sobre a história do mundo e do ser humano, e queria obter as respostas olhando para o passado. Então, apesar de ser apaixonada pela minha disciplina, precisava admitir que a sala de aula ainda me amedrontava. Entretanto, estar do outro lado, como professora, me fez aprender todos os dias tanto quanto eu havia ensinado aos meus alunos. Eu ainda prefiro o trabalho dos bastidores: fazer correções, elaborar questões e preparar os conteúdos das aulas, no entanto acho que me acostumei mais rápido do que esperava com a profissão.

Olhei para o relógio e decidi que já estava na hora de ir para a cama. Deitada, dei umas folheadas no primeiro capítulo do livro, só para me recordar de onde eu havia parado na história, e, ao manuseá-lo, o panfleto do clube de leitura caiu no meu colo.

Se esse panfleto não fosse tão antigo quanto parecia e o clube ainda se reunisse na mesma data e horário, isso significava que no dia seguinte haveria um encontro. De qualquer maneira, eu não iria simplesmente aparecer por lá do nada. Seria até vergonhoso uma pessoa como eu, que não lia um livro inteiro sabe-se lá havia quanto tempo, dar as caras em um lugar desses. Era capaz de eles me expulsarem por justa causa, se uma coisa dessas existisse. Tinha certeza de que eles levavam a coisa a sério nesse nível. Ri do pensamento.

Devolvi o panfleto para as últimas páginas do livro e passei os dedos pela capa. Essa era uma edição antiga, com folhas levemente amareladas pelo tempo, mas ainda estava muito bem conservada. Fiquei olhando para o livro tentando imaginar quantas pessoas já o haviam lido desde a sua publicação em 1873, e como era o mundo na época de Júlio Verne. Ficava impressionada com a capacidade que os livros têm de atravessar o tempo e ir muito além do que o seu autor um dia imaginou. Parecia-me que, de alguma forma, o livro ganhava vida própria e seguia seu rumo, mudando as pessoas pelo caminho.

Senti um chacoalhar, abri os olhos por impulso e tirei o livro aberto de cima do meu rosto. *Droga*. Era Guto, que havia acabado de se deitar ao meu lado na cama. Fechei o livro, desconcertada, sem deixar de notar que eu não havia lido sequer uma página inteira antes de cair no sono.

*Que maravilha.*

— Boa noite, amor. Desculpa, não quis te acordar.

— Não, tudo bem, eu estava lendo — respondi sem muita convicção.

— Aham, eu percebi.

Mesmo sonolenta, senti o tom de brincadeira em sua voz e tive que rir.

— Tá bom, vai, mas eu estava tentando.

— Não estou aqui para julgar — disse ele enquanto tirava o livro das minhas mãos e o colocava na mesa de cabeceira.

Meus olhos já estavam fechando de novo quando o senti passar os braços ao redor do meu corpo e me colocar de frente para ele. Beijava todo o meu rosto e pedia uma desculpa atrás da outra.

— Vi que você fez salmão. Desculpe-me por não ter chegado a tempo, me seguraram no trabalho, não pude evitar. Desculpe mesmo.

O problema é que eu tinha ouvido as mesmas palavras tantas vezes que era quase como se eu já estivesse esperando por elas. Mas não era culpa dele, precisávamos dos nossos empregos. Não havia muito o que fazer, a não ser tentar compensar.

— Mas agora que você já está acordada...

Pela primeira vez em muito tempo, me permiti acordar tarde no sábado. Era tão habitual abrir os olhos antes das seis horas da manhã que demorei a convencer meu corpo a permanecer mais tempo na cama. Meus únicos planos para o dia eram descansar, fazer pequenas tarefas pela casa e, quem sabe, retomar a leitura que eu começara havia quase três semanas.

*A noite do salmão*, como eu a apelidei, havia sido esquecida sem grandes consequências. Ou assim eu achava. "Nós ainda teremos muitos jantares especiais pela frente", foi o que ele disse. Mesmo que não tivéssemos tido tantos assim desde o casamento, eu sabia que ele estava certo, ainda havia tempo.

Afastei o cobertor com cuidado para não acordar Guto, que dormia um sono profundo ao meu lado. Ele resmungou, esticando o braço em minha direção.

— *Shhh...* Pode continuar dormindo, está cedo!

— Mas então por que você já está se levantando?

— É o hábito, vou adiantar algumas coisas de casa. Durma um pouquinho mais. — Dei um beijo em seu rosto.

Não precisei falar duas vezes.

Não era tão cedo assim, mas ele havia chegado tarde de novo, disse que estava trabalhando em um caso que, se fosse bem-sucedido, renderia outra bonificação. As coisas pareciam estar indo maravilhosamente bem no trabalho dele. Eu só podia ficar orgulhosa, nos mudamos por causa desse trabalho.

No escritório, Guto era considerado um dos jovens mais talentosos. Com apenas trinta e um anos e sem muita experiência, ele ganhara a confiança de todos. Era cheio de energia e, claro, nunca recusava uma hora extra. Isso provavelmente ajudava.

Eu nunca estranhei que todos gostassem de Guto, ele era o cara mais bem-humorado e simpático que eu conhecia. E digamos que sua aparência também não atrapalhava em nada quando se tratava de causar uma boa primeira impressão. Era alto e nunca teve de se preocupar muito com academia. Parecia ter herdado os genes da família, seus pais eram exatamente iguais. Acho que nem meu irmão acreditou muito quando eu o apresentei como namorado. Por mais que tentasse disfarçar, sei que até a minha avó ficou boquiaberta. "Que rapaz *simpático*, Helozinha."

*Eu sabia exatamente do que ela estava falando.*

Acho que minha mãe foi a que menos se surpreendeu, ele não a conquistou tão rápido assim. Não que ela não gostasse dele, que não o achasse um rapaz bem-educado e gentil comigo. Ela só não entendia exatamente o que eu via nele, ou vice-versa. E ela tinha razão em uma coisa: éramos muito diferentes.

Guto gostava de esportes, jogava futebol, corria ou ia surfar sempre que podia. Era filho único e vinha de uma família extremamente bem-sucedida, além de ter uma confiança inabalável em tudo.

Eu era o oposto, o máximo de exercício que eu fazia era caminhar até a biblioteca da faculdade, não me sentia confiante em relação a nada e minha família nunca teve as mesmas condições financeiras que a dele. Nem perto disso. Tanto que um dos únicos sonhos que eu sempre carreguei comigo foi o de viajar pelo mundo, algo que nossa mãe nunca poderia nos proporcionar sendo divorciada e criando dois filhos praticamente sozinha, apenas com a ajuda dos pais. Mas nada tirava da minha cabeça a vontade de ver de perto os lugares incríveis sobre os quais eu estudava. Eu brincava com a ideia de saltitar pelos corredores dos museus mais importantes do mundo, observando cada obra de arte, do rodapé ao teto. Era um sonho e eu vinha juntando todas as minhas economias em segredo, caso um dia surgisse a oportunidade.

Guto e eu não tínhamos mesmo muito em comum, essa era a verdade. Ainda assim, nada disso parecia nos distanciar, eram apenas detalhes. No fim, foram as nossas diferenças que nos fizeram tão próximos. Eu não resistia à sensação de segurança de alguém que conhecia o mundo e sabia para onde ir, não mais do que ele resistia, em suas palavras, "à menina com muitos sonhos e nenhum plano".

Talvez fosse verdade, eu não tinha nenhum plano traçado, mas viajar o mundo era uma meta de vida que eu guardava só para mim.

Naquela época, ele já tinha total clareza de como seria sua vida como advogado e quais eram as etapas para chegar lá. Eu, por outro lado, não fazia ideia de como seria o meu futuro. Só sabia que queria explorar as possibilidades e ver o que aconteceria.

Não muito tempo depois, mamãe cedeu ao charme de Guto, afinal, ela não podia ignorar o quanto ele me fazia feliz.

# CAPÍTULO 4

Quando acordei aquela manhã e saí apressada para o trabalho, não podia imaginar o que me esperava no fim do dia.

Era um daqueles dias em que a gente só pensa em voltar para a nossa cama quentinha. Sexta-feira, fim do dia. De um lado estavam os alunos, com toda a energia acumulada para o fim de semana, do outro estava eu, esgotada. Aquela cena dos últimos segundos antes de bater o sinal da saída era clássica, sempre um *replay* na minha cabeça. Os professores tentando captar a atenção dos alunos apenas o suficiente para evitar o caos, e os alunos fervilhando, prontos para explodirem pelas portas e pelos corredores da escola no segundo em que ouvissem o estrondoso sinal. Uma bomba-relógio. Contagiante e aterrorizante ao mesmo tempo.

*Às vezes eu invejava aquela empolgação genuína.*

Eu sabia dos rumores a respeito de minha rigidez nas aulas e sobre como os alunos temiam serem reprovados em História. Não acho que eu seja uma dessas professoras megeras que só dão respostas ríspidas, mas sei que também não sou das mais doces. Meus alunos vão muito bem nas aulas, e na maior parte do tempo é isso que me importa. Talvez eu devesse me aproximar mais deles, como vejo outros professores fazendo, mas às vezes sinto que somos tão diferentes que sinceramente não saberia por onde começar.

Reuni minhas coisas entre os braços e saí da sala de aula.

— Ei, Helô! Espera um pouquinho, queria falar com você! — Clara me alcançou a caminho da sala dos professores.

— Oi, Clara! Tudo bom?

— Ah, sim! Hoje foi um dia bom! — Ela me deu um sorriso tímido, mas dava para ver que tinha feito progresso com os seus alunos. Clara era exatamente o oposto de mim como educadora; ela se envolvia muito, e talvez esse fosse o motivo de seus problemas. Demorou algumas semanas para que nos aproximássemos e, apesar de eu não saber praticamente nada sobre sua vida fora da escola, me sentia à vontade com ela.

Nós geralmente conversávamos sobre o planejamento das aulas e o comportamento dos alunos. Imaginei que era sobre isso que ela queria conversar naquele dia.

— Eu queria te chamar para o meu aniversário na semana que vem.

Isso me pegou desprevenida.

— Vai ser algo simples — continuou ela, percebendo que eu ficara muda.

— Ah... Poxa, que legal.

— Vai ser na sexta que vem, depois do trabalho, tipo um *happy hour*. Minha namorada vai levar um bolo e vamos a um barzinho não muito longe daqui.

— Eu vou ver direitinho e te confirmo depois, pode ser?

— Claro! Aí pensei que podíamos sair daqui direto para lá juntas.

Caramba, ela havia pensado em tudo.

— Tá bom, depois eu te falo. E obrigada por me convidar! — Tentei soar o mais simpática possível.

A caminho de casa, fiquei pensando naquele convite e em como seria ir a um barzinho com as amigas da Clara. Eu não conhecia ninguém, talvez fosse um pouco estranho. Com certeza eu ficaria sem graça, mas poderia ser legal conhecer pessoas novas e sair da rotina trabalho-casa. Parece que era só isso que Guto e eu fazíamos nos últimos tempos. Na verdade, meu marido ainda tinha os colegas do trabalho com quem de vez em quando saía depois do expediente, chegando um pouquinho mais tarde em casa. E às vezes saíamos com eles, porém, depois de três anos naquela cidade, seria legal conhecer outras pessoas.

Ao abrir a porta de casa, percebi que a luz da sala estava acesa. Deixei a mochila no tapete da sala como de costume.

— Amor?

Segui até a cozinha, olhando ao redor.

— Aqui no quarto!

Entrei no cômodo e o encontrei de cabelos molhados, trocando de roupa.

— Que milagre é esse, você em casa tão cedo? — comentei rindo.

— Será que eu não posso surpreender a minha esposinha em uma sexta-feira à noite? — respondeu enquanto vestia uma camisa de linho.

Eu não gostava muito de como a palavra "esposinha" soava, mas não quis bancar a chata dessa vez, então só revirei os olhos.

— Pode, claro que pode! Mas por que você está se arrumando todo?

— Por que a surpresa? Vou te levar para jantar! Só nós dois. Para compensar essas últimas semanas de correria!

*Meses*, eu o corrigi mentalmente, enquanto ele se inclinava para me dar um beijo. Dava para ver que estava empolgado.

— Ah, amor! Eu me sinto até culpada... estou tão cansada que ficaria mais feliz em passar esta noite com você no sofá do que ter que me arrumar para sair.

— Deixa de bobeira, seu marido vai te levar pra jantar! Você tem no máximo vinte minutos para ficar linda para mim!

— Vinte minutos?

— Nem mais nem menos! Enquanto você se arruma, eu vou fazer algumas ligações e te espero na sala.

— Mas...

Nem deu tempo de argumentar, ele já saía do quarto com o celular na mão. Estava determinado e fazia tanto tempo que ele não se dedicava a preparar algo assim, então era melhor aproveitar. Isso me fazia recordar o casal que tínhamos sido havia alguns anos. Agora parecia uma outra vida. Baixei a guarda, imaginando que o jantar faria bem ao nosso casamento.

Corri para o banho e me arrumei o mais rápido que pude. Coloquei um vestido que sabia que ele gostava, de um tom de azul-escuro, levemente rodado e com um pequeno laço caído nas costas, apliquei um pouco de maquiagem e fiz um coque alto. Não haveria tempo de arrumar melhor o cabelo para deixá-lo solto. Verdade seja dita, nem sempre minhas ondas colaboravam, e naquele dia elas estavam especialmente rebeldes. Mas tudo bem, me olhei no espelho de cima a baixo só por garantia.

*Acho que está tudo certo.*

Chegamos ao restaurante e fomos encaminhados para a nossa mesa. Ele havia feito reserva, ponto para ele. Nós nos sentamos lado a lado e eu dei uma arrumadinha inconsciente no cabelo enquanto examinava o local. Pela decoração, parecia um restaurante italiano. À meia-luz, o ambiente era aconchegante e silencioso. Uma graça. Estar ali com ele me fazia sentir como se nada mais importasse, como se tivéssemos voltado no tempo. Nós estávamos bem. Foi uma excelente ideia, no fim das contas.

Conversamos até esgotar os assuntos da semana, mas tinha uma coisa que eu queria perguntar a ele.

— Sabe a Clara do trabalho? Já comentei sobre ela algumas vezes.

— Sei, sei — ele disse, checando o celular que acabava de vibrar sobre a mesa.

— Ela me convidou para a festa de aniversário dela. Na verdade, ela disse que vai ser algo simples, em um barzinho perto da escola. Estou pensando em ir, o que você acha?

— Ah, não sei. — Ele largou o celular. — Essa não é aquela moça que você disse que namora uma menina?

— Sim, e o qual é o problema? — Olhei torto para ele.

— Não é meio esquisito? Você não a conhece muito bem, né?

— É, não conheço, só da escola mesmo. — Dei de ombros. — Mas ela é tão simpática com todo mundo, achei que seria legal fazer uma amiga nesta cidade, já que não conheço praticamente ninguém além dos seus amigos de trabalho. Já estamos aqui em Vitória há um tempão, né?

— Sim, mas se ela é tão simpática com todos, você não acha que ela pode ter te convidado só por educação?

— Hum... talvez.

*Agora ele me pegou.*

Havíamos acabado de pedir a sobremesa quando Guto me deu a notícia que quebraria todo o encanto da noite.

— Ah, queria te avisar que vou precisar viajar a trabalho...

O tom que ele usou era delicado, mas partiu o meu coração do mesmo jeito.

—Ah, é? Quando? — Tentei disfarçar a insatisfação no meu rosto.

— Daqui a duas semanas, mais ou menos.

— Hum... tudo bem. Vai ficar quanto tempo fora? — perguntei, tomando o último gole do vinho em minha taça.

— Aí é que está, meu amor, dessa vez a viagem vai ser um pouco mais longa... Uma semana.

— Caramba! Uma semana inteirinha?

— É, precisam que eu vá conversar com alguns clientes em São Paulo, e eu não posso perder essas oportunidades, você sabe.

— É, eu sei. Tudo bem. Acho que não daria para visitar a mamãe antes da sua viagem, né? Faz tempo que não vamos e eu ando pensando muito neles, acho que estamos sendo um pouco negligentes.

— Deixe-me voltar de viagem que a gente combina essa visita, tá? Eu realmente preciso me concentrar nisso nos próximos dias.

Assenti com a cabeça. Qualquer um veria a decepção estampada no meu rosto.

— Prometo que será a primeira coisa que faremos quando eu voltar. — Ele segurou a minha mão e a beijou.

— Tudo bem — murmurei e devolvi um meio sorriso.

Podia ser coisa da minha cabeça, mas algo me dizia que aquele não tinha sido um jantar romântico, e sim um prêmio de consolação. Uma pena não ter funcionado.

Na semana seguinte, dei uma desculpa qualquer e não fui ao aniversário da Clara. Para a minha surpresa, eu já sentia certo arrependimento. Ela pareceu ter ficado chateada, e aquilo me encheu de culpa; talvez ela não tivesse me convidado só por educação, no fim das contas.

Agora faltavam poucos dias para a viagem do Guto e, antes mesmo de ele ir, eu já me sentia solitária. Em parte porque ele trabalhava até tarde quase todos os dias a fim de se preparar para as apresentações que faria. Por outro lado, a sensação de saber que ficaria sozinha por tanto tempo também não ajudava.

Geralmente as viagens a trabalho duravam dois ou no máximo três dias, nunca mais do que isso. E já era ruim o suficiente. Chegar em casa do trabalho e abrir a porta para uma casa vazia, sem nenhuma perspectiva de companhia, era quase insuportável. Algumas pessoas valorizam esses momentos de solitude. Eu achava que era uma dessas pessoas até o Guto começar a viajar e me deixar sozinha. Criada em uma casa onde sempre havia gente entrando e saindo, onde nem sempre se conseguia ter alguma privacidade, e depois me tornando professora, eu imaginava que o silêncio seria sempre bem-vindo. Mas esse tipo de silêncio parecia uma prisão.

Enquanto o dia não chegava, eu me distraía com o trabalho na escola, com a organização do apartamento e com as notícias de casa.

A princípio fiquei com receio de como mamãe me receberia. Fazia tempo que eu não ligava, acho que justamente porque sabia que ela estava magoada. Quando há uma mágoa e você não sabe como consertar, o tempo não espera até que você aprenda; as pessoas começam a se distanciar, mesmo aos pouquinhos, e depois não sabem mais como se reaproximar. Não quer dizer que não se importem, às vezes só não sabem como.

O melhor que se pode dizer sobre família é que não importa o que aconteça, ela sempre vai estar lá, não importa o quanto você erre ou quanto tempo passe, sempre pode contar com os recomeços.

Voltamos a nos falar com mais frequência, mamãe não demonstrou sinal de ressentimento pela nossa falta de visitas. Estranhei, considerando o seu talento para dizer tudo o que pensa, mas sabia que a falta que sentíamos uma da outra era suficiente para evitar qualquer discussão. Ela me contou como estavam vovó Nena e meu irmão. Vinícius sempre fora estudioso e agora fazia faculdade, ele era mais novo do que eu e ainda morava com a mamãe e a vovó. Meu irmão era tão apegado que acho que jamais se mudaria da cidade natal para não se afastar da família.

Fazia algum tempo que eu não o via, porque, apesar de termos sido muito próximos quando crianças, hoje seguíamos rumos diferentes. Família é mesmo um negócio engraçado. Eu sentia falta deles todos os dias, mas também ficava feliz por saber que estavam bem, mesmo com a distância entre nós. Sempre soube que mais cedo ou mais tarde eu sairia da minha cidade para construir uma vida diferente para mim. Queria poder visitá-los com mais frequência, porém as coisas ficaram mais complicadas do que eu esperava com o trabalho do Guto cada vez mais puxado. Mesmo assim, sempre que nos encontrávamos era uma festa, como se tempo algum houvesse passado. Voltávamos a ser aquela família unida e brincalhona de sempre. Era a melhor coisa do mundo, e os reencontros alimentavam a nossa relação por muito tempo depois.

Eu também conversava com a vovó em minhas ligações, e ela parecia serena e alegre, como de costume.

Depois que meus pais se separaram, foi vovó Nena quem segurou as pontas. Nós nos mudamos para sua casa de imediato, e alguns anos depois vovô faleceu, deixando mamãe e vovó como as chefes da família. Elas se aproximaram mais ainda nessa época, apoiando-se uma na outra, inseparáveis. Vó Nena tomava conta de nós para que mamãe trabalhasse e ajudava com todo o resto também. Não posso negar que as mulheres que me criaram encararam suas vidas com uma baita coragem. Não seria justo eu quebrar a corrente por medo da solidão. Eu precisava ser mais forte.

Permiti que esse pensamento me acalentasse, até o dia em que vi as malas de Guto prontas ao lado da porta.

Chegara o momento da despedida. Não havia muito o que dizer, então engoli a sensação de pânico que me preencheu quando vi Guto terminando de se arrumar para ir ao aeroporto. Ele tinha acabado de fazer a barba e penteava os cabelos negros molhados em frente ao espelho do nosso quarto. Estava lindo. Guto era a própria imagem do executivo perfeito. Além de sua imagem pessoal impecável, ele parecia uma máquina de trabalho. Pontual, esforçado, sempre levando pilhas de trabalho para casa e não recusando uma hora extra sequer. Hoje ele estava adiantado para o voo, porque, como ele mesmo dizia, precisava estar sempre preparado para qualquer imprevisto. Eu via em seu rosto o quanto estava animado com a perspectiva da viagem, com os novos contatos que faria por lá e especialmente com os clientes em potencial que poderia trazer para o escritório. Sabia da proporção que o trabalho tomava em sua vida, então não deixei transparecer nenhuma insegurança da minha parte, só lhe dei um beijo e desejei boa viagem com um sorriso confiante.

Eu estaria aqui esperando a sua volta.

# CAPÍTULO 5

*Sinceramente, não sei o que estou fazendo aqui.*
Já havia dado duas voltas no quarteirão e nada me convencia a estacionar. Se eu passasse mais algumas vezes por essa rua era capaz de chamarem a polícia. "Moça alta de olhar assustador rondando a vizinhança em um *corsinha*." Eu não duvidava. Acabara de surgir uma vaga quase em frente à Cafeteria San Marco. Estacionei, peguei a bolsa e respirei fundo duas vezes antes de sair do carro.

Pouco depois de Guto viajar, decidira que não sabia mesmo lidar com a solidão e o melhor a fazer era assumir o fato. Eu estava pronta para ligar e implorar ao chefe dele que o deixasse voltar para Vitória antes do tempo, não fosse a plena consciência de que isso era estupidez. Foi aí que me lembrei do Clube do Livro Escarlate. Cogitei ligar para o Guto a fim de perguntar se era uma boa ideia, mas aí lembrei da sua opinião sobre o aniversário da Clara e achei melhor tomar a decisão sozinha. Mandei um e-mail para o clube. Não custava nada e não havia mal nenhum em demonstrar interesse. Talvez eu nem recebesse resposta.

É claro que eu me havia me enganado, e agora estava ali, prestes a fazer algo que, em situações normais, eu evitaria a qualquer custo: entrar em uma roda de pessoas que eu não conhecia e me apresentar.

Atravessei a rua em direção à cafeteria procurando com o olhar alguma mesa que estivesse cheia de pessoas. O lugar era bonitinho e tinha cara de estar ali havia muitos anos. Pensamentos iam me corroendo enquanto eu me aproximava. Não sei onde eu estava com a cabeça, eu não conhecia ninguém.

— Heloísa? — Uma voz soou à minha direita.

— Oi! — Virei-me para a voz num pulo, com o coração na garganta.

— Você veio conhecer o clube? — disse uma mulher de aparência jovem e descontraída.

— Sim... sim. Vim conhecer o clube, sim.

*Acho que ela já entendeu no primeiro "sim".*

— Venha pra cá, tem uma cadeira sobrando para você!

E só quando desviei o meu olhar do dela percebi as outras pessoas ao redor, havia umas sete, pelo menos. Eu me aproximei arriscando um sorriso e me sentei como um coelhinho assustado no local indicado.

— Seja bem-vinda, Heloísa. E aí, como você ficou sabendo do nosso clube? Faz tempo que não divulgamos nada. — Ela olhava de mim para o resto das pessoas na mesa. — Fiquei surpresa em receber o seu e-mail!

— Ah! Então você é a Suzana? — eu disse, me lembrando do nome na assinatura de e-mail.

— Suzi. — Ela sorriu.

— Na verdade, eu não sabia se o clube ainda realizava encontros, eu achei um panfleto na biblioteca da escola onde trabalho. Não sei se estava dentro de um livro ou se alguém esqueceu lá.

Nesse momento, as pessoas voltaram o olhar para algo atrás de mim e entendi que alguém havia chegado. Virei o rosto automaticamente e quase caí para trás.

— Oi, gente, eu... — começou uma voz simpática. — Ué? Ei, Helô! Que coincidência!

Clara se aproximou do grupo, e logo entendi como o panfleto que eu encontrei devia ter ido parar na biblioteca.

Depois de algumas apresentações, fiquei sabendo que Suzi era quem coordenava os e-mails e a lista de presença. O resto das tarefas, desde a escolha dos livros até a organização dos encontros, era dividido entre todos os integrantes. Pelo nível de intimidade e pela dinâmica praticamente coreografada das conversas, me parecia que eles se conheciam fazia algum tempo e estavam entre bons amigos.

Não consegui decorar o nome ou a fisionomia de todos, mas havia um rapaz com cara de surfista chamado Caíque; uma moça chamada Camila, que parecia ser a mais jovem do grupo, provavelmente em época de vestibular; e Eliza, uma senhora que devia ter mais de cinquenta anos. Confundi-me com os outros nomes, e era um grupo tão inusitado que eu possivelmente estranharia ver aquelas pessoas reunidas em outra situação.

Clara estava comentando a leitura daquele mês – *A cor púrpura*, de Alice Walker –, que eu obviamente não havia lido; afinal de contas, tomara coragem de participar da reunião de última hora, mas Suzi havia me informado por e-mail que não teria problema, que eu poderia participar apenas como ouvinte. Então lá estava eu, toda ouvidos.

— Algumas partes do livro foram muito difíceis de ler, tive que parar para respirar fundo, gente! Com tanto sofrimento, não sei como a Celie tinha forças para continuar vivendo... — dizia, séria, enquanto segurava o livro próximo ao peito.

— Eu acho que isso diz muito sobre como o ser humano se adapta até diante das piores condições possíveis, né? A gente se adapta, cara — João acrescentou à discussão.

Ele era um dos integrantes cujo nome eu ainda não havia decorado. João tinha uma postura séria que contrastava com a leveza de seu rosto e a maneira simples de se expressar. Gostei dele quase instantaneamente.

— E não dá nem pra questionar por que ela não tentou sair daquela vida submissa, considerando todo o seu histórico... com a falta de estrutura familiar, além do abandono, da falta de amor... — Clara continuou.

— E até a falta de instrução, né? Como ela iria se sustentar sozinha naqueles tempos racistas? Para onde iria? Ela não tinha a menor chance contra o marido ou o pai em uma sociedade que apoiava o machismo daquele jeito! — acrescentou uma mulher de longos cabelos castanho-claros, que depois eu descobri se chamar Larissa.

— Ah! Eu bem sei o que é isso. — Eliza se ajeitava inquieta na cadeira enquanto falava. — Esse medo de largar um marido, por pior que ele seja, para encarar a vida sozinha. Antigamente ninguém esperava que a mulher largasse o homem assim não, viu? Até a família ficava contra ela.

Eu não era só toda ouvidos, era toda olhos, mente e coração. Alimentando-me daquelas palavras, das opiniões sinceras e cheias de sentimento e de vida. As discussões continuaram por mais uma ou duas horas com os integrantes do clube intercalando suas falas enquanto bebericavam cafés ou chás com uma naturalidade surpreendente.

Ao final, com os membros se despedindo e indo cada um para o seu lado, a Suzi e a Clara vieram me perguntar o que eu havia achado da reunião. A minha vontade era dizer para elas que eu não me sentia assim tão acesa há muito tempo; era como se houvessem ligado um interruptor dentro de mim e eu tinha certeza de que a luz transparecia nos meus olhos. Eu estava eufórica. Poderia continuar ali falando sobre livros por horas e horas. Sentia vontade de conhecer aquelas pessoas e fazer parte do grupo. Infelizmente, essas palavras não conseguiram se arrastar até os meus lábios, e eu apenas disse:

— Ah! Sim... gostei muito! Obrigada por me receberem hoje. Gostaria de ter lido o livro para contribuir com a discussão.

— Não se preocupe, a gente se reúne todo mês, na próxima você lê o livro! — respondeu Clara, de pronto, e acabei descobrindo que, ali no clube, todos a chamavam de *Clarinha*. — O próximo livro será *Jane Eyre*, de Charlotte Brontë.

— Isso aí! Esperamos você no próximo, né, Helô? — Suzi acrescentou abrindo um sorriso.

— Claro, com certeza!

Todo o meu rosto se aqueceu com a ideia.

Saí da cafeteria ao lado de Clara e, percebendo que ela ia pegar um ônibus para casa, ofereci carona. Ela aceitou com um sorriso aberto e entramos no carro do outro lado da rua. Conversamos sobre o clube e a respeito do trabalho. Acabei descobrindo que o panfleto que eu havia encontrado era dela mesmo, ela o estava usando como marcador de páginas e esqueceu dentro de um dos livros da biblioteca. Depois disso, deve ter rolado de livro em livro até parar na tradicional bagunça da mesa de centro.

Havia acabado de estacionar em frente à casa da Clara quando recebi uma pergunta que me pegou totalmente desprevenida.

— Queria aproveitar pra te perguntar uma coisa, mas não quero que fique chateada, tá?

— Claro, pode perguntar. Não tem problema. — Eu me virei para ela, tentando esconder a surpresa em minha voz.

— Por que você não foi ao meu aniversário? Mas... a verdade agora.

— Eu te falei aquele dia, tive que planejar um trabalho de última hora para as minhas turmas.

— É que não pareceu isso, sabe. Tem certeza de que não foi por causa da minha namorada? Você ficou esquisita quando eu falei...

— Não! — Olhei bem nos olhos dela. — Não teve *absolutamente* nada a ver com isso.

Percebi nesse momento que teria de falar a verdade e desembuchei tudo de uma vez.

— Olha, eu já sabia da sua namorada. Ouvi professores comentando a respeito e não me importo com isso. Na realidade, achei que você só estava me convidando por educação. Não nos conhecemos muito bem e sei que você é simpática com todo mundo, então não achei que você realmente quisesse que eu fosse. Foi isso.

— Helô... — ela hesitou um segundo. — Eu não te convidaria se não quisesse sua presença.

Eu não sabia o quanto aquilo estava pesando nas minhas costas até ela falar. Não queria acreditar na versão do Guto, mesmo assim acabei me deixando levar por ela.

— Agora é a minha vez de confessar algo — ela disse enquanto me olhava de canto de olho. — Desculpe, mas, quando nos conhecemos, eu te achei meio pé no saco! Toda séria, cumprimentava as pessoas de cara fechada, não parecia se enturmar com ninguém, nem com os alunos direito...

Eu a observava um pouco alarmada.

— Então por que fez amizade comigo?

Ela deu de ombros e me lançou um sorriso.

— Porque eu estava errada. Percebi que você não é assim de propósito. Ainda só não descobri o porquê.

Sua confissão teve um efeito inebriante, como o de uma descarga elétrica. Eu não imaginava que essa fosse a primeira impressão que as pessoas tinham de mim, e isso com certeza me deixou atordoada. Por outro lado, fiquei feliz por ela ter mudado de ideia. Gostei da sinceridade de Clara, e achei que isso era um bom sinal.

Esperava provar que ela estava certa em reconsiderar a minha amizade.

## CAPÍTULO 6

— O que você está lendo? — Uma colega na sala dos professores me perguntou na hora do recreio.

— *Jane Eyre*, de Charlotte Brontë.

— Uau, você deve estar com tempo de sobra mesmo, hein... — ela acrescentou, rindo, em um tom ligeiramente debochado que não me agradou.

— Oi! Desculpe interromper! — Clara se sentou com um estrondo ao meu lado. — Será que você pode me emprestar o livro depois, Helô? — disse, apontando para o exemplar. — Quero ficar em dia com a leitura desse mês do clube! Precisamos dar bons exemplos para os nossos alunos, né?

A professora que falava comigo se afastou pedindo licença e olhando torto para Clara.

— Claro que te empresto, Clarinha! Mas vou demorar um pouco pra ler, viu? Tô enferrujada!

— Imagine! — ela cochichou. — Eu já tenho o meu, olha aqui... — Então ela abriu discretamente a mochila e mostrou seu exemplar surradinho de *Jane Eyre*.

— Mas por que você...?

Ela me lançou um olhar nada inocente.

*Ahhh.*

Nas últimas duas semanas, Clara e eu havíamos nos aproximado. Eu ainda sabia muito pouco sobre ela, e ela menos ainda sobre mim, mas passamos a conversar muito nos intervalos, principalmente a respeito de livros. Logo depois daquela primeira reunião, com a ajuda da Clara eu havia criado uma *lista de desejos* no site de uma livraria e inserido uma porção de livros que já tinham sido lidos pelo clube, incluindo A *cor púrpura*, que me deixara mais do que curiosa depois dos comentários de todos, e, é claro, adicionei alguns dos próximos livros que leríamos, para ir me organizando, afinal, eu era uma amadora em comparação com aquele pessoal e precisava me preparar. Mas mais do que isso, eu estava empolgada.

O que mais me surpreendia era que todas aquelas pessoas tinham vidas distintas, trabalhos e, em alguns casos, até famílias para cuidar, e ainda assim conseguiam se reunir, por anos, pelo que eu pude entender, para discutir sobre livros. Todas as pessoas no meu círculo de amigos, ou de Guto, achariam isso uma perda de tempo. Ou, na melhor das hipóteses, algo impossível nos dias de hoje. A verdade é que muita gente acha o mesmo, que ler ficção é perda de tempo, ou que apenas livros técnicos ou de crescimento pessoal importam. Tenho certeza de que, se eles soubessem o quanto a literatura tem a oferecer, não limitariam tanto o seu pensamento. Por mais bobo que possa parecer, eu estava me sentindo em um mundo novo, como se eu tivesse atravessado o guarda-roupas para Nárnia.

De repente, fiquei muito curiosa com relação àquelas pessoas.

— Como foi que você entrou para o clube? — perguntei à Clara enquanto comia meu sanduíche.

— Se eu te contar, vou ter que te matar depois. — Ela me lançou um olhar assassino nada assustador. Eu ri.

— É sério, Clara! — Revirei os olhos.

Desde o encontro do clube do livro, eu passara a acordar animada todas as manhãs. Não me parecia mais tão difícil levantar da cama e ir para o trabalho, e agora até as minhas risadas vinham com facilidade.

— Vou te dar um desconto porque estamos progredindo aqui. — Ela gesticulou com a mão para nós duas. — Então, eu nunca tive muito com quem conversar sobre livros. Todo mundo acha que na faculdade de Letras só tem gente que ama ler, mas isso não é bem verdade. Nem todo mundo ali gosta *mesmo* de ler... e ainda que eu tivesse feito alguns amigos leitores na faculdade, logo depois que me formei perdi o contato com quase todos e fiquei me sentindo órfã de novo. Sabe como é, né?

— Uhum — assenti, eu sabia bem como era.

— Depois de um tempo, até o meu ritmo de leitura diminuiu, mas aí vi a postagem da Suzi na internet por meio de uma amiga em comum. Era aquele banner do clube, acho que foi a última vez que ela divulgou assim.

— Eles não costumam aceitar novos membros?

— Na verdade, não. Não é que o clube seja fechado, mas; quando eu entrei; percebi de cara que eles eram um grupo muito unido de amigos. Acho que eles querem conservar o que têm.

— E não estão errados — falei, dando uma última mordida no meu sanduíche.

— Mas ela te aceitou, né?

Pensei um pouco enquanto terminava de mastigar.

— Na verdade, não sei ainda. Ela me deixou participar como visitante naquele primeiro encontro, e lá ela me convidou para o próximo... não sem um empurrãozinho seu, que eu percebi! — falei, recordando de súbito do incentivo da Clara.

— Ah! De nada — ela disse, com um sorriso maroto nos olhos.

❖

Eu ainda não havia falado com o Guto sobre o clube.

Simplesmente não conseguia contar, e quanto mais o tempo passava, mais envergonhada eu ficava. Desde que nos casamos, eu nunca havia saído sozinha sem que ele soubesse para onde e com quem eu estava indo. Nem me arriscaria a falar isso em voz alta, pois sabia o quanto soaria estranho até para mim mesma. De qualquer maneira, precisava falar com ele o quanto antes porque o próximo encontro seria dali a algumas semanas. Talvez aquele fosse um bom dia.

Depois do jantar, fui para a cozinha arrumar as coisas já ensaiando mentalmente como contaria toda a história.

— Amor, sabe que eu fiquei de te contar uma coisa esses dias e acabei esquecendo... — comecei enquanto terminava de lavar a louça.

*Melhor contar de uma vez.*

Ouvi ele murmurar alguma coisa lá da sala.

— Esses dias eu fiquei sabendo de um clube de leitura aqui em Vitória, acredita? Nem imaginava que existiam essas coisas por aqui. Surreal, né?

— Hum. É, e aí? — Acho que agora eu tinha a sua atenção.

— Então, eu mandei um e-mail quando você estava viajando e fui lá fazer uma visita para conhecer. E você nem vai acreditar, sabe com quem eu esbarrei lá? Com a Clara, da escola! Ela faz parte desse clube e eu nem sabia! Coincidência, né?

Falei tudo de uma vez para não perder a coragem nem dar tempo para ele pensar demais.

— Pera aí, Helô, você está me dizendo que foi a esse lugar sozinha sem falar nada para ninguém?

— É, ué. Fui para conhecer, só isso. — Senti meu corpo enrijecer.

— Não acredito, Heloísa. Você não tem juízo? E se não fossem boas pessoas? E se você fosse assaltada, sei lá...

Revirei os olhos de costas para ele. Era justamente essa a reação que eu temia. Achei que talvez eu não fosse voltar ao clube e, nesse caso, nem precisaria contar. Sei que não é uma atitude das mais nobres; na verdade, é a mais covarde, mas eu não conseguia encará-lo.

— Ai, que exagero! Só fui aqui pertinho em uma cafeteria, que mal há nisso? E, como eu falei, a Clarinha estava lá.

Fingi uma confiança que eu não tinha, mas por dentro comecei a murchar.

— *Clarinha*? Certo, mas você não tinha como saber disso, né?

— É, não — falei, ponderando.

— Meu amor, é que você não entende. O que eu faria se acontecesse algo com você? Não tenho motivos para ficar preocupado? — Guto disse enquanto se aproximava de mim na cozinha.

— Sim, mas... — concordei incerta. — Mas agora que eu já fui e vi que é seguro, você concorda que é uma ideia legal, né? Quer dizer, eu quero ir aos próximos encontros.

— É, talvez. De repente eu vou com você no próximo.

Por essa eu não esperava.

— Mas, Guto, você não lê ficção. Qual é o problema de eu ir sozinha?

— Não sei... Por que não posso ir? — disse com cara de desconfiado.

— Não é que você não possa, mas por que você *quer* ir?

A conversa ficou inacabada, como sempre acontecia nesses casos. Talvez ele estivesse certo, estávamos havia pouco tempo na cidade, não tínhamos família aqui e ele estava fora, algo ruim poderia mesmo ter acontecido. Era um pensamento lógico. O único problema era a sensação incômoda que ganhava espaço no meu peito.

Guto passou o resto da noite com a cara fechada, mostrando o quanto estava decepcionado comigo. Evitava me olhar nos olhos, como se estivesse me punindo. Nessas horas eu me sentia como uma menininha de castigo.

Por mais difícil que tenha sido contar, agora estava feito. Eu podia voltar a minha atenção às leituras, mesmo ciente de que ignorá-lo talvez piorasse a situação entre nós. A reação dele havia sido um pouco exagerada, mas eu também não precisava ter escondido o assunto. Sei que escondi por medo de que ele não aprovasse a ideia do clube, e eu acabasse desistindo.

Deitei-me em nossa cama com *Jane Eyre* em mãos e me cobri com o cobertor, observando-o de canto de olho enquanto se movimentava pelo quarto em sua rotina de organizar papéis, retirar o relógio e os óculos. Deitou-se na cama e veio se aconchegar a mim desejando boa-noite, mas, ao perceber que eu ainda leria antes de dormir, ele se virou para o outro lado. Ainda demoraria um pouco para Guto aceitar que dessa vez eu não voltaria atrás.

Eu ainda estava no começo da leitura, porém mal podia esperar para conhecer mais sobre a garotinha órfã que desafiava a todos. Ler sobre Jane Eyre em uma idade tão tenra fazia desabrochar em mim lembranças da garotinha que eu mesma havia sido alguns anos atrás, lendo todos os livros da pesada estante da vovó Nena.

— *Nesse ritmo, logo não restarão livros nesta casa para você ler, minha filha!* — ela dizia com um sorriso no rosto e se virava para a minha mãe. — *E você trate de arrumar mais uns livros para essa menina, Denise!*

A lembrança tão vívida me arrebatou a ponto de me fazer parar a leitura por alguns minutos. Fiquei olhando para a parede à minha frente, não a enxergando de verdade, mas revivendo a cena que havia muito eu esquecera. Era uma daquelas lembranças que você não sabe bem se é uma recordação real ou se é algo projetado pela sua imaginação, de tantas vezes que lhe contaram.

Quando nos mudamos para a casa da vó Nena, a primeira coisa que fiz foi me aproximar de sua estante com os olhos brilhando e abraçá-la; era um móvel pesado de mogno escuro, a metade inferior distribuída em portas com puxadores de metal, e a metade superior dividida em prateleiras sólidas recheadas de livros de capa dura. Eu não conhecia ninguém que tivesse uma biblioteca em casa além da vovó, então me sentia a menina mais sortuda do mundo. Olhando em retrospecto, foi um gesto bobo de criança. Uma daquelas pérolas que os pais adoram contar para todas as visitas, fazendo os filhos adolescentes esconderem o rosto de vergonha. No meu caso, era vovó Nena quem contava.

Hoje eu sei que nem havia tantos livros assim naquela estante, mas, para uma garotinha deslumbrada de oito anos, aquilo era o paraíso na Terra. Em poucos anos, não restara nenhum livro naquelas

prateleiras que eu não tivesse lido e folheado à exaustão. Depois que mamãe começou a comprar alguns livros para mim, montamos a "estante da Helô" em uma das prateleiras da vovó, e aquele se tornou o meu pequeno tesouro. Estranho me recordar disso somente agora.

Retomei minha leitura de *Jane Eyre* sentindo-me de alguma forma mais próxima a ela. Ainda havia muito o que descobrir sobre essa história, e eu mal podia esperar. Guto dormia profundamente ao meu lado enquanto eu passava página após página com olhos ávidos, sem a menor ideia de que horas eram.

# CAPÍTULO 7

"As regras e obrigações da escola, seus hábitos e noções, suas vozes e rostos e frases, costumes, preferências e antipatias: isso era o que eu sabia da existência. E agora sentia que não era o bastante. Cansei-me, numa tarde, da rotina de oito anos. Desejava liberdade, ansiava pela liberdade; pela liberdade rezei uma oração, que pareceu se dispersar no vento suave."

— O que acharam? Incrível, né? — Larissa, a quem todos chamavam de Lari, havia acabado de ler uma passagem de *Jane Eyre* para nós. Era apenas a segunda vez que eu a via, mas tinha a impressão de que ela estava sempre bem-arrumada e maquiada. Fiquei tentada a perguntar se ela tinha outro compromisso depois dali, mas fiquei com receio de que ela me interpretasse mal.

— Também marquei essa parte — a mais nova entre os integrantes, Camila, acrescentou em voz baixa. No encontro anterior, eu já tinha percebido que, entre eles, ela era a que menos falava.

— Liberdade costuma ser o que todos buscam. O ser humano suporta tudo, menos ser aprisionado — falou Dante, que era o mais velho dos homens do clube e sempre fazia comentários reflexivos e filosóficos. Todos redobravam a atenção quando ele começava a falar.

Eu ainda me sentia um pouco retraída, mas havia gostado tanto desse livro que o sentimento de gratidão sobrepujou a minha falta de jeito e, sem pensar muito, arrisquei:

— Err... eu acho que por muito tempo ela não conhecia vida diferente daquela, primeiro na casa da tia, depois na escola; e por mais que fossem ambientes diferentes, nenhuma das opções era realmente *liberdade*.

Todos estavam olhando para mim agora.

Só depois de falar e sentir cada palavra saindo dos meus lábios é que eu me dei conta do quanto acreditava naquilo. As pessoas não deviam se contentar com migalhas daquilo que sabem ser seu por direito, acho que foi por isso que me encantei tanto com a personagem Jane Eyre, pois lá no fundo ela também sabia disso.

Era o segundo encontro do clube de que eu participava e, no entanto, eu me sentia cada vez mais à vontade e acolhida por aquelas pessoas. Foi um alívio Guto ter desistido de me acompanhar na última hora. Aquele estava se tornando o meu lugar, um território que eu estava conquistando para mim, e eu ainda não tinha a menor vontade de dividi-lo. Podia até parecer egoísmo querer esse espaço quando ele sempre fazia questão de me incluir em todos os programas, mas, ainda assim, não me sentia culpada.

Em meio a uma sequência de xícaras de café e muitos *muffins*, comecei a conhecer melhor cada um dos membros do clube, mesmo que ainda não tivesse decorado o nome de todos. Era de se esperar que uma professora decorasse nomes com facilidade, mas eu tinha um ligeiro problema com a minha memória; ela simplesmente não me obedecia. Eu tentava me lembrar, olhando para cada um deles ao redor da grande mesa em que nos sentávamos, e falava para mim mesma: *OK, vamos lá! Suzi, Clarinha... Camila, a tímida, hum... Caíque — que eu havia apelidado mentalmente de "o surfista" —, Lari, a falante sempre com maquiagem; Dante, um senhor de voz grave e barba grisalha; Eliza, a mais velha do grupo, e... agucei os ouvidos.*

— Pô, João, por que não avisou, cara? A gente teria ido junto... — disse o surfista, despreocupadamente, enquanto se agachava para amarrar o cadarço de suas botas de cano alto.

*João*. É isso!

— Ah, fiquei sabendo de última hora, bem na semana que saiu de cartaz, senão teria avisado vocês!

Agora, reparando mais em João, ele devia ser pouco mais velho que Guto, mas essa era a única coisa em comum entre eles. Enquanto meu marido era a descontração e autoconfiança em pessoa, João tinha um jeito mais reservado que desaparecia apenas quando ele começava a falar.

Prestei atenção por mais alguns instantes e entendi que conversavam sobre um filme baseado em um livro que Caíque havia indicado para o grupo. O filme entrara em cartaz no Cine Jardins algumas semanas atrás, mas pelo visto João fora assistir sozinho em vez de avisar a todos, como tinham combinado. Fiquei pensando em como aquele pareceria um grupo inusitado e imaginei todos indo juntos ao cinema. Sorri com a ideia.

— Helô, queria aproveitar pra conversar contigo.

— Ah! Claro.

Voltei minha atenção para Suzi.

— Queria saber como foi para você fazer a leitura, a Clarinha comentou que você estava meio devagar, que não sabia se ia conseguir ler a tempo para o encontro...

— É, na verdade eu achei que não conseguiria, faz muito tempo que eu não pego um clássico para ler... Mas, caramba! Foi muito mais rápido do que eu esperava e a leitura fluiu!

— Que bom! Estou te perguntando isso justamente pra saber se você tem intenção de continuar vindo aos encontros. — Fiquei apreensiva, e ela continuou, porém com a voz mais baixa: — Olha, mesmo se não tivesse conseguido terminar a tempo, não teria problema, sabe? Às vezes acontece mesmo, o mais importante é a gente se esforçar um pouquinho todos os meses, até porque, sem as leituras, como seriam as discussões, né?

— Claro, tem toda a razão — falei, sorrindo e um pouco mais aliviada. — Então eu posso continuar vindo?

Ela me devolveu um sorriso confiante.

— Seja bem-vinda ao clube!

❁

A casa estava vazia.

Guto ainda não tinha chegado do trabalho, embora já passasse algumas horas desde o fim do seu expediente. Nos últimos dias, ele havia chegado razoavelmente cedo. Eu tinha a impressão de que, de alguma forma, Guto tentava se redimir da sua ausência e talvez até da conversa sobre o clube. De qualquer forma, eu já tinha me esquecido de tudo isso, estava mais empolgada do que nunca com as leituras e a perspectiva de conhecer novas pessoas nessa cidade, e sentia que, naquele momento, poucas coisas seriam capazes de abalar o meu humor.

Esse segundo encontro do clube havia me mostrado o quanto aquelas pessoas se conheciam e que, por mais diferentes que fossem, cultivavam uma relação mútua de afeto e compreensão. Nem todos seriam capazes de entender o que elas compartilhavam. Era um mundo todo particular do qual eu queria fazer parte.

Por meio das conversas daquele dia, descobri um pouco mais sobre a história de vida da Eliza, que nos contou sobre o casamento com seu primeiro marido quando ainda era muito jovem. Imagino quanto tempo ela levou para conseguir se abrir sobre o assunto com outras pessoas. Não foi à toa que eu senti um brilho de mágoa em seu olhar naquele primeiro encontro, quando falou sobre seguir a vida sozinha. Eliza havia sido casada com um homem que a agredia física e psicologicamente, a quem ela estava atada por pressão da família e que ela só conseguiu abandonar muitos anos depois, por temer pelo bem-estar de suas filhas.

Eu pude sentir o ar em suspenso enquanto ela falava.

— Para mim, não tinha escapatória. Eu achava que estava presa a ele para o resto da vida. Ninguém nunca me disse que eu não precisava... que não tinha que ser daquele jeito... Minha própria mãe dizia que eu precisava ser uma boa esposa e obedecer ao meu marido, que, se eu fosse boazinha e cuidasse dele, tudo ficaria bem.

Não ficava, nunca ficava bem. Não importava o quanto eu fosse boa para ele. — Ela tomou fôlego antes de continuar: — Mas eu acreditei nessa mentira por muito tempo, eu tinha só dezoito anos quando me casei e não sabia nada do mundo, então, levou alguns anos e muitas pancadas até eu perceber que não tinha que ser assim. A essa altura, eu tinha duas filhas pequenas que presenciavam o terror que eu vivia. Apesar de ainda não entenderem o que estava acontecendo, já compreendiam o sentimento de medo que nos rodeava. Aquilo não podia ser amor, e eu temia que elas fossem as próximas. Não queria que vivessem da mesma maneira que eu, então, tomei a decisão mais difícil da minha vida e saí de casa.

Talvez eu não devesse, sendo a novata do clube, mas, quando notei, eu já havia me atrevido:

— E aí, para onde você foi? — as palavras saltaram da minha boca. Eu nunca tinha ouvido um relato daqueles pessoalmente. Todos olharam para mim e imediatamente de volta para Eliza.

— Para a casa dos meus pais não dava para ser, isso eu te garanto — ela me respondeu de pronto. — Eles teriam me devolvido ao meu marido na mesma hora. Para eles não existia divórcio, ou seja, mulheres que se separavam dos maridos estavam condenadas aos olhos de Deus.

*Minha nossa.*

— Eu fui para a casa de uma amiga, uma das poucas pessoas que sabia da minha situação e a única que havia oferecido ajuda. Ela conhecia uma associação que apoiava mulheres vítimas de violência doméstica; eles davam suporte psicológico, orientação jurídica e acompanhamento para que encontrassem emprego, creche para os filhos e tudo isso. Eu não botava muita fé na época, mas estava no fundo do poço, era isso ou voltar com as minhas filhas para casa, e essa não era uma opção.

— Você foi muito corajosa, Eliza — disse Suzi, que estava ao seu lado, e segurou sua mão.

— Nem todas as mulheres são capazes de sair de uma situação assim por decisão própria — ouvi Dante comentar em voz baixa.

Senti que havia muitas histórias que entrelaçavam aquelas oito pessoas, e a lembrança daquele encontro me fazia querer conhecê-las cada vez mais.

Agora já era quase meia-noite e eu havia cansado de esperar Guto acordada. Fiquei deitada na cama, ainda repassando tudo o que fora dito no encontro, tanto a respeito do livro quanto o que eu havia conseguido descobrir sobre aquelas pessoas. Cada uma delas me fascinava. O próprio relato de Eliza não me saía da cabeça. Ela foi muito corajosa em ter agido daquela maneira em sua época, tenho certeza de que foi necessário muita força para pegar as crianças e sair de casa daquele jeito, sem saber como seria sua vida dali para a frente.

Perguntava-me se eu teria essa coragem em seu lugar.

## CAPÍTULO 8

Estava com O *retrato de Dorian Gray* debaixo do braço, indo para a sala de professores, quando uma aluna me abordou.

— Professora, professora! — Ela se aproximou correndo.

— Oi, Bruna! O que foi?

— Queria te dizer uma coisa.

Ela era minha aluna do sexto ano, uma menina inteligente, mas que vivia se distraindo com facilidade em todas as aulas. Os professores tentavam chamar sua atenção, mas ninguém tinha coragem de repreendê-la de verdade, porque ela havia conquistado a afeição de todo mundo.

— Só queria dizer que a aula de hoje foi massa! — Ela abriu um sorriso largo que imediatamente me fez sorrir também.

— Ah! Obrigada, Bruna. Mas só essa aula que foi massa, então? — brinquei com ela, porém me surpreendi com a sua resposta sincera.

— Profê, eu adoro as suas aulas, mas nas últimas semanas você está mais boazinha!

— Boazinha, é? — Dei risada.

— Está vendo só! Está de namorado novo?

— Bruna! — chamei sua atenção, ainda de bom humor. — Você sabe muito bem que eu sou casada, hein... Não tem nada de namorado novo, mas fico feliz que esteja gostando das aulas, veja se nas próximas você se concentra mais também!

Dei uma piscada para ela e continuei caminhando, com um sorriso discreto que não queria abandonar minha expressão.

Eu tinha um horário livre para planejamento de aulas, mas já estava com toda a semana planejada, então, resolvi ler um pouco. Sentei-me em um sofá num cantinho da sala e abri o livro no meu colo. Engraçado que, não muito tempo atrás, eu achava difícil encaixar qualquer leitura no meu dia a dia, e agora cá estava eu, arrumando tempo até onde não tinha para ler. Eu havia conseguido finalizar o livro do Verne e o devolvera à biblioteca; tinha lido *A cor púrpura*, *Jane Eyre*, e agora já estava lendo o livro do próximo encontro do clube. Eu chegava à escola uns minutinhos mais cedo e lia antes da minha primeira turma, lia no horário do almoço e em qualquer brecha ociosa que aparecia, além de tirar aquele momento sagrado em casa longe de qualquer barulho e interrupção para ler antes de o Guto chegar e depois mais um pouquinho até pegar no sono. Tornou-se um hábito não automatizado, que eu fazia por vontade própria, e faria muito mais se houvesse mais tempo. Fui interrompida pelo barulho da porta da sala se abrindo.

— Opa! Está de bobeira? — disse Clara, entrando na sala e caminhando em direção aos armários de metal dos professores.

— Ei, Clarinha, estou sim, tenho planejamento agora.

— Ah, que legal, eu também! Não tenho mais turmas hoje — disse enquanto destrancava seu armário.

— Vai ler também? — perguntei.

— Estava pensando em ler, sim, este mês estou meio atrasada com o livro do clube. E você, como está a leitura?

— Estou gostando bastante, na verdade.

Ela tirou seu livro da mochila e veio se sentar no sofá ao meu lado, puxando uma cadeira da mesa central para esticar as pernas.

Acompanhei com os olhos enquanto ela abria o livro na página marcada, quando me dei conta de que não sabia muito sobre a sua vida. Já que agora éramos amigas, resolvi perguntar:

— Você sempre quis ser professora?

Escolhi a pergunta mais clichê de todos os tempos, mas eu estava um pouco enferrujada no quesito puxar conversa.

Clara levantou os olhos do livro e fixou o olhar ao longe.

— Hum... acho que sim. Na verdade, a minha primeira opção era ser ilustradora, mas acho que não tinha talento suficiente pra isso.

Ela deu de ombros e eu ri, Clara tinha uma maneira descontraída de encarar as coisas.

— Aposto que você tem talento, sim, e está escondendo o jogo!

— É sério, Helô — disse. — Eu ainda desenho, mas não acho que seja grande coisa, mesmo.

— Como assim? Ah, agora eu quero ver os seus desenhos... — disse, me arrependendo quase na mesma hora. Não sabia se já tinha esse tipo de intimidade com ela e não queria forçar a barra.

— Você quer mesmo? — perguntou. — Mas só se prometer não dar risada!

— Lógico que eu não vou dar risada, Clara. Imagine! Eu quero ver, sim.

Ela foi até o seu armário de novo e trouxe a mochila até o sofá. De lá tirou um *sketch book* com a capa surrada e alguns adesivos engraçados.

— Pronto, prepare-se para conhecer a próxima artista do século! — brincou, e jogou o caderno no meu colo.

Apesar da brincadeira, senti uma pitada de insegurança transparecer em seu rosto.

— Certo, vamos lá! — Franzi a testa, forjando uma expressão séria, entrando na brincadeira para tentar suavizar o clima.

Abri e comecei a folhear as páginas, e então o meu queixo literalmente caiu. Minha expressão mudou de brincalhona para atônita em um segundo. Eu achava que ela estivesse exagerando quando disse não ter talento suficiente, mas não imaginei nada como aquilo. Seus desenhos eram únicos, o traço era suave, mas impressionante. Ela desenhava paisagens comuns, porém repletas de detalhes incríveis. Em uma das páginas, havia uma casa de campo com um jardim espetacular ao redor; dava para ver as ranhuras na madeira da construção, os botões de flor ao redor da casa e cada detalhe entalhado nas várias janelinhas.

— Caramba, Clara, é muito lindo!

Ela sorriu e murmurou um obrigada em resposta.

— De verdade! Você já mostrou isso para alguém?

— Só para a Didi, mesmo.

— Didi? — Demorei um pouco para processar. — Ah! Sua namorada, né?

— Sim, a Diana, ela sempre soube dos meus desenhos e briga comigo por não divulgar — bufou.

— E com razão, né? — Fiz cara de repreensão. — Acho que nós duas vamos nos dar muito bem.

— Ela diz a mesma coisa.

Acabamos não lendo uma página sequer dos nossos livros. Clara me contou como amava desenhar quando menina e como essa paixão foi tomando forma na adolescência enquanto ela experimentava vários tipos de materiais e técnicas: aquarela, guache, carvão e por aí vai. Contou-me que por um bom tempo alimentou o sonho de viver como ilustradora e como seus pais eram totalmente contra, chegando, inclusive, a jogar todo o seu material no lixo dizendo a ela que "desistisse dessa bobagem e estudasse para o vestibular". Eles aceitariam qualquer curso que não fosse artístico e que ao menos pagasse um salário decente. Não queriam uma vida incerta de *freelancer* para a filha única. Fiquei chocada e me perguntando se eles ao menos sabiam que tinham uma filha tão talentosa.

— Mas e você, sempre quis ser professora? — ela me perguntou.

— Acho que ser professora é tão bom quanto qualquer profissão poderia ser, não tenho muito do que reclamar — forcei um tom confiante, mas, quando ela me perguntou sobre os meus sonhos, eu recuei, já não tinha mais tanta certeza das coisas quanto costumava ter.

— Eu sempre fui fascinada por História.

— Mas...?

— Não tem "mas", é isso. — Dei de ombros. — Gosto da minha disciplina.

Sentindo a minha hesitação, ela continuou:

— Hum, mas talvez não fosse isso que esperava...?

— Bem, talvez não fosse exatamente isso que eu esperava fazer da vida, mas não sei o que eu pensei. Entrei na faculdade porque queria conhecer a história do mundo, estudar o passado, os grandes acontecimentos e essas coisas. Talvez fosse mesmo um pensamento bobo, tirado de algum filme estrangeiro.

— Não, não! Não é bobo, Helô, eu acho muito legal! E por que você não faz isso?

— Isso o quê?

— Por que não saiu pelo mundo, estudando o passado e tudo mais?

— Ahh... — Senti meu peito inflar, pois ela estava fazendo uma pergunta que eu mesma não tinha coragem de fazer. — Não é o momento, não posso pensar somente em mim; tenho esse emprego, e acabamos de nos mudar para Vitória, não dá para pensar nisso agora e... — Eu teria continuado a listar os motivos infinitamente se ela não tivesse me interrompido no meio do caminho.

— Mas talvez um dia? — E ela sorria de maneira tão simples, como se rodar o mundo fosse como ir ali na padaria da esquina.

— É, talvez um dia. — Eu me permiti imaginar a cena por apenas um instante. — E quem sabe quando esse dia chegar eu não encontre um dos seus desenhos no Louvre, hein?

Nós duas caímos na gargalhada.

❦

Deitada em nossa cama naquela noite, abracei o livro que estava lendo, aberto em meu peito, e fiquei encarando o teto. Dessa vez o motivo de não conseguir ler era outro: eu não parava de pensar em como seria uma outra versão da minha vida, era quase como sonhar acordada criando cenários na minha cabeça. Guto ainda não havia chegado, e eu só conseguia pensar em como Clarinha era talentosa e amava desenhar, e mesmo assim se contentava com uma profissão que não era aquilo que havia sonhado, e não apenas se contentava como dava o seu melhor para os alunos.

Sempre achei que era um luxo poder trabalhar com aquilo que se ama, afinal, as pessoas não vivem de sonhos nem pagam suas contas com eles, mas perceber o talento de alguém sendo deixado de lado era uma verdadeira pena. E quanto a mim, eu estava envergonhada, porque História era o meu sonho, mesmo que não fosse exatamente na sala de aula, mas eu não me dedicava de verdade. Talvez fosse hora de começar a repensar isso, afinal de contas, eu não estava indo a lugar nenhum, então eu poderia muito bem tentar melhorar as coisas agora mesmo, em vez de esperar minha vida profissional ser resgatada por quem quer que fosse. Resolvi tirar do papel um projeto que estava em minha cabeça fazia tempo. Seria algo experimental, e eu precisaria da colaboração de outra disciplina para deixá-lo mais completo. Mas, com sorte, meus alunos ficariam tão empolgados que todo o processo de aprendizado seria divertido. Tanto para eles quanto para mim.

Quando Guto chegou em casa, eu estava sentada à mesinha do quarto, de frente para o computador, rabiscando coisas em um caderno sob a luz do abajur. Ouvi o barulho abafado da porta e logo ele estava no quarto atrás de mim.

— Amor? Ainda acordada?

— Uhum — murmurei, concentrada em minhas anotações.

— Eu comi na rua com o pessoal do trabalho, desculpe não ter avisado.

— Tudo bem. — Eu me virei para lhe lançar um sorriso afetuoso.

— Está tudo bem mesmo? — Senti suas mãos em minhas costas e em seguida um beijo no rosto que ia descendo pelo meu pescoço. Não me escapou também o odor de cerveja em seu hálito.

— Sim, amor, sem problemas, só vou terminar aqui umas correções e já vou para a cama. — Toquei em sua mão no meu ombro, como um alerta.

Ele se encaminhou para o banheiro e depois para a cama sem dizer mais nada. Pela respiração pesada, caiu imediatamente no sono. Alguns minutos depois, eu me deitei ao seu lado e senti seu corpo se enroscar mecanicamente ao meu. Eu não tinha um pingo de sono, me sentia desperta como nunca e minha mente estava em outro lugar.

# CAPÍTULO 9

— Vamos, turma! Precisamos da atenção de vocês agora!

Rute, a professora de Geografia, estava de pé ao meu lado, perto da porta. Era seu horário de planejamento, mas ela estava tão empolgada quanto eu e havia concordado em estar presente quando os alunos fossem apresentar o trabalho que havíamos organizado juntas, duas semanas atrás. Agora era a hora de ver o resultado do meu experimento.

— A professora Rute e eu vamos coordenar tudo, e as apresentações serão feitas na sala de vídeo nas duas últimas aulas, como combinamos. Peguem suas coisas e vamos direto para lá arrumar os cartazes antes de as outras turmas chegarem para assistir.

Passei os olhos pela sala e vi empolgação em todos aqueles rostos, as mãos e os braços ocupados segurando cartazes e jogando as mochilas nas costas, uns ajudando os outros. Uma sensação boa percorreu o meu corpo e eu me coloquei em movimento com eles.

— Vamos lá!

Fui na frente com a professora Rute, ambas carregando materiais para a apresentação.

— Você acredita que esses meninos vão mesmo apresentar esse trabalho, Helô? Minha nossa! — comentou dando risada enquanto seguíamos para a sala de vídeo.

❦

— Que lindo seu trabalho com a Rute, Helô. E dos alunos também, estão todos de parabéns!

A diretora havia chegado para assistir à última apresentação e a turma a tinha surpreendido. O sexto ano estava dividido em grupos, e cada um ficou responsável por um continente, bem desenhado com suas particularidades geográficas em mapas criativos elaborados pelos próprios alunos e afixados nas paredes da sala. Cada grupo também tinha como tarefa comentar dados históricos sobre cada continente, seus monumentos mais importantes e um pouco da história por trás daqueles povos. De maneira sucinta, é claro, mas todos os grupos conseguiram passar um conhecimento geográfico e histórico geral que impressionou as turmas e os professores que vieram assistir. Alguns grupos trouxeram imagens para mostrar no retroprojetor, e outros chegaram a usar roupas tradicionais de alguns países; foi um show à parte. Um dos meus alunos acrescentou em sua apresentação imagens de alguns museus, e quando projetou na tela uma foto do Louvre, em Paris, tive de respirar fundo. Mesmo sendo clichê por ser um dos museus mais famosos do mundo, ainda era o que eu mais desejava visitar. Ver aquelas imagens só fez despertar ainda mais a minha antiga vontade de viajar pelo mundo.

— Estou muito orgulhosa deles, dona Lúcia. Eles realmente se esforçaram. Foi bonito de ver! — falei sobre o meu trabalho com um brilho no olhar que até então me era desconhecido, porém muito bem-vindo.

❦

Em casa, joguei a mochila no sofá e corri para a cozinha, porque me bateu uma vontade de passar um café mesmo sendo mais de seis horas da tarde. Café demais nunca tirou meu sono, ou, se tirou, eu não me incomodei. Nada como celebrar um dia bom.

O aroma do café coado tomava conta da sala, e eu só queria colocar as pernas para o alto e curtir uns minutinhos de puro relaxamento depois de um dia agitado na escola; até a minha mente estava precisando de um pouco de silêncio e contemplação. Peguei minha xícara e uma cestinha com alguns biscoitos, e, antes mesmo de trocar a roupa do trabalho, recostei-me no sofá da maneira mais confortável possível. Aproveitei que ainda era muito cedo para o Guto chegar do trabalho e apoiei as pernas na mesinha de centro, mesmo sabendo que ele detestava, assim como detestava qualquer coisa fora do lugar.

Enquanto eu bebericava o líquido fumegante, me passou pela mente o que Eliza contara no clube sobre como os pais a teriam devolvido ao marido se ela tivesse pedido ajuda para eles, e esse pensamento subitamente me entristeceu. Apesar de não ter convivido muito com meu pai e não saber qual seria sua reação, minha mãe e meus avós jamais teriam feito algo assim comigo. Eliza disse com todas as letras que achava não ter escapatória daquela vida, e mesmo assim encontrou uma saída. Penso em como uma mulher encontra forças para isso e se eu teria conseguido fazer o mesmo, e logo lembro da minha mãe.

Mamãe teve que ser muito forte para seguir adiante quando meu pai juntou suas coisas e foi embora sem dar satisfações. Vinícius era muito pequeno para se lembrar, mas eu me recordo muito bem do beijo na testa que ele me deu dizendo apenas para cuidar da mamãe e ser uma boa menina. Carreguei suas palavras por um bom tempo, primeiro com as esperanças infantis de que ele ainda fosse voltar e depois com ódio por ter abandonado a família para sempre. Era um nó bem no meio da minha garganta que nunca desaparecia por completo, às vezes incomodava mais, outras vezes menos. Enquanto crianças, nós nunca soubemos o porquê do abandono, pois ele poderia manter contato pelo menos conosco, seus filhos, mas, após alguns anos, pouco nos interessava o motivo. Ele pagava a pensão quando podia e mamãe não reclamava; acho que na época ela se sentia parcialmente culpada por ele não ter ficado. Ficamos sabendo muito tempo depois que ele se mudou para outra cidade e, assim que conseguiram acertar os papéis do divórcio, assumiu outra família.

De tanto me lembrar da mamãe, fiquei com vontade de ligar para ela, avisar que não havíamos nos esquecido de nossa visita e contar as novidades da escola; seria ótimo dividir com ela os acontecimentos daquele dia. Depois que Guto voltou da viagem, as semanas passaram voando e mal conversamos sobre a visita. Também não tivemos muito tempo de qualidade juntos, e isso me preocupava, mas não tanto quanto o fato de eu só ter percebido isso naquele momento.

Peguei o celular dentro da mochila e já ia clicar nos meus contatos favoritos para telefonar quando a porta de casa foi aberta.

— Ahh, oi! — Minhas pernas pularam da mesinha de centro tão rápido que achei que tivesse derrubado café no sofá, o que seria infinitamente pior, mas estava tudo intacto, ainda bem.

— Helô? Por acaso você estava com os pés na mesinha?

Guto entrou em casa, tirando o paletó com ar descontraído.

— Claro que não, amor. Como foi o seu dia? — desconversei, quase engasgando com o café.

— Ótimo, cheguei mais cedo para a gente sair — falou enquanto tirava o sapato social perto da porta.

Uma das únicas coisas que conseguiam deixar meu marido ainda mais charmoso do que ele já era por natureza eram as roupas sociais.

— Ah é? E aonde vamos? Estava mesmo querendo comemorar — respondi empolgada e cheia de expectativa. — Aconteceu algo tão legal no trabalho!

— Bianca e Mauro vão dar uma festinha hoje e nos chamaram. Vai se arrumar rapidinho para a gente ir, prometi que só viria trocar de roupa e te pegar.

Ah.

— Amor, eu estava pensando em algo só para nós dois. — *E não com a sua galera do trabalho.* — A gente poderia jantar e depois fechar a noite aqui juntinhos, tenho tanto para te contar...

Deixei a ideia suspensa no ar para ver se o fisgava.

— Pode ser outro dia, amor? Eu já disse que iríamos. A gente pode conversar no carro. — Ele se interrompeu para me olhar, apertou os olhos e fez biquinho tentando me convencer. — Vamos, por favor?

Apesar da palavra educada, eu sentia que *não ir* não era uma opção de verdade, então me levantei de uma vez, forcei um sorriso e fui me arrumar.

— Tudo bem.

❇

Pouco tempo depois, estávamos na impecável sala dos nossos amigos. O apartamento era visivelmente maior do que o nosso, com alguns móveis decorativos e vários quadros, entretanto a minha parte favorita era o teto com moldura de gesso e iluminação amarelada, que tornava o ambiente muito mais aconchegante do que todo o resto da decoração sofisticada. De vez em quando eu também pegava o Guto admirando o bom gosto de Bianca e Mauro, porém, ele nada dizia a respeito.

Eu não sabia se havia de fato algum motivo para a comemoração ou se era apenas mais uma das desculpas que eles arrumavam para se encontrar. Provavelmente a segunda opção. Eu segurava com relutância uma taça de vinho entre os dedos e, mesmo sendo a minha bebida alcoólica favorita, nem ela estava fazendo jus à sua reputação comigo naquela noite. Sentia-me um pouco dispersa e fazendo um tremendo esforço para interagir. Não era exatamente uma festa, éramos apenas quatro casais, portanto eu não tinha como escapar das conversas em um grupo tão pequeno. Fiz o que me era de costume, procurei sorrir e ser gentil. Eu não tinha nada contra aquelas pessoas, pelo contrário, sentia um carinho distante, um misto de afeição branda e gratidão, pois, apesar das diferenças, eles eram os amigos que tínhamos feito na cidade até o momento. Só que eles não eram a *minha* galera. E agora que eu estava descobrindo isso, a diferença era gritante.

O problema era que eu só pensava em estar em outro lugar, em ligar para mamãe e contar sobre o sucesso dos meus alunos, ou mesmo mandar uma mensagem para a Clarinha, já que eu não tinha conseguido encontrá-la depois das apresentações e ela havia me dado tanta força naquele projeto que merecia um agradecimento. Acima de tudo, eu queria mesmo era compartilhar aquele pedaço de felicidade com o Guto, mas ele mal me deu brecha quando chegou em casa, e no carro eu estava tão desanimada com a perspectiva da noite que contei apenas por cima, ainda aguardando uma oportunidade para conversarmos com calma. Essa expectativa era o que me fazia esconder um sorriso ansioso.

Eu estava sentada em uma ponta do sofá enquanto olhava para o fundo da minha taça e colocava na balança os pequenos desapontamentos e as conquistas do dia, ponderando que talvez nem tudo estivesse perdido. Ainda haveria tempo de sobra naquela noite. Tanta gente com problemas maiores, por que eu estava reclamando, afinal?

Bianca veio apressada da cozinha americana e se aproximou, sentando-se pesadamente ao meu lado. Era a segunda vez no dia em que eu quase derramara líquido em um sofá.

— Heloísa, o Guto acabou de nos contar que hoje você estava toda animada com o trabalho, mas não deu detalhes! Qual é a notícia boa? — perguntou com a voz levemente alterada.

*Ah, não.*

Estreitei os olhos incrédula.

Bianca era aquele tipo de amiga inconveniente que transforma toda e qualquer informação em piadinha ou espetáculo da Broadway. Apesar disso, também estava sempre disposta a ajudar os outros, então ninguém tinha coragem de julgá-la por sua indiscrição e por seu jeito espalhafatoso, por mais desconfortável que pudesse ser. Ela só era assim entre amigos; no escritório, sustentava uma figura séria e discreta de advogada.

Olhei de relance para o Guto, que estava perto da cozinha conversando com Joana e Marcelo. Cruzamos olhares por um segundo. Pela primeira vez senti como se não o reconhecesse. Eu sei que não pedi segredo, mas achei que ele soubesse que era algo particular, nós ainda nem havíamos tido tempo de conversar direito.

*Respira fundo, Heloísa.*

— Err... — tossi —, não é nada de mais, apenas um projeto que os meus alunos apresentaram hoje e no qual se saíram muito bem.

*Era muito mais do que isso para mim.*

Juro que consegui perceber a expressão de desapontamento em seu rosto um milésimo de segundo antes de ela esconder.

— Ah, legal... — e completou, quase de imediato —, mas o Guto é tão atencioso, né? Estava lá todo feliz por você. Uma gracinha.

Mel se aproximou na mesma hora, lindíssima em um vestido social estruturado com manguinhas bufantes.

— Total! A Helô tem muita sorte mesmo, ele é um partidão — disse.

Senti como se ela dissesse que eu não merecia o meu próprio marido. Fui incapaz de responder e apenas sorri, assentindo em silêncio.

— Então, conta pra gente o que você anda lendo! Preciso de dicas! — Bianca perguntou.

Odiei o seu tom de voz na mesma hora e me perguntei novamente o que eu estava fazendo ali. Não era possível que eu estivesse interpretando as coisas tão mal se eu sentia meu coração apertado daquele jeito.

— Meninas, meninas, se importam se eu roubar a Helô um minutinho? — Joana interveio como um raio.

Ela entrelaçou o braço livre no meu e me arrastou para a sacada do apartamento enquanto Bianca e Mel deram de ombros e foram abrir outra garrafa de vinho.

— Ufa — respirei aliviada. — Obrigada, viu?

Secretamente, eu a apelidara de Joana D'Arc; ela tinha a confiança e a determinação de uma verdadeira guerreira, e qualquer um perceberia isso só de observá-la andar. Ela havia me salvado de situações embaraçosas tantas outras vezes que eu certamente lhe devia medalhas de honra.

— Imagine, dava pra ver do prédio vizinho como você estava travada. — Ela sorriu, tomou um gole de sua taça e olhou para a noite lá fora.

Eu sorri incerta.

— Mas fique tranquila, elas não têm más intenções, você sabe. Só têm dificuldade de puxar assunto com pessoas que não são da nossa área e acabam metendo os pés pelas mãos.

— Hum — murmurei, bebericando o meu vinho também, agora sentia a brisa suave tocar meu pescoço, imediatamente me tranquilizando.

— Na verdade — continuei —, eu não tenho motivos para ficar chateada com *elas*.

Voltei o meu olhar para a sala, buscando o Guto.

Ele nem me notou.

# CAPÍTULO 10

Conversei com o Guto logo depois da festa.

Algum tempo atrás, eu teria deixado passar batido e não comentaria nada sobre o meu constrangimento, afinal de contas, o mais provável era que ele não tivesse nenhuma ideia do quanto eu queria guardar aquilo só entre nós. O problema era que eu não tinha mais tanta certeza disso, o olhar que trocamos no momento que o encarei dizia algo mais. Pensando sobre isso mais tarde, percebi o que tanto me incomodara naquele dia. Não foi só ter ido à festa quando eu não queria, ou a exposição de algo que eu gostaria de ter compartilhado somente com ele; o que mais me incomodou foi a sensação de ter a minha felicidade exposta apenas porque ele sabia que eu não queria estar ali e precisava provar para todos que eu estava feliz e exatamente onde deveria estar.

— Mas como eu ia saber que você não queria comentar nada com ninguém? Por acaso era segredo? — ele disse em voz baixa enquanto tirava a roupa que havia usado na festa e dobrava delicadamente para colocar em cima da bancada de pedra do nosso banheiro.

— Não era, mas eu tinha deixado claro que pretendia comemorar somente com você — respondi, pegando a toalha. Essa era uma das poucas vezes que tomávamos banho separados, eu saía enquanto ele entrava no box.

— Olha, eu não sei o que tem de errado com você nesses últimos tempos, Helô. Você sempre adorou sair com o pessoal.

*Não adorava, não.*

— Não é isso, amor, olha só... — Eu me virei para ele, mudando de estratégia. — Já faz algum tempo que não saímos a sós, eu tenho me sentido meio sozinha, pensei que poderíamos passar algum tempo juntos e tem algumas coisas que eu queria contar *só para você*. Não tem nada de errado nisso, tem?

Usei o tom de voz mais pacificador possível. Eu realmente não queria que brigássemos, só desejava que ele entendesse o quanto aquilo me incomodara.

— O que foi?

Ele falou mais alto para competir com o barulho da água que caía do chuveiro.

— Eu ia dizendo...

— Amor, pode pegar um sabonete novo pra mim?

Bufei e desisti da ideia por ora. Teríamos tempo de conversar sobre aquilo depois.

— Claro.

Já na cama, eu passava avidamente os olhos pelo meu exemplar de *O retrato de Dorian Gray*, apesar do vinho que eu havia tomado naquela noite. Eu virava mais uma página quando Guto se aproximou e sentou-se no seu lado da cama, ainda de costas para mim.

— Desculpe.

Uma única e simples palavra, mas capaz de aquecer o coração.

Deixei o livro de lado lentamente, mal me preocupando em usar um marcador de páginas, enquanto ele se virava em minha direção, deitando-se ao meu lado. Olhei-o com atenção. A expressão confiante e indiferente que eu fisgara na festa havia ido embora. Agora eu reconhecia aquele olhar apaixonado de anos atrás. Ele estava de volta. Toquei seu rosto e ele pressionou minha mão, segurando-a ali, como se precisasse de mim e uma sensação quente se espalhou pelo meu corpo.

Conversamos por alguns minutos.

Ele pediu desculpas pela indelicadeza e por não termos conversado direito naquela noite. Disse que estava passando por um período de muita pressão no trabalho, mas prometeu ser mais atencioso comigo e não deixar que aquilo afetasse a nossa relação. E, embora soubesse que eu não tinha nada a ver com aquilo, também pedia a minha compreensão e paciência. Tive que reconhecer que ele estava se esforçando, então aceitei suas desculpas e decidi me esforçar mais também.

❧

Crescer em uma cidade pequena tem suas vantagens. Uma delas é que você não precisa se esforçar tanto para fazer amigos, a maior parte deles será seus colegas de escola, que coincidentemente também são seus vizinhos, ou seus primos, ou a filha do padeiro ou do mecânico do seu tio. A questão é: todo mundo se conhece.

Talvez essa também seja uma das desvantagens.

Em Cachoeiro, eu sempre estive rodeada de conhecidos, amigos próximos ou não, especialmente por conta dos meus avós que moraram no mesmo lugar quase a vida toda. Preciso me lembrar de agradecer à vó Nena por todas as "tias", suas amigas, que eu tive ao longo dos anos; elas sempre estiveram presentes em várias fases da minha vida, algumas me pegaram no colo quando menina, e depois de adulta me fizeram presentes à mão que se tornaram parte do meu enxoval quando me casei.

Agora, amigos de verdade, pensando bem, eu posso dizer que tive poucos, os da infância foram se perdendo no meio do caminho e restaram apenas alguns da faculdade, mas a essa altura cada um seguiu seu caminho também. Ainda converso em rede social com uma ou outra amiga, mas, por causa da distância, a gente perde a intimidade que nasce com a vivência do dia a dia.

A Luana era a única amiga com quem eu ainda mantinha um contato mais próximo. Nós nos conhecemos na faculdade, e ela era a pessoa mais divertida que eu já tinha conhecido, dona de uma risada alta e contagiante que sempre me convencia a fazer suas vontades, especialmente a matar alguma aula considerada por ela menos importante, e passar toda a manhã batendo papo na cafeteria da facul. Sempre vai existir aquela pessoa especial com quem mais nos identificamos e ficamos à vontade, e Luana era essa pessoa para mim. Sei que os anos da faculdade não teriam sido os mesmos sem ela.

Lembro até hoje de quando nos desentendemos. Foi depois de eu começar a namorar o Guto, quando senti que ela se afastou.

*Ou fui eu que me afastei?*

Só sei que as coisas mudaram um pouco a partir dali, mas já estávamos no último ano da faculdade, e, além de ter que me dedicar aos estudos e correr atrás de um estágio, ainda precisava dividir meu tempo com um novo relacionamento que eu queria muito que desse certo. Pensando em retrospectiva, talvez eu tenha me descuidado um pouco da nossa amizade, mas logo depois que nos formamos, quando pudemos voltar a respirar, voltamos a passar tempo juntas e, pelo menos da minha parte, nada mudou.

Foi só depois que a Luana se casou, e logo em seguida eu, que nos afastamos. Acho que a vida de casada tem dessas coisas. Luana agora tinha uma linda bebezinha e, além disso, se dedicava ao trabalho, à casa e ao marido; enquanto eu estava ali em outra cidade com o Guto. Era totalmente compreensível. Nós nos falávamos por mensagem vez ou outra, e eu estava sempre prometendo ir visitá-la quando fosse à cidade, mas, desde que mudáramos para Vitória, ainda não havia conseguido.

Inclinei a garrafa para colocar mais café em minha xícara. Era sábado e tomávamos um café da manhã preguiçoso na bancada da cozinha. Não tínhamos planos para aquele dia, e eu queria aproveitar o máximo possível para ler o livro do clube daquele mês, uma vez que estava atrasada na leitura, o encontro se aproximava e eu ainda não estava nem na metade do livro. Mas, nos últimos dias, uma teoria ocupava os meus pensamentos e roubava a minha concentração, então não resisti e fiz um teste.

— Você me acha uma pessoa difícil de fazer amigos? — perguntei ao Guto enquanto ele levava sua xícara aos lábios.

Ele me olhou com uma expressão desconfiada.

— Não, por quê?

— Não sei, eu achava que fazia amigos com facilidade, mas parece que desaprendi.

— Mas por que essa história agora? Nós temos amigos.

— Sim, eu sei. É que nas últimas semanas tem sido diferente. A professora de Geografia com quem eu organizei aquele projeto me contou que não me achava muito *acessível*. Não entendi. Será que eu tenho cara de antissocial?

Ele deu uma risada frouxa.

— Antissocial? Não, não, meu amor, você só é... na sua. Você escolhe bem suas companhias.

Franzi o cenho para a hesitação dele. Não me lembro de ser tão "na minha" assim.

— Antes só a Clarinha puxava assunto, sentava comigo... agora outras professoras têm vindo conversar.

Professoras, professores, alunos... de repente eu me sentia rodeada de novas pessoas, as mesmas que sempre estiveram ali todos os dias, mas que agora eu sabia onde moravam, se tinham filhos, se gostavam da escola, qual era o nome do animal de estimação e até a qual filme iam assistir no cinema no fim de semana; era como se só agora elas fizessem realmente parte da minha rotina.

— Mas cuidado para não ser acessível demais, hein? — ele disse, agora em tom sério.

— E o que isso quer dizer? — arrisquei.

— Nada, só achei estranho também. As pessoas são estranhas.

Não sabia qual era o problema, mas eu não queria acreditar. Sabia que eu nunca fora uma das meninas mais abertas e cheias de amizades do colégio, e na faculdade, à exceção de Luana, eu não tinha tantos amigos, então posso facilmente acreditar que eu não sou mesmo tão *acessível* quanto achava que fosse. Guto era suspeito para opinar sobre aquilo, afinal, era o meu marido e era lógico que ele me achava a pessoa mais sociável e carismática que existia, mas a realidade é que as pessoas com que eu trabalho aparentemente não pensam assim. Isso é ruim.

Fiquei pensativa pelo resto da manhã e quase não consegui me concentrar na leitura, então decidi fazer qualquer outra coisa para passar o tempo.

— Vamos ao shopping hoje? — perguntei ao Guto à tarde, depois de arrumar a bagunça do almoço na cozinha.

— Para quê? Você está precisando de alguma coisa? — Ele estava sentado no sofá, trabalhando no computador.

— Não exatamente, mas queria passear na livraria.

— Bom, se você quiser, podemos ir mais tarde, aí jantamos por lá. Só preciso terminar uns relatórios aqui para segunda-feira.

— Ah! Ótimo! — comemorei com palminhas empolgadas e fui para o quarto, não sem antes passar por ele para dar um beijo em seu rosto.

Podia-se dizer que uma das piores coisas naquela cidade era ter poucas livrarias. Não era como se eu não gostasse de Vitória; na verdade, adorava. Percebia que estava começando a me sentir em casa, mas não conseguia deixar de reparar nessa falha terrível. Não que na minha cidade fosse muito melhor, mas seria tão bom se tivéssemos mais livrarias por aqui. Só existe uma ou outra dentro de shoppings. Era uma tristeza que se encontrassem cada vez menos livrarias pequenas, que não fossem filiais de alguma grande rede. Sei que essas lojas também são importantes, mas precisamos de opções.

Com as dicas da Clarinha, eu passara a me aventurar pelas livrarias virtuais e precisava admitir que me deleitava com a enorme variedade de livros, editoras, autores, categorias e mesmo com as promoções, que eram uma tentação; mas nada me tirava o prazer de passear por uma livraria, pessoalmente, passando as mãos pelos livros, abrindo e folheando suas páginas, até mesmo observando as pessoas fazerem o mesmo. Talvez fosse uma loucura de leitora que estava se redescobrindo, mas não trocaria essa sensação por nada virtual, no máximo podia conciliar uma coisa com a outra. Pelo que percebia, o pessoal do clube também era assim, conseguiam dividir as duas paixões, o virtual e o físico, até mesmo no formato do livro. Eu ainda não tinha um leitor digital, amava o contato com o papel, mas ficara namorando o aparelhinho nas mãos dos membros do clube no último encontro.

— Pronta? — Guto colocou a cabeça para dentro do quarto.

— Quase! E você?

— Terminei aqui, vou trocar de roupa agora.

Estacionamos no subsolo do shopping e seguimos para o primeiro piso. Não estávamos com pressa, e isso era novidade para nós, especialmente saindo sozinhos assim. Eu estava quase sugerindo um cineminha quando Guto disparou:

— Esqueci de avisar, Helô! Não posso demorar muito, tá? Tenho uma reunião por Skype à noite.

*Não acredito.*

— Mas você não disse que poderíamos jantar no shopping?

— Mudança de planos! Desculpe. Acho que não vai dar tempo mesmo. — Seus lábios eram uma fina linha de tensão. — Será que rola comprarmos alguma coisa para levar? — ele completou.

— É, tudo bem, não tinha nada de muito importante para fazer mesmo.

Caminhamos direto para a livraria, mas agora eu me sentia um pouco ansiosa. Não tínhamos mais tempo de sobra e, chegando em casa, não seríamos mais somente nós dois em um sábado à noite, sem nada para fazer. Eu andava com essa sensação de apreensão nos últimos tempos, como se estivesse tudo bem, e, de repente, meu coração disparasse; mas respirei fundo, estávamos entrando na livraria.

Senti meu corpo relaxar lentamente enquanto caminhava entre as ilhas de livros, nas quais os best-sellers e os lançamentos estavam expostos. Virei-me para ver onde Guto estava, e ele havia se isolado em um canto, uma das mãos no bolso e a outra digitando algo no celular. Não me importava. Respirei fundo e olhei ao redor, várias outras pessoas faziam exatamente o mesmo que eu, segurando livros nas mãos com olhares ávidos que iam de capas para títulos e lombadas.

Continuei caminhando pelas seções e lendo algumas sinopses.

— Heloísa?

Levantei a cabeça de súbito.

Para a minha surpresa, era o Caíque, AKA *o surfista*.

— Oi! — sorri.

— E aí, que coincidência você aqui! Está namorando?

—Ahn, quê? — Uma voz aguda e irreconhecível saiu da minha garganta.

— É, esse livro aí, está namorando ele? — Caíque disse, e percebi que ele apontava para o livro em minhas mãos enquanto falava.

— Ah! — *Que burra.* — Sim, estava namorando, mesmo. Fiquei curiosa com as irmãs Brontë depois de *Jane Eyre* — soltei a frase com um sorriso vacilante, ainda com vergonha do meu deslize.

— Imaginei! Só que eu preciso te alertar que esse casal aí não é flor que se cheire, hein... E eu não confiaria em uma só palavra desse Heathcliff. — Apontou novamente para o livro, o sorriso ainda estampado no rosto.

Minha risada o acompanhou.

— Você não está me dando *spoilers*, né? — Fiz uma careta.

— Longe de mim! — disse e sacudiu as mãos à sua frente, fazendo-se de inocente.

— Err, Helô? Já escolheu o livro?

Guto chegou por trás de mim sem que eu percebesse e me virei no susto.

—Ah, sim! Peguei este aqui, mas ainda estava olhando... este é o Caíque! — Eu me afastei um passo para dar espaço aos dois, que se cumprimentaram com um aperto de mãos.

— Sou o Guto.

Eu estava quase esperando que ele se apresentasse como "o marido da Helô", mas ainda bem que ele não o fez, eu já estava morrendo de vergonha com o susto e a expressão mal-encarada em seu rosto.

*Afinal, qual era o problema?*

— E aí, cara? — Caíque tocou também o ombro de Guto, por um segundo, e manteve o sorriso aberto.

Guto apenas acenou de volta e olhou para mim, parecia que esperava mais alguma coisa.

— O Caíque também faz parte do clube do livro de que eu te falei, lembra? — comentei olhando de um para o outro.

— Ah, sim, claro! — respondeu Guto com outro aceno de cabeça.

— Então, Helô, eu estou indo nessa, beleza? Boa leitura com esse aí! — E apontou para O *morro dos ventos uivantes* ainda em minhas mãos. — Te vejo no clube! Até! — Acenou, dessa vez para nós dois, e se afastou.

— Está bem, até lá! — despedi-me, meio sem jeito.

❧

Para falar a verdade, achei todo o episódio meio bizarro.

Eu não deveria ter me assustado ou ficado com vergonha quando o Guto se aproximou, e definitivamente o comportamento dele foi mais do que embaraçoso. Ele parecia uma pedra, com aquela cara fechada e acenando com a cabeça feito um robô.

— O que foi aquilo? — perguntei já dentro do carro, enquanto voltávamos para casa.

— Aquilo o quê?

— Ah, não se faça de bobo! — Olhei para o seu rosto, mas ele mirava para a frente, concentrado no trânsito. — Você ficou todo esquisito quando te apresentei para o Caíque. Normalmente você é simpático com todo mundo, não entendi nada.

— Eu é que não entendi nada. Desde quando você sai conhecendo homens assim?

— Opa, pera aí... Ele faz parte do clube, eu te falei. Ou você achou que era um clube apenas para mulheres?

Percebi que isso o desconcertou.

— Eu... não sei, hoje em dia tem esse monte de coisas só de mulheres, feminismo, empoderamento e tal. Achei que pudesse ser um desses clubes, você não comentou que havia homens também.

Eu preferi não argumentar, essa era uma questão para outra hora, e provavelmente exigiria mais paciência da minha parte, o que estava em falta no momento.

— Não sabia que agora eu precisava explicar quando haverá mulheres *e homens* nos lugares a que eu vou.

Eu estava ficando nervosa.

— Heloísa, não vamos brigar, tá? — Seu tom era mais tranquilo agora. — Você anda muito estressada com essas coisas do trabalho, desse clube... eu só estava com pressa para a reunião, talvez eu tenha sido um pouco seco, nada de mais.

— Nós ainda estávamos com tempo suficiente, mal havíamos chegado ao shopping, não jantamos nem trouxemos nada de lá por conta de toda a sua pressa. Como sempre!

— Amor, tá vendo como você está estressada? Não vamos discutir agora, conversaremos sobre isso depois, tudo bem? A gente pede comida em casa e comemos juntos depois da reunião.

Apenas bufei, virando-me para a janela.

Não queria conversar depois e, apesar de ainda estar chateada, em uma coisa ele tinha razão: eu estava me exaltando. Odiava brigar, bater boca ou elevar o tom de voz. Nós prezávamos muito pela tranquilidade em nosso relacionamento e evitávamos ao máximo essas discussões, pois elas eram uma faísca para outras muito piores.

— Tudo bem.

# CAPÍTULO 11

Era a hora do almoço. Todos os professores que também pegavam o turno da tarde na escola costumavam almoçar ali mesmo, na sala dos professores. Dessa vez eu não havia trazido comida de casa, então fomos até o restaurante da esquina. Era um lugar simples e pequenininho, mas a comida caseira fresquinha compensava. No verão ficava bastante abafado, e costumávamos dizer que ficávamos tão cozidos quanto a comida que era servida ali. Não era exagero.

— Então, comprou ou não comprou *O morro dos ventos uivantes* que você queria?

Clarinha estava a par da minha *lista de desejos*, assim como eu da dela. E eu estava começando a achar muito divertido fuçar a lista de livros desejados dos outros e, com isso, adicionar na minha uma porção de novos livros, de que eu nunca tinha ouvido falar. Era um hobby em construção. Eu também havia contado que fora à livraria do shopping no fim de semana, só não contei que esbarrei com o Caíque. Por algum motivo, não quis mencionar o episódio.

— Como te falei, eu queria pesquisar outras edições, mas mal tive tempo com a pressa que o Guto estava de voltar para casa...

A decepção atravessou o meu rosto, e tive a impressão de que Clara percebeu.

— Ah, que pena! Mas daqui a pouco você risca esse livro da sua listinha — disse, e remexeu as batatinhas em seu prato. — Sei que você ficou doida para ler alguma outra coisa das irmãs Brönte depois de *Jane Eyre*.

Após alguns segundos, Rute, que agora eu descobrira que era mãe de gêmeos, e Leo, professor de Química, se aproximaram colocando seus pratos em nossa mesa.

— Demoraram, hein! Foram cozinhar a comida?

Algumas vezes eu invejava a espontaneidade da Clara, especialmente o quanto ela parecia se enturmar com facilidade; e em outras, só queria enfiar minha cabeça em um buraco.

— A fila estava enorme! — disse Leo enquanto se sentava.

— Estava mesmo, a gente precisa encontrar um restaurante melhor para essas horas de sufoco, Clara! Aqui é muito lotado — comentou Rute com o garfo parado no ar a meio caminho da boca.

— E abafado! — Leo completou.

— Pelo menos o suco é uma delícia, né? — acrescentei, e com isso, Clara gesticulou para que juntássemos nossos copos em um brinde.

Eu sorri.

❀

Depois de tomarmos sorvete, nos separamos na sala dos professores, cada um organizando seu material para o início do turno vespertino; o clima entre nós era leve, de expectativa e de animação. Havíamos conversado durante todo o horário do almoço. Rute contou as histórias mais hilárias dos gêmeos e fez todo mundo rir até chorar; Leo, com quem eu nunca tinha trocado mais do que um "bom-dia" ou "boa-tarde", se mostrou um cara aberto e bem-humorado, fazendo jus à sua fama de professor gente boa. Ele estava na escola havia muitos anos e fazia trabalho voluntário nas horas vagas, dando aulas de reforço aos alunos que precisavam.

Eu não me lembrava de ter me sentido tão à vontade assim antes. Existe um magnetismo em um ambiente escolar que é difícil de explicar, um misto do barulho constante de portas de armário abrindo e fechando, carteiras sendo arrastadas e pessoas conversando em voz alta nos corredores. Eu estava aprendendo a apreciar cada vez mais essa atmosfera.

Depois de pegar no armário tudo o que precisava para as primeiras aulas antes do intervalo, sentei-me no sofá dos fundos, relaxada. Ainda havia um tempinho antes de soar o sinal, então gastei alguns minutos com o celular em mãos.

— Ei, Helô, depois queria conversar contigo sobre um projeto que estou pensando para a turma do sexto ano... — disparou o professor de Inglês com um sorriso, passando por mim enquanto pegava seu próprio material. — Estou com umas ideias maneiras que a gente poderia montar em conjunto!

— Ah, beleza! Vamos ver, sim! — acenei em resposta.

— Pessoal, aproveitando que a maioria já chegou do almoço, deixa eu ver uma coisa com vocês antes de a Eliete chegar! — a diretora havia acabado de entrar na sala e falava em voz alta para chamar a atenção de todos. — Combinamos de fazer a festinha de despedida dela esta semana, vocês estão lembrando, né? — Ela investigou o rosto de cada um dos presentes. — Que tal hoje?

Olhei de relance para a Clara e sussurrei: "Despedida?".

Eu nem sabia que a professora de Matemática sairia da escola. Apesar de não me surpreender tanto, afinal, eu não a conhecia a ponto de conversar com ela sobre coisas pessoais, embora tenha ficado impressionada de não ter percebido nenhum comentário ou movimentação sobre a festa nos últimos dias.

Isso me mostrava o quanto eu estava mesmo distraída. Não me envolvia de verdade com as coisas que aconteciam ao meu redor, como se nada daquilo me dissesse respeito. Só depois do comunicado da diretora percebi como confraternizações com colegas de trabalho ou de estudo faziam falta para mim. No dia a dia, essas mesmas pessoas se desentendiam, eu já vira algumas até trocarem farpas, mas, olhando para todos ali, agora ficava claro o sentido do coletivo, de viver e de compartilhar a mesma experiência. Na época da faculdade, isso era tão comum que eu achei que seguiria acontecendo para o resto da minha vida: estar rodeada de pessoas e fazer parte de algo era corriqueiro. Hoje, vejo que, se você não estiver aberto, não vai acontecer.

A gente só se dá conta do valor das coisas quando elas acabam, se esgotam e, às vezes, só muito depois disso. Três anos trabalhando naquela escola, vivendo em uma nova cidade, mas era como se eu estivesse dormindo durante todo o tempo.

Depois de ter combinado os pormenores da festa, que na verdade se resumia a um *happy hour* simples, só para não passar em branco, a diretora se retirou da sala, e eu aproveitei a deixa para saber mais detalhes antes de ir para a minha primeira aula.

— Gente, como eu não fiquei sabendo disso? A Eliete vai sair, então? — perguntei, olhando de Clara para Rute, que agora estavam perto de mim.

— Sim, ela já estava tentando transferência para uma escola mais perto de casa há um tempão — Rute me respondeu de pronto.

— Ah, que bom, então! Mas e esse negócio da festa? Ninguém me falou nada.

— Menina, ninguém estava lembrando! — Clara cochichou. — É tão surpresa para você quanto para a gente. A diretora veio com essa história do nada. Você sabe como ela é, ninguém esperava que ela levasse a ideia adiante. Isso foi há semanas, ninguém falou nada e ficou por isso mesmo. Achei que nem ia rolar.

Clarinha tinha razão. Dona Lúcia sempre nos procurava com ideias fascinantes, porém extremamente trabalhosas, para as nossas aulas, mas depois de alguns dias ninguém ficava sabendo no que dera. Assim que entrei para a escola, fiquei preocupada em dar conta de tudo que ela sugeria, mas logo percebi que poucas das suas ideias se concretizavam de fato, e passei a encará-las como sugestões criativas. De qualquer forma, cada professor tinha a própria maneira de conduzir suas aulas e seus projetos.

— E onde eu estava quando ela sugeriu a festa? — perguntei.

— Hum... Acho que aqui mesmo, ou não? Não sei, você ficava mais na sua — Rute respondeu meio sem jeito.

Acho que entendi o que ela quis dizer.

Fizemos uma vaquinha entre os professores para os salgadinhos e refrigerantes da despedida da Eliete. Até que nos saímos muito bem coordenando um evento totalmente de última hora. Eu me voluntariei para passar uma cestinha de sala em sala recolhendo as contribuições, conforme combinado, segundos antes de o primeiro sinal do vespertino bater, e tudo correu bem. Ao longo da tarde, encomendamos toda a comida em um *delivery*, e a professora de Artes usou seu horário de planejamento para criar um pôster de despedida inacreditavelmente bonito para algo feito no improviso. Eu até poderia dizer que a Eliete fingiu uma expressão de surpresa perfeita, não fossem seus olhos brilhantes e marejados ao entrar na sala dos professores e encontrar todos nós de pé ao redor da mesa central gritando em uníssono:

— *Surpresa!*

Era brega, mas nunca perdia a graça.

— Ai, gente! — foi tudo o que ela falou, mas seus olhos e sorriso disseram o resto.

Todos bateram palmas em sua homenagem, e um dos professores a puxou para junto da bagunça. Vários outros se aproximaram para abraçá-la e desejar felicidades em sua nova escola.

Admito que era um *brega* muito bonito de se ver, ninguém conseguia evitar o sorriso estampado no rosto.

A despedida se estendeu por pouco mais de uma hora. Todos beliscando os petiscos, colocando em dia o papo atrasado, a Eliete sendo puxada de grupo em grupo em meio a sorrisos que já demonstravam a saudade que ela ia deixar naquelas pessoas. Eu não a conhecia tão bem, mas até pouco tempo atrás eu não conhecia praticamente nenhum professor, além do primeiro nome e a disciplina que ministrava. Achava que me relacionava o suficiente para um ambiente de trabalho, mas eu não sabia do que sentia falta até olhar com atenção ao redor.

Dava para entender por que ela faria falta só de observar seus braços e sorrisos abertos para todos. Até comigo, com quem ela mal havia trocado algumas palavras. Sua própria gentileza inspirava reciprocidade.

Por um segundo, imaginei como seria se fosse eu quem estivesse indo embora.

※

Mal me dei conta do horário até chegar em casa e encontrar o Guto sentado no sofá com a roupa do trabalho, me aguardando.

A cena me pegou de surpresa.

Era sempre eu quem o esperava chegar do trabalho para que jantássemos juntos, ou até mesmo apenas para que pegássemos no sono. Mesmo a contragosto, eu havia me acostumado à nossa dinâmica, mas desconfiava que ele não só havia se acostumado, mas também se apegara a ela.

— Ué, chegou cedo? — foi a primeira coisa que me veio à mente.

— E você, tarde.

Olhei automaticamente para o relógio de pulso. Eram oito da noite.

— Tem razão, mas ainda é bem cedo. Você chegou cedo.

Virei-me para trancar a porta do apartamento e, quando voltei a encará-lo, registrei a taça de vinho em suas mãos.

— Caramba, já está bebendo? Será que sobrou pra mim? — soltei rindo, em uma tentativa de quebrar o gelo que ele prontamente ignorou.

— Eu tentei te ligar, mas seu telefone estava desligado — continuou no mesmo tom seco.

Franzi a testa e abri a mochila para procurar o celular. Encontrei-o desligado, provavelmente sem bateria.

*Droga, minha culpa.*

—A bateria acabou e eu não vi, amor, desculpe. Hoje teve um *happy hour* de despedida de uma colega, ela está trocando de escola...

— Podia ter avisado, Helô. Você reclama que eu trabalho demais, mas, quando eu chego cedo para ficar com você, encontro a casa vazia — disse, me interrompendo.

— Poxa vida, não seja injusto, né? Eu já pedi desculpas, nós nos desencontramos, só isso.

— Tudo bem, eu vou para o banho — disse, e se levantou do sofá me dando as costas com um ar cansado.

Não sei o que me deixou tão zonza, se foi o seu tom de voz, seu semblante ou o fato de ele ter me dado as costas. Era uma sensação péssima e me fazia me lembrar de uma parte da minha infância, quando o vovô ainda era vivo. Podia ser uma coisa mínima e sem a menor intenção, como quebrar um copo de vidro, mas era o bastante para que eu sentisse que o havia decepcionado profundamente. Bastava ele me olhar com o cenho ligeiramente franzido que eu tinha vontade de chorar na mesma hora. Mesmo naquela época, eu sabia o quanto vovô gostava das coisas à sua maneira, e que contrariá-lo seria o fim do mundo. Algo engraçado sobre quando somos crianças: coisas simples tomam proporções catastróficas. Era assim que eu me sentia naquele momento, com uma vontade de chorar e um sentimento de culpa que eu não sabia se me cabia.

Pelo resto da noite, tentei ao máximo ignorar meus sentimentos e peguei novamente *O retrato de Dorian Gray* para ler. O dia do encontro do clube se aproximava e eu precisava avançar na leitura, mas é tão difícil encontrar concentração quando seus sentimentos estão à flor da pele. Das duas uma, ou você não consegue e fica repetindo o mesmo parágrafo várias vezes sem compreender uma palavra, ou você devora páginas e páginas tentando sair da sua própria realidade. Ainda bem que, naquela noite, a segunda opção havia ganhado.

Estava ficando tarde e fui para o quarto terminar de ler na cama. Guto já estava deitado. Ele resmungou um "boa-noite" quase inaudível, para deixar bem claro que ainda estava chateado, e se virou para o outro lado assim que me deitei. Por mais que aquilo me partisse o coração, e mesmo que eu quisesse ter dito algo mais, não saberia o que dizer para consertar a situação. Liguei o abajur na mesa de cabeceira e continuei a leitura. Menos de cinco minutos depois, Guto se virou para mim com a mão no rosto e os olhos semicerrados.

— Desliga essa luz. Você sabe que eu preciso acordar cedo amanhã.

— Mas eu já virei o abajur quase todo para a parede, amor — disse, me encolhendo.

— Se quiser tanto ler, vá para a sala.

Ouvi o tom ainda magoado de sua voz. Olhei para o livro, agora faltava pouco para acabar e eu não tinha um pingo de sono. Fiquei dividida entre ir para a sala e correr o risco de irritá-lo ainda mais, ou apagar a luz e dormir para não piorar as coisas entre nós. Ainda receosa, decidi ir para a sala, me movi devagar, mas ouvi sua voz grave disparar atrás de mim.

— Você está mudando muito, Heloísa. Mal te reconheço, trocando a vida conjugal por uma vida de ficção.

Cheguei a interromper o movimento no meio do caminho, apreensiva, mas resolvi me levantar mesmo assim.

Desliguei o abajur e fui para a sala de uma vez.

## CAPÍTULO 12

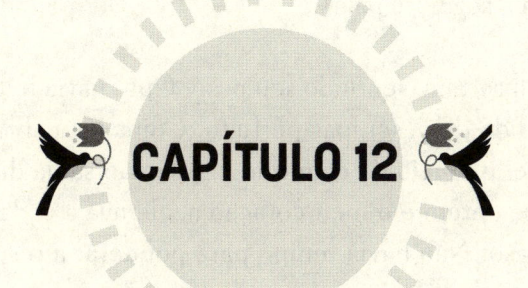

Acordei no susto, com o alarme do celular tocando alto na mesa de cabeceira ao lado da cama. Os olhos quase não abriram por inteiro, mas peguei o aparelho para ver que horas eram e o choque me fez sentar de uma vez na cama.

— Perdi a hora! — falei em voz alta, automaticamente, me virando para o lado para ver se havia acordado Guto sem querer, mas ele já não estava na cama.

Joguei a colcha de lado e me levantei às pressas, calçando o chinelo e correndo para o banheiro. Eu nunca me atrasava, entretanto, era a primeira vez em muito tempo que eu ficava lendo até tão tarde. Com isso, percebi que a minha experiência de "leitora da madrugada" era nula, se é que alguém ficava *expert* nisso algum dia.

Em poucos minutos eu já estava no corredor, com o cabelo solto e esvoaçante, diga-se de passagem, caminhando em direção à porta de casa. Eu levava a mochila em um dos ombros e a chave na mão, mas parei no meio do caminho entre a nossa cozinha americana e a porta ponderando se daria tempo de fazer café para levar. Era óbvio que não. Revirei os olhos. Mas, ao olhar para o lado, algo chamou minha atenção, e eu dei um passo em direção à bancada, olhando através dela.

*Será?*

Aproximei-me e percebi que havia um *post-it* grudado na garrafa de café com a seguinte palavra:

*Desculpe.*

Segurei a garrafa, sentindo seu peso. Guto havia feito café para mim. O pedido de desculpas perfeito. Comecei a abrir um sorriso, mas parei no meio do caminho; ainda não sabia direito o que pensar sobre ontem e o meu coração acelerava a cada segundo a mais de atraso. Não havia tempo para ponderar a respeito disso, precisava correr.

Afastei os pensamentos e carreguei tanto garrafa quanto bilhete comigo para o carro. Essa era justamente a garrafa que eu levava para o trabalho quando precisava de um ânimo a mais no dia, e eu não podia negar que ele havia acertado em cheio dessa vez.

❁

Até que eu não cheguei tão atrasada. O sinal havia acabado de tocar, e eu passava entre os professores enquanto eles saíam para suas primeiras aulas. Alguns ainda estavam pegando seus materiais nos armários e saindo apressados. Recebi vários "bom-dia" e sorrisos ao me dirigir para o meu armário, e isso me reconfortou. Eu só esperava não estar tão descabelada quanto imaginava. Meu cabelo tinha dias ótimos de ondas soltas e pontas com cachos definidos, mas também tinha dias que eu acordava com algo parecido com um ninho na cabeça. Hoje era um dia meio-termo. Os cachos não estavam definidos e as ondas estavam mais para uma tempestade em alto-mar, mas peguei uma presilha na bolsa e prendi metade dele em um coque alto, deixando o restante solto na altura dos ombros. Não estava satisfeita, mas era o menor dos males. Tenho certeza de que as olheiras estavam piores.

Até o primeiro intervalo, as aulas foram tranquilas. Conforme a manhã foi passando, senti minha disposição voltar a níveis normais e comecei a relaxar. O café ajudou. Provavelmente eu estava me preocupando demais com o que poderiam pensar da minha aparência, mas sei o que o Guto diria se pudesse me ver com aquele aspecto desleixado de quem pulou da cama e nem se olhou no espelho. Só de pensar, me encolho involuntariamente.

— Fez alguma coisa diferente no cabelo?

*Ai, não.*

Rute se aproximava para sentar-se ao meu lado na mesa central da sala dos professores. Pensei em desconversar, porém me convenci de que não havia necessidade.

— Nossa! Eu fui dormir supertarde ontem. Acabei atrasando hoje e nem tive tempo de arrumar os cabelos!

— Jura? — Ela levantou as sobrancelhas. — Pois eu prefiro assim! Combina muito mais com você do que aqueles coques arrumadinhos.

— É sério? Mas não está muito bagunçado?

— Eu acho que está bagunçado na medida certa! — E riu.

*Essa me pegou de surpresa.*

Eu estava secretamente começando a admirar a Rute. Não por esse elogio feito à sua maneira despreocupada e franca, mas pela postura gentil que tinha com todos. Depois que nos aproximamos, passei a observar como ela tratava as pessoas e percebi que não era só comigo, ela estava sempre elogiando, motivando e se colocando à disposição dos outros. E, no entanto, o que eu mais admirava em Rute era outra coisa: sua capacidade de rir de si mesma. Ela assumia suas gafes e falhas com desembaraço e até orgulho. Nas histórias que contava sobre os gêmeos, ela nunca idealizava a maternidade com ares de perfeição, pelo contrário, falava sobre coisas que outras mães talvez teriam vergonha de admitir, mas não deveriam. Em todos os casos, perfeição é algo muito distante da realidade.

Por tudo isso, confiei em sua opinião. Passei a mão pelas ondas que desciam pelos meus ombros e senti o corpo relaxar.

Chegando em casa, o cansaço me roubava as forças.

Não havia sido um dia particularmente exaustivo, apesar de eu acabar sendo chamada para substituição à tarde, mas meus olhos estavam pesados.

Fui surpreendida por luzes acesas e logo imaginei que Guto estivesse em casa. Da porta eu conseguia ver praticamente toda a nossa cozinha, portanto fui caminhando em direção aos quartos.

— Amor?

— Oi! — Ele pulou na minha frente.

— Ai, meu Deus! — arfei. — Que susto!

De alguma forma, aquilo me lembrava Luana, que adorava aprontar brincadeiras. Mas a cereja do bolo foi um enorme buquê de flores que quase tapava o rosto do Guto. O embrulho era um misto de rosas vermelhas, flores tropicais e papel celofane.

— Para você, amor — disse, entregando-o em minhas mãos.

Minha boca se abriu antes de eu conseguir emitir algum som e, quando finalmente saiu alguma coisa, foi titubeante.

— O-o-obrigada. Que lindo!

— Você não gostou?

— Claro que eu gostei, são lindas! Como não ia gostar? Só estou surpresa! — disparei apressada.

— Bom, essa era a intenção, né? — E suavizou a expressão séria.

Achei melhor não perguntar o motivo das flores, pois sabia que ele evitava falar muito quando nos desentendíamos; preferia deixar o problema morrer lentamente até sumir de vista. De qualquer maneira, o bilhete da manhã havia deixado claro as suas intenções, e eu as aprovava, apesar de ainda me sentir um pouco na defensiva. Gestos valem mais do que palavras, é o que as pessoas dizem. Convenhamos que eu não era muito fã de buquês de flores, preferia vê-las cultivadas em vasos ou jardins, vivas, mas ele não precisava saber disso, já que essa era apenas a segunda vez que ele me presenteava com elas, contando o buquê que usei em nosso casamento.

A celebração do nosso casamento havia sido um tanto pomposa em razão da ajuda dos meus sogros. Talvez até um pouco mais do que eu mesma teria imaginado ou escolhido, se tivesse a chance. Em cidade pequena, as pessoas tendem a inflar os acontecimentos, mesmo os mais simples, até que virem grandes eventos; afinal, são poucas as novidades, e os olhos de toda a cidade estão sempre atentos. Logo depois do casamento, nos mudamos para Vitória e começamos uma nova vida, muito diferente da anterior.

Quando Guto e eu nos conhecemos, em uma festa totalmente ao acaso, éramos outras pessoas. Acho que essa é uma sensação comum após alguns anos. A de não ser mais o mesmo. Era como se estivéssemos girando velozes em um daqueles brinquedos de parque de diversões e, em um piscar de olhos, tudo ao nosso redor se transformasse em outra coisa, levando consigo parte de nós e deixando para trás algo que passava a nos pertencer também. Era preciso girar de olhos fechados para não cair, mas ao mesmo tempo abri-los era o que nos deixava mais tontos.

Engraçado como as lembranças parecem vir dos lugares mais inesperados; uma coisa se conecta a outra, e, quando nos damos conta, não sabemos mais de onde veio o pontapé inicial. O susto que Guto me deu naquele dia me lembrou Luana, e me fez recordar todo o episódio de quando nos conhecemos, pois ela teve tudo a ver com isso.

Era uma noite como qualquer outra e eu não me sentia disposta a sair ou comemorar. Estava no último ano da faculdade e precisava me dedicar ao meu trabalho de conclusão, mas Luana garantia que uma sexta-feira à noite não era para ser desperdiçada ficando enfurnada dentro de casa, muito menos estudando. Ela tinha uma mania boba de fazer adivinhações, brincava que em outra vida ela *definitivamente* tinha sido médium e por isso eu deveria confiar em tudo o que ela dizia.

— Aposto que eu sei o que você está fazendo agora! — disse ao telefone naquela noite.

— Hum, e o que será? — respondi, desafiando-a.

— Você está de pijamas... sentada em frente ao notebook... pesquisando para o seu TCC.

— Ahh! Não precisa ser nenhuma adivinha para saber disso!

— E se eu disser que você está usando aquela camisola brega de ursinho que eu já falei mil vezes para você jogar fora?

Olhei para baixo na mesma hora, e sim, eu estava usando a camisola brega de ursinho que ela odiava.

*Mas como...?*

Levantei-me da cama, incrédula, deixando o notebook ao lado e fui na ponta dos pés até a porta do quarto. Abri uma brechinha para olhar para fora.

— *Bu!* — ela gritou tão alto que eu quase caí para trás.

Luana estava do outro lado da porta, rindo, ainda com o telefone na orelha, assim como eu. Abaixei o braço na hora e a encarei.

— Espertinha! — falei, entrando na brincadeira. — E a camisola?

— Sua mãe — disse, olhando para trás, acenando para dona Denise, que passava roupa na sala e retribuiu ao cumprimento com uma reverência cômica. Mamãe e vó Nena gostavam tanto de Luana que se tornaram cúmplices em suas maluquices. Até meu irmão Vinícius, nessa época ainda adolescente, adorava a Lu, e acho que tinha uma quedinha por ela.

— Mas já te disse que não estou a fim de sair hoje, garota!

Forjei uma cara brava, mas ela me conhecia bem demais para saber que eu não falava sério e que logo cairia na gargalhada.

— E você sabe muito bem que eu não aceito *não* como resposta! Vamos colocando uma roupinha melhor que essa camisola velha, vou te levar para a festa da sua vida... — Então me enxotou para o meu próprio quarto e fechou a porta. — Te dou dez minutos!

Ela não tinha como saber, mas aquela festa realmente mudou a minha vida. Se não fosse a insistência de Luana, eu não teria conhecido o homem que viria a se tornar meu marido.

O lugar estava quente e lotado. Eram todos convidados de alguém que era convidado de outro alguém, e assim ninguém sabia direito quem era o anfitrião da festa, só que era da nossa faculdade. Até aquele momento eu nunca tinha estado em uma casa tão grande e sofisticada. A festa começava no jardim da frente, com uma churrasqueira e um salão de jogos coberto, onde boa parte das pessoas estava reunida, bebendo ou jogando sinuca, e se estendia para a área externa aos fundos, onde havia um jardim com confortáveis cadeiras e sofás dispostos no gramado, e uma piscina que reluzia em tom azul vívido graças aos refletores noturnos. As pessoas transitavam animadamente entre as duas áreas pela lateral da casa, segurando suas bebidas coloridas e se mexendo ao som de música alta. O cenário facilmente me transportava para um episódio de *The O.C.*

Assim que entramos, Luana cumprimentou meia dúzia de pessoas, me deixando boquiaberta.

— De onde você conhece essas pessoas, Lu? Não estou reconhecendo ninguém aqui — perguntei olhando ao redor.

— Relaxa! São amigos de amigos...

Como costumava acontecer, em determinado momento da noite Luana havia dado sua tradicional sumida ou estava ocupada com algum velho ou novo conhecido. De um jeito ou de outro, eu sabia quando era hora de me virar sozinha e tentar disfarçar a minha inaptidão para me enturmar. Para minha surpresa, eu estava me saindo bem, com um meio sorriso no rosto, balançando ao ritmo da música, enquanto segurava uma bebida que lentamente ia esquentando em minhas mãos. E foi nessa hora que esbarrei em Augusto, ou *Guto*.

— Opa! Desculpe! — Desconcertada, levantei uma das mãos em sinal de defesa por ter acabado de derrubar bebida em um desconhecido.

Um rosto sério se virou em minha direção, mas suavizou-se ao encontrar os meus olhos. A mão livre batendo na lateral da roupa, onde a bebida havia respingado.

— Não tem problema — disse, agora se voltando completamente para mim. Tive a sensação de que ele havia ignorado todo o resto.

Augusto era alto, tinha profundos olhos negros, da mesma cor de seus cabelos, e uma postura firme que emanava confiança. Confesso que estaquei.

— Eu não conheço você. Qual o seu nome? — Ele apoiou o braço em uma bancada de pedra atrás de nós e me lançou um olhar que oscilava entre curioso e preguiçoso, como se tivesse todo o tempo do mundo para me observar, mas quisesse fazer isso devagar.

— Então você conhece todos aqui? — Olhei ao redor, sugestiva, encarando-o.

— *Touché!* — ele respondeu com uma risada gostosa. A mais gostosa que eu já ouvira.

Naquela noite, nós conversamos pelo que pareceram horas. Andamos pelo jardim dos fundos e nos sentamos em um dos sofás de vime e almofadas, onde ele me contou que aquela casa era de seu primo, que estudava na mesma faculdade que eu. Entretanto, ele, Guto, apelido que eu acabava de descobrir, se formara havia um ano e trabalhava como estagiário de advocacia em um escritório na cidade. Enquanto eu perdia a noção do tempo, Luana me avistou de longe e, com um sorriso malicioso no rosto, decidiu dar mais uma volta pela festa, deixando-nos mais um pouco a sós, mas eu sabia que já era tarde e, se eu não chegasse logo em casa, minha família começaria a telefonar e não sossegaria até que eu cruzasse o portão de casa.

Minutos depois, eu estava dentro de um táxi com a Luana ao meu lado fazendo um questionário.

— Tá, mas como assim vocês não deram nenhum beijinho? O cara parecia que ia te engolir, me explica isso direito!

Quem conhecia Luana saberia reconhecer, mesmo a distância, quando sua voz estava alterada pela bebida, nem que fosse só um pouquinho.

— A gente ficou conversando, o que eu ia fazer? — Dei de ombros.

— Não sei... deixa eu ver... — fingiu uma cara exagerada de dúvida. — Agarrar ele?

Ela explodiu em risadas.

— *Shhhh!* — Eu fazia sinal de silêncio para ela e olhava de relance para o motorista. — Nós trocamos telefones — falei em voz baixa.

— Amém, Heloísa! Ainda bem! — Sua empolgação a fez falar tão alto que eu quase tive que subir em cima dela para tapar sua boca. No fim, estávamos rindo juntas. Eu também fui contagiada pela animação da noite e, não posso negar, pelo Guto.

# CAPÍTULO 13

"O objetivo da vida é o desenvolvimento próprio, a total percepção da própria natureza, é para isso que cada um de nós vem ao mundo. Hoje em dia as pessoas têm medo de si próprias. Esqueceram o maior de todos os deveres, o dever para consigo mesmas."

— E aí, o que achou? — perguntei depois de ler a citação em voz alta.

— Acho que esse Dorian Gray tinha sérios problemas de vaidade, isso é o que eu acho — Clara me respondeu com um sorriso maroto no rosto.

— É, eu sei, mas tem um bocado de verdade nisso, né? — falei, pensando em como eu mesma às vezes me esquecia de pensar em mim.

— Hum... eu não diria que esse é o objetivo da *minha* vida — comentou, de repente ficando séria. — Mas se eu não tivesse pensado em mim mesma e em viver a vida do meu jeito, provavelmente não estaria com a Didi hoje. Meus pais não permitiriam.

Eu nunca perguntava coisas muito pessoais a Clara e não sabia se esse era um assunto delicado para ela ou não. Já sabia que seus pais não haviam apoiado sua vontade de se tornar desenhista e, pela forma como ela falava, eles pareciam rígidos e tradicionais o suficiente para também não apoiarem seu relacionamento homossexual. Tive receio de me intrometer demais, então deixei que ela mesma entrasse no assunto caso se sentisse confortável.

— Eu sempre soube que um dia precisaria apresentar alguém para eles, sabe? E que eles não iriam gostar quando descobrissem... que seria uma mulher.

Clara comprimiu os lábios.

— E o que você fez? — percebi que ela queria conversar, por isso tomei coragem para perguntar.

— Bom, era isso ou esconder a Didi deles para o resto da vida, e a segunda opção não era viável. — Ela desviou o olhar.

— Imagino que não.

Tentei demonstrar gentileza no olhar. Apesar de ainda não conhecer a namorada de Clara pessoalmente, sabia o quanto o relacionamento delas era sério.

— A Didi foi a primeira que eu quis apresentar, então foi um choque a princípio... Eles não acreditaram, acharam que era uma fase, passaram um bom tempo ignorando... Mas aos poucos perceberam que, se não dessem uma chance para que eu fosse quem eu sempre fui, eles correriam o risco de me perder. E acho que foi aí que cederam.

— Caramba. E como vocês estão hoje?

— Ah, não são as mil maravilhas, mas nós convivemos. Com a minha mãe é mais fácil, ela sempre foi menos crítica, mais carinhosa. Já com o meu pai é complicado... estou sempre pisando em ovos, tentando não ser "gay demais" perto dele.

— Isso é horrível. Sinto muito, Clara.

— Tudo bem, hoje não me magoa mais como antes. — Ela balançou a cabeça com indiferença, mas seu olhar me dizia o contrário. — No começo, era quase como se ele quisesse fingir que nada havia acontecido e insistia que ninguém precisava saber. Quando eu levava Didi em casa, ele a tratava como minha amiga e nada mais. Aquele comportamento foi me corroendo até eu não me sentir mais bem-vinda e aceita na casa deles; então, após algum tempo, nós decidimos morar juntas. Mas, depois que eu me mudei, meu pai também começou a mudar... Ainda não é perfeito, mas ele é o meu pai e ao menos está tentando.

— Nossa, nem sei o que dizer. Espero que uma hora as coisas se ajeitem de vez entre vocês.

Ela só balançou a cabeça afirmativamente, como quem se resigna com um fato que acredita não poder mudar. Se ela soubesse o tamanho do passo que dera só em, parafraseando Dorian Gray, não ter medo de si própria, ficaria tão orgulhosa da sua atitude quanto eu mesma estava naquele momento. Em um mundo que insiste em moldar as pessoas à sua maneira, é preciso coragem o suficiente para firmar os pés no chão e permanecer sendo quem você é.

Estávamos na sala dos professores em nosso horário de planejamento, o único que tínhamos juntas na semana, e com nossas aulas em dia e o livro do clube lido, só nos restava papear. Enquanto eu fazia uma varredura mental tentando encontrar algum assunto para aliviar a tensão da conversa, Clara foi mais rápida.

— Mas pera aí, você copiou a citação para esse caderno? Por que não marcou no livro mesmo?

Senti que ela retomava o semblante descontraído, tão característico da sua personalidade.

— Sei lá, acho que fiquei com dó de rabiscar ou passar marca-texto e estragar o livro — falei e dei de ombros.

— Ah, não! Eu não encaro como "estragar", acredito que cada um tem uma relação diferente com a leitura. Adoro rabiscar e marcar trechos nos livros, sinto que assim eles se tornam mais meus.

— É uma maneira de se pensar...

Não quis dar o braço a torcer, mas eu nunca tinha pensado muito sobre isso.

— Às vezes marco tanta coisa que, se fosse passar para o papel, daria outro livro — ela disse, sorrindo, e inevitavelmente eu sorri junto.

— Nem me fala! Senti um pouco disso com esse livro — falei, pensando nas várias passagens filosóficas.

— Mas é brincadeira, Helô, eu adorei a ideia do caderno, acho que você deveria continuar. E é uma citação e tanto para a abertura dele, né?

— Sim! — concordei enfaticamente com a cabeça, aquela citação havia me fisgado com um magnetismo inexplicável. — Até achei a leitura meio arrastada no começo, mas o que eu mais gostei foram essas reflexões — continuei empolgada. — Fora a transformação da personagem que...

— Opa, opa! O que é isso, já quer começar o encontro agora? — Clara me interrompeu em tom de brincadeira. — Vamos guardar esses comentários para mais tarde, certo?

— Certo! Tem razão — falei rindo, e segurei meu caderno fechado entre as mãos, já estava ansiosa por mais um encontro.

Quase no fim do expediente, recebi uma mensagem de Guto perguntando a que horas eu chegaria em casa. Achei estranho, porque durante a semana eu havia avisado que naquele dia eu tinha o meu compromisso com o clube. Usei a palavra "compromisso" apenas pela sensação de que eu precisava justificar uma formalidade para ele, mas para mim esses encontros já estavam adquirindo um significado muito maior. Naquele dia pela manhã, eu disse que daria uma passada rápida em casa depois do trabalho, apenas para me trocar, e, sinceramente, ele não parecia ter se importado, já que raramente estava em casa nesse horário. De qualquer forma, respondi à pergunta avisando que estava a caminho.

Chegando ao estacionamento do prédio, percebi que o carro do Guto estava na garagem. De qualquer forma, isso não mudava nada, já que eu ainda precisava me apressar. Entrei no elevador do nosso prédio e encontrei vizinhos cujos nomes eu nem sabia e lhes desejei boa-noite, como de costume. Enquanto o elevador subia, deixei a empolgação tomar conta dos meus pensamentos como já era comum em dias que eu encontraria com o pessoal do clube. Obriguei-me a disfarçar o sorriso que me escapava pelo rosto quando me deparei com uma vizinha que eu conhecia de vista me encarando. De vez em quando eu cruzava com ela, e em todas as vezes ela puxava algum assunto comigo. Eu nunca sabia bem o que responder, então acabava desconversando, mas fui eu quem puxou assunto daquela vez. Descobri que seu nome era Marcela e ela morava no décimo andar; antes de se despedir, ela me convidou para aparecer qualquer hora em seu apartamento e tomar um café. Fiquei verdadeiramente tentada a aceitar o convite.

Saí do elevador e, ao me aproximar da porta do meu apartamento, parei por um segundo espantada pelos sons que vinham lá de dentro. Quando entrei na sala, para a minha grande surpresa, ela estava lotada. Ou pelo menos essa foi a impressão que eu tive em um primeiro momento. Havia gente sentada no sofá, gente andando pela sala e gente apoiada na bancada da cozinha beliscando algo que eu não fazia ideia do que fosse. Se me perguntassem antes, eu nunca teria adivinhado que caberia tanta gente em nosso pequeno apartamento.

Ao me verem entrar, algumas pessoas acenaram em cumprimento, levantando copos, sorrindo, e outras vieram até a porta para me abraçar. Abracei, cumprimentei e sorri mecanicamente. Deduzi que eram amigos do Guto, pelos rostos que reconheci no meio do que parecia uma multidão aos meus olhos, mas alguns eu creio que nunca tinha visto antes.

*Quem eram aquelas pessoas? E o que estavam fazendo na minha casa?*

Percebi que eu ainda estava empacada perto da entrada, sem conseguir dar dois passos adiante, então me coloquei em movimento, passando a mão livre pelo cabelo, desconcertada.

— Oi, tudo bom?... Oi! Tudo bom?

Caminhei entre as pessoas procurando pelo Guto e o encontrei em nosso quarto. Ele estava saindo do banheiro da nossa suíte, ainda com a roupa do trabalho.

— Amor! — A voz alegremente alterada. — Eu já ia te ligar!

Estranhei. Apesar da personalidade expansiva e bem-humorada, e mesmo do fato de gostar de bebidas alcoólicas, Guto era sempre controlado, meticuloso e sóbrio em quase todas as áreas de sua vida. Nada o desestabilizava.

— O que está acontecendo, Guto? Você... — Respirei fundo e procurei controlar a voz. Eu não estava irritada, apenas muito surpresa e com pressa. — Você combinou uma festa aqui em casa sem me avisar?

— Amor, você não vai acreditar, foi tudo de última hora. Fui pego de surpresa! Presta atenção... — E ele segurou firme a lateral do meu corpo com os dois braços. — Fui promovido a sócio!

Fiquei paralisada ao confrontar o sorriso gigante em seu rosto. Eu sabia que isso aconteceria mais cedo ou mais tarde, sabia o quanto ele se dedicava, mas não imaginei que fosse acontecer tão rápido. Apesar de ainda estar incomodada com a festa de última hora, não havia muito que eu pudesse dizer nessa situação, afinal, não queria parecer uma estraga-prazeres, muito menos tinha ânimo para encarar o papel de esposa chata naquele momento e questioná-lo sobre a festa. Além do mais, seu rosto estava radiante de felicidade.

— Parabéns, amor! Você mereceu! — E eu, melhor que qualquer pessoa, podia dizer isso com toda a certeza porque havia acompanhado o esforço, a dedicação e os sacrifícios que ele havia feito pela empresa nesses últimos três anos, desde que aceitara a proposta de trabalho aqui em Vitória. — Que surpresa boa...! — Aproximei-me para lhe dar um beijo rápido, mas quando comecei a me afastar, ele prendeu meu corpo ao seu, estendendo o beijo mais do que eu pretendia naquele momento.

— ... mas eu não posso ficar.

— *O quê?*

Ele se afastou.

— Eu não posso, lembra que avisei sobre o encontro do clube hoje? Não posso faltar. Não posso mesmo — disse com sinceridade, pensando se eu estaria sendo insensível. Sabia que era um momento especial. — Podemos comemorar só nós dois depois, eu não demoro.

— Amor, você *precisa* ficar! Tem um monte de gente do trabalho que eu quero te apresentar, estavam todos te esperando.

*Disso eu duvidava.*

— Não sei... — E tentei pensar em uma saída que satisfizesse ambos.

— Eu não planejei isso, Helô. Se você for embora agora, o que eu vou dizer para as pessoas? O que elas vão pensar? — falei ríspido, e eu estava pronta para rebater com o argumento de que ele deveria ter ao menos ligado durante o dia para avisar, não fosse esta a sua pergunta seguinte: — Você não acha que vale a pena faltar só dessa vez para comemorar com seu marido? O que é mais importante? — Agora seu tom mudara para quase suplicante, algo raro de se ver. O comportamento do Guto me surpreendia a cada dia e eu não sabia o que pensar.

— E se eu ficar só um pouquinho? Acho que não tem problema se eu me atrasar.

— Isso! Fica um pouco! Vai fazer seu marido muito feliz! — disse sorrindo e enchendo meu rosto de beijos apressados. — Agora vou te dar uns minutinhos para trocar essa roupa e se arrumar, tá? Te espero lá na sala.

Eu só não entendia por que ele podia ficar com a roupa do trabalho enquanto eu não poderia continuar com a minha e tinha que me *arrumar*.

Peguei emprestada a expressão de Rute do outro dia e deixei meu cabelo "bagunçado na medida certa", pois esse passara a ser meu penteado favorito. Troquei a calça jeans e a camiseta por um vestido curto, e passei um pouco de maquiagem a contragosto. Tudo em tempo recorde. Eu não havia me esquecido do encontro do clube, e de minutos em minutos olhava o relógio de pulso contabilizando o atraso. Tinha certeza de que Guto ficaria satisfeito com o visual, exceto pelo cabelo, o único detalhe que me trairia.

Apesar da pouquíssima experiência como anfitriã e do choque inicial, coloquei o meu melhor sorriso no rosto, mantendo em mente que eu não decepcionaria Guto nem o pessoal do clube.

*Eu consigo fazer isso dar certo.*

A música que tocava mal era ouvida em meio ao burburinho das conversas. Passado o susto, era bom ver a casa cheia. As pessoas pareciam estar se divertindo e isso levantava o meu humor. Eu podia não conhecer a maioria daquelas pessoas, e talvez não ter afinidade com a parcela delas que conhecia, mas nesse momento isso não importava. Mamãe sempre dizia que um lar não pode ser de enfeite, precisa haver vida nele. E era disso que precisávamos, ou pelo menos eu precisava, já que Guto sempre estava rodeado de pessoas por onde quer que fosse. Eu parecia ter perdido esse dom no meio do caminho.

Desde quando nos mudamos, recebemos em casa apenas um ou outro casal de amigos; na maioria das vezes, íamos a festas na casa de amigos do Guto ou, então, mais raramente, saíamos sozinhos. No começo, não estranhei, pois éramos recém-casados em uma cidade que não era a nossa, mas agora eu percebia o quanto isso me fazia falta.

De repente, senti o papel de anfitriã me vestir por inteiro. Estava dividida entre a Heloísa que queria desempenhar uma função e provar algo para os outros e para si mesma; e a Heloísa que queria estar em outro lugar, rodeada de pessoas que realmente a enxergavam, onde ela não precisasse provar nada para ninguém.

Era como se eu me olhasse no espelho e visse duas versões. As duas de mim eram diferentes, compreendiam a necessidade uma da outra, mas não poderiam viver no mundo real simultaneamente. Eu precisava escolher.

E o meu tempo estava acabando.

Guto já havia me apresentado a praticamente todos os colegas de trabalho que eu não conhecia, e cumprimentado todos os velhos amigos que ocasionalmente nos prendiam em conversas infinitas. Então, nesse momento, eu bebericava um refrigerante sozinha com meus pensamentos, completamente ciente de que acabara de ultrapassar um limite aceitável de atraso no clube. Enquanto eu entrava em parafuso, pensando em como enviar uma mensagem de desculpas para Clara, flagrei um olhar de Guto para a mesinha de centro da sala. Apesar da expressão inquieta, porém cuidadosamente disfarçada, eu precisava reconhecer que ele estava lidando muito bem com a sua mania de perfeição. Havia copos com restos de bebidas espalhados pela casa, migalhas de salgadinhos e aperitivos na mesma mesinha de centro onde pairava o seu olhar, sem falar no tapete logo abaixo, que ele levaria para uma lavanderia no dia seguinte. Mas lá estava ele, de pé, conversando e sorridente com todos os convidados, recebendo felicitações e lançando olhares de gratidão para mim sempre que aparecia uma brecha. Ele estava se esforçando por esse momento de comemoração.

Então eu decidi fazer o mesmo.

## CAPÍTULO 14

Eu estava tentando me convencer de que não era nenhum inconveniente e nem apenas por mera educação que Clara havia organizado esse encontro extraoficial do clube. No momento que eu desisti de ir ao último encontro para ficar em casa na comemoração do Guto, enviei uma mensagem avisando que precisaria faltar por conta de um imprevisto. No dia seguinte, eu havia explicado com detalhes o que tinha acontecido e ela foi muito mais compreensiva do que eu esperava. Não sabia exatamente como funcionava o esquema de faltas, sabia que havia algum tipo de regra, mas tinha esperanças de que não me deixassem de fora no primeiro deslize. Acho que, acima de tudo, eu estava mais chateada comigo mesma, e por isso a reação de Clara tanto me reconfortara; era um pedido de desculpas tanto para ela quanto para mim.

— Imagine, Helô. Tudo bem. Essas coisas acontecem, tenho certeza de que seu marido só queria te fazer uma surpresa.

— É, eu sei, mas fiquei chateada por ter faltado.

— Sabe o que eu estava pensando? A gente podia marcar um café com o pessoal do clube para bater papo. Podemos aproveitar o recesso escolar na semana que vem. Posso fazer o convite e ver quem topa, aí você aproveita para conversar sobre o livro também.

— Seria maravilhoso, Clarinha! Mas não seria chato? Não quero que pareça que estou forçando outro encontro sobre o mesmo livro só por minha causa.

Eu mal havia entrado para o clube e a última coisa que eu queria era causar problemas ou ser inconveniente.

— Que nada! Todo mundo gosta de dar umas saidinhas para jogar conversa fora, aposto que vão adorar a ideia.

Foi assim que ela me convenceu e, aparentemente, fez o mesmo com muita gente, pois, além de nós duas, em nossa mesa estavam Suzi, Larissa, Caíque e João. Ainda era fim de tarde e estávamos sentados na varanda externa de uma cafeteria, que também se denominava um café bar, algo de que eu nunca ouvira falar. Era um lugar descontraído, com decoração rústica e cafés especiais. Todos haviam pedido bebidas e lanchinhos para beliscar enquanto conversávamos sobre nossas leituras, entre elas *O retrato de Dorian Gray*.

Eu me sentia grata e particularmente sortuda por ter encontrado aquele panfleto na biblioteca. Não havia ambiente ou pessoas que me deixassem mais à vontade do que essas que eu conheci totalmente ao acaso. Senti uma pontada de arrependimento por não ter estado com elas no encontro da semana anterior, mas pelo menos foi por um motivo mais do que razoável.

— Então, levou *O morro dos ventos uivantes* aquele dia? — perguntou Caíque, virando-se para mim.

Clara imediatamente me lançou um olhar curioso. Imagino que estava se perguntando por que eu não havia mencionado ter encontrado o Caíque quando comentei sobre a ida à livraria. Desejei ter contado a ela que havia esbarrado com ele, mas não quis entrar no assunto, pois tive receio de acabar comentando sem querer sobre o comportamento do Guto e transparecendo o meu desconforto. Ainda me sentia envergonhada quanto àquilo. Resolvi deixar a situação a mais clara possível agora.

— Ah! Acredita que acabei não comprando? Meu marido estava com muita pressa e não tive tempo de pesquisar as outras edições. Tem tantas, né? Mas ainda quero muito ler!

Com isso, Suzi me deu várias sugestões de edições legais do livro ali mesmo, e aproveitei para adicionar a edição mais indicada por ela à minha *lista de desejos*. Posteriormente fiquei sabendo que Suzi era praticamente uma *expert* em avaliar edições, e que a consideravam a conselheira do grupo nesse quesito.

— Pronto! Agora essa leitura não me escapa mais! — comentei, rindo.

— Acho bom! — brincou Larissa, que era uma fã assumida de literatura inglesa e, apesar de seus vinte e um anos, já havia lido mais livros do que eu em toda a minha vida.

— Essa aí é apaixonada pelas Brontës! Cuidado que ela vai te fazer ler todos, como fez comigo! — disse João.

Assim como meu marido, João era advogado, mas ele não ostentava aquela postura profissional o tempo todo como os amigos do Guto, cujo único foco era crescer na carreira, atingir metas e empreender. Para eles, outros assuntos eram descartados por serem fúteis ou menos importantes. Eu sabia que meu marido podia ser um cara muito bem-humorado e "boa-praça", especialmente quando se tratava de ganhar a confiança dos outros, mas sua atenção com certeza estava totalmente voltada para os objetivos profissionais.

Por incrível que pareça, João nem ao menos tinha cara de quem passava o dia inteiro preso em um escritório rodeado de papelada, fazendo horas extras ou virando noites. É verdade que ele se portava de uma maneira mais séria que os outros membros do clube, mas era amigável e tinha uma intimidade natural ao falar dos livros que me impressionava. Ainda assim, eu ficara sabendo, não muito tempo depois, que ele coordenava uma equipe inteira em um escritório de advocacia.

A conversa fluía com leveza em meio a risadas e desabafos, literários ou não, e aos poucos o fim de tarde alaranjado ia se tornando noite, e as charmosas luzes decorativas do café bar iam se acendendo. Não muito tempo depois, vimos instalarem um minipalco em um canto da área externa em que estávamos, onde um cantor começava a testar o som. Logo tínhamos música ao vivo preenchendo o ambiente.

Clara tomou a frente e traduziu o que todos estávamos pensando enquanto observávamos a chegada de mais pessoas, tomando todos os espaços vagos ao nosso redor.

— Galera, parece que a fusão está completa — disse, sorrindo. — Agora estamos em um bar!

— Nesse caso — iniciou Caíque —, vamos pedir uma cerveja!

— Topo! — ouvi Larissa dizer, sua voz se sobressaindo à música.

Eu estava dirigindo, então fiquei na soda italiana, assim como João e Suzi. Pedimos mais aperitivos e a conversa rolava cada vez mais solta. Senti-me voltando no tempo, na época da faculdade, quando momentos assim eram mais comuns. A saudade bateu na mesma hora.

No meio dos assuntos, alguém comentou que Suzi tinha uma loja de roupas. Fiquei sabendo que essa era sua ocupação principal, além de ser mãe de uma menininha linda de oito anos, cuja foto ela fez questão de mostrar para todos.

Percebi então que a característica que me parecia tão familiar em Suzi era o seu instinto maternal. Desde quando eu entrei para o clube, me senti acolhida por ela. Toda vez que ela falava comigo, eu me sentia abraçada por suas palavras. Só o fato de ter me dado a oportunidade de fazer parte do que claramente considerava a sua família, antes mesmo que me conhecesse direito, já era prova de sua gentileza.

Sem perceber, eu a estava encarando, e ela se virou para mim com uma expressão desconfiada.

— Que foi, Helô? — perguntou, tímida.

Antes que eu pudesse pensar em alguma desculpa, resolvi apenas falar o que passava pela minha mente naquele momento.

— Obrigada — agradeci, com toda a sinceridade, por tantas coisas que eu não sei nem se conseguiria explicar, se tivesse a coragem.

Ela demorou um segundo para responder.

— Por nada — disse, olhando nos meus olhos, e senti que ela compreendia exatamente tudo o que eu queria dizer com aquela palavra.

Eventualmente, precisei ir ao banheiro e, quando me levantei, Larissa disse que aproveitaria para ir também. Assim, seguimos para dentro da cafeteria, que agora mal parecia a mesma, e atravessamos as mesas lotadas até os banheiros ao fundo.

Eu não sabia qual era a regra para um café bar, mas o banheiro desse lugar era enorme, tinha uma longa parede de espelhos, com uma bancada de pedra com quatro bonitas cubas abaixo. Antes de sairmos, Larissa me pediu para esperar um segundo, pois queria retocar a maquiagem. Se ela me perguntasse, eu diria que estava intacta; nunca vi alguém se maquiar tão bem quanto ela, me fazia até repensar a preguiça que eu tinha de passar algo no rosto que não fosse um protetor solar.

— Quer um batom emprestado? — ela perguntou, segurando um batom de embalagem bonita.

— Ah, não, obrigada. — Sorri. — Mas a sua maquiagem está linda!

— Obrigada! — Ela me devolveu o sorriso. — Reparei que você não usa muito, né?

— Só quando estou com meu marido. Geralmente eu tenho um pouco de preguiça de usar...

— Sério?

Ela parou o que estava fazendo para olhar para mim.

— Acho que você ficaria ainda mais bonita maquiada... — Então hesitou, pensativa: — Podemos fazer um teste?

— Um teste? — perguntei desconfiada, mas ainda sorrindo.

— Aham. Posso te maquiar? Enquanto eu aplico, vou te explicando o passo a passo. De repente você gosta, vou fazer só o básico, prometo!

*O básico.*

Fiquei um pouco relutante.

Eu já me esforçava para usar maquiagem quando saía com Guto ou com seus amigos. Sabia que ele gostava, mas quando não estava com meu marido, eu preferia evitar. Achava trabalhoso e desnecessário, entretanto, não quis recusar, já que estávamos nos divertindo e achei que não faria mal ser maquiada pela Larissa. Ela definitivamente faria um trabalho excepcional.

— Tudo bem! — respondi.

Enquanto me maquiava, ela ia narrando qual produto usava e como deveria ser aplicado. Eu não sabia muito sobre a Larissa porque, apesar de ela ser uma das mais comunicativas do grupo, geralmente não falava tanto de si mesma.

Talvez eu não levasse tanto a opinião dos outros em consideração, mas era difícil acreditar nisso. Era mais provável que eu não tivesse tantas opiniões à disposição para considerar, a não ser a do Guto, mas agora que eu tinha, certos comentários se fixavam em minha mente, como o que Rute disse outro dia sobre eu parecer "inacessível". Resolvi então provar para mim mesma que eu estava aberta e era capaz de fazer novos amigos.

— E de onde vem essa sua paixão pela maquiagem?

— Ah, eu não chamaria de paixão... — ela disse, passando suavemente um pincel sobre o meu rosto.

— Mas você parece gostar tanto, em todos os encontros do clube que fui você estava perfeitamente maquiada.

— É... mas essa é uma longa história.

Mais pinceladas nas minhas bochechas.

— Temos tempo, não? — Tentei soar convidativa.

Ela parou o que estava fazendo e olhou para os lados, notando que tínhamos acabado de ficar sozinhas no banheiro.

— Por muito tempo eu achava maquiagem uma futilidade e perda de tempo. Achava que, se eu andasse maquiada e toda arrumadinha por aí, estaria cedendo ao consumismo, aos padrões de beleza e, consequentemente, a todas essas baboseiras impostas às mulheres pela sociedade; como uma mulher deve ser, o que deve usar... Resumindo, ia contra tudo em que eu acreditava.

Ela fizera uma pausa para guardar os produtos usados e pegar um rímel.

— Já estou acabando, viu? — disse, referindo-se à maquiagem em meu rosto, e continuou: — Depois de algum tempo, e especialmente depois de entrar para o clube, percebi que essas coisas são apenas *coisas*. Elas não têm poder sobre a gente se a gente não permitir. Não é a maquiagem que vai determinar o meu comportamento, e quem pensa assim não merece minha atenção. Minhas atitudes é que realmente importam e que mostram quem eu sou.

Sem perceber, eu estava hipnotizada pelo seu discurso.

— Foi só então que descobri que gosto de maquiagem. E gosto por causa da sensação que ela me dá de estar vestindo uma armadura... — Ela parou. — Promete que não vai rir?

— Claro que não vou rir!

E continuou a falar, sem interromper o trabalho de suas mãos.

— Por um bom tempo eu me senti insegura com muitas coisas na vida, tive períodos em que tinha medo até de sair de casa. Mas, certo dia, por acaso, encontrei uma foto antiga de família. Descobri que minhas tataravós, ou sei lá qual o parentesco, se "pintavam" em homenagem às tribos indígenas de suas ancestrais, e por qualquer que seja o motivo, pensar nesse ritual me encorajou a me reaproximar aos poucos da maquiagem e não a encarar necessariamente como algo fútil. Sei que parece bobagem — e sorriu, dando de ombros —, mas é uma coisa minha. Hoje eu me arrumo e, quando me olho no espelho, me sinto pronta para enfrentar qualquer coisa. Não acho que tenha que ser assim com todo mundo, mas, se você gosta, use, se não gosta, não use. E você só vai saber se gosta ou não quando conseguir se desprender das expectativas alheias e apenas pensar em como se sente. Hoje, eu me sinto bem.

Nem em mil anos eu teria imaginado isso, mas, agora que ela havia falado, caiu como uma luva. Seus cabelos negros lisos, sua pele bronzeada e alguns traços em seu rosto carregavam não só vestígios, mas o orgulho de um passado que viera à tona para fortalecê-la e que ela não queria deixar desaparecer.

— Prontinho! Dê uma olhada — Larissa disse, virando meu rosto de maneira a ficar de frente para o espelho.

*Caramba*. Engoli em seco.

— Nossa, Larissa...

— *Lari* — ela me corrigiu.

— Não tenho nem palavras! Eu fiquei linda!

Cheguei mais pertinho e encarei o meu reflexo. Ela havia passado corretivo e iluminador em alguns pontos específicos do meu rosto, preenchido a minha sobrancelha com uma sombra marrom-escura, passado um blush em tom de pêssego bem suave, duas camadas de rímel, e finalizado com um batom nude rosado. Era uma maquiagem simples e natural, diferente do que eu esperava que ela fizesse em mim, considerando que ela costumava ousar mais em si mesma, mas eu precisava admitir que fazia uma baita diferença: eu me sentia radiante.

— O que achou, de verdade? — perguntou, seu tom era de expectativa.

— Acho que eu poderia te contratar! Queria acordar assim todo dia! — falei e demos risada juntas.

— Nada disso! Sabe quanto tempo demorou?

Não quis nem arriscar, já que tinha perdido a noção do tempo durante a nossa conversa, então, só balancei a cabeça negativamente.

— Nem dez minutos! E eu ainda te dei o passo a passo, então, agora é só você praticar de vez em quando, se sentir vontade, e com o tempo vai fazer de olhos fechados.

Voltamos para a mesa, mais animadas do que antes, rindo feito amigas de longa data, e notamos os olhares do grupo. Não sei se foi o nosso comportamento ou a maquiagem que nos delatou, mas eles pareceram notar a mudança repentina. Ainda assim, ninguém disse nada, exceto Clara:

— De onde saiu essa *make* divina?

— Na verdade, foi a Lari. — E balancei a cabeça em sua direção, aproveitando para testar o apelido.

Eu nunca pensei que a maquiagem pudesse ter um significado tão diferente para outras pessoas. Não comentei com Larissa, mas percebi, ao me olhar no espelho, que eu havia renunciado à maquiagem quando me dei conta de que tinha que usá-la para agradar aos outros, e não a mim. A partir daquele momento, eu criei diversas barreiras e justificativas, injustas, diga-se de passagem, para não ceder ao que eu achava que fosse uma obrigação.

Mas, naquele dia, em uma conversa de banheiro, Larissa desatara um nó que eu tinha amarrado firme muito tempo atrás. Ela me ensinou a lição mais importante. Era preciso ver as pessoas além daquilo que elas apresentam externamente, mesmo que seja contrário ao nosso próprio ponto de vista ou às nossas concepções. Ninguém precisava ter a mesma opinião, como ela mesma disse, mas era preciso respeitar as pessoas por suas escolhas e reconhecer que éramos todos diferentes em nossas vivências.

Lembrei com satisfação que era isso que os livros faziam: permitiam que fôssemos nós mesmos e que interpretássemos as histórias cada um à sua própria maneira, conscientes de que estávamos observando de fora outras realidades, talvez diferentes da nossa, e que a nossa também era passível de interpretações.

## CAPÍTULO 15

Saímos de casa na sexta-feira depois do almoço. Fomos no carro do Guto que, diferentemente do meu, era mais confiável para estradas e tinha seguro. Eu mal podia acreditar que finalmente iríamos visitar a minha família em Cachoeiro. Já estava preparada para as duas coisas que eu tinha certeza que iriam acontecer em breve: ouvir as broncas da vovó por passar tanto tempo sem visitá-los e reclamar do calor; mas bronca ou reclamação nenhuma conseguiriam tirar o sorriso do meu rosto quando pensava em enfim matar a saudade deles.

Depois de ter outra conversa com o Guto sobre a nossa negligência e insistir que já passava da hora, ligamos para nossos familiares e combinamos de ir vê-los no fim de semana seguinte, já que eu ainda estaria de recesso da escola e poderíamos chegar um pouquinho antes. Ainda assim, não muito, já que Guto só conseguiria se ausentar do trabalho na sexta-feira, porque na segunda precisaria estar no escritório. Nós nos dividiríamos entre as duas casas e, como sempre, prometeríamos não deixar mais passar tanto tempo até a próxima visita.

Apesar de não ser tão longe, eu passava todo o trajeto de olho na janela, observando o caminho. Assim que passamos pelo Trevo da Safra, senti meu coração palpitar de expectativa. Estávamos saindo da BR e finalmente chegando à nossa cidade. Era a hora do café da tarde, e fomos direto até a casa da vó Nena. Vista de fora, a fachada de tijolos vermelhos e portão cinza era simples; o charme estava no verde dos vasinhos de plantas que ornamentavam a entrada. A construção era antiga, espaçosa e sem nenhum tipo de segurança sofisticada, seja cerca elétrica ou câmera. Na época dos meus avós, não havia necessidade disso e, apesar da insistência de mamãe, tínhamos apenas trocado o antigo portão de grade por um eletrônico, mas que não escondia toda a propriedade. Minha avó detestava se sentir, em suas palavras, "uma prisioneira em sua própria casa", por isso tanto o muro quanto o portão tinham aberturas gradeadas que davam visão para o jardim. A casa foi herdada pela minha avó algum tempo depois que ela e o vovô se casaram e ficava em uma ruazinha calma onde moravam também os seus amigos de toda uma vida, talvez por isso ela nunca tenha desejado se mudar.

Vovó disse que nos esperaria com um banquete posto à mesa, e eu não duvidava disso. Ela e mamãe adoravam cozinhar e faziam isso quase sempre juntas, era parte do laço que as unia. Quando eu era mais nova, fizeram algumas tentativas de me incluir, mas geralmente eu acabava dando mais trabalho do que ajudando. Com a necessidade, aprendi a me virar sozinha. Eu nunca seria *chef* de cozinha, isso era certo, mas passei a apreciar esse ritual caseiro que era tão querido pelas mulheres da minha família.

Depois de estacionarmos na garagem, saí do carro em um pulo para abraçar mamãe e vovó que já estavam do lado de fora, a poucos passos de distância, apenas esperando Guto desligar o carro. Nós três nos abraçamos ao mesmo tempo, como costumávamos fazer, e ficamos alguns minutos assim, abraçadas, sorrindo e engolindo o choro da saudade para trocar as primeiras palavras. Meu peito estava para explodir de alegria.

— Se ficar de novo tanto tempo assim sem vir para casa, vai matar a gente do coração! — disse vovó, chorosa.

— Que nada, vó, o coração de vocês é forte!

— Ah, Helô, temos tanto para conversar... vamos entrando! — E mamãe me puxou pelo braço, quase me carregando para dentro.

Ainda sorrindo, lancei um olhar de desculpas para o Guto, que vinha logo atrás, e ele respondeu com um aceno. Ele devia imaginar que mamãe e vovó concentrariam suas atenções em mim, assim como eu nelas. Íamos na frente, rindo e conversando já de braços dados.

Sentada à mesa, eu me sentia novamente como uma garotinha, desfrutando da deliciosa comida da vovó. Com ajuda da minha mãe, ela havia preparado uma mesa irresistível com café, suco de laranja fresquinho, cuscuz de milharina, queijo, pãezinhos caseiros e geleia de damasco. Enquanto nos servíamos de tudo um pouco, também nos esforçávamos para colocar os assuntos em dia em tempo recorde, afinal, tanta coisa havia acontecido nos últimos meses que nós nos pegávamos sem saber exatamente por onde começar a conversa.

— E o Vinícius, cadê? — perguntei.

— Ele agora só quer saber de correr, minha filha! Todo fim de tarde. Ele saiu faz pouco tempo, mas falou que voltava para o jantar — vó Nena disse enquanto começava a tirar a mesa. Havíamos conseguido tomar toda a garrafa de café durante a conversa, e, se tivéssemos mais tempo, vovó teria passado outra. Eu tinha a quem puxar.

Levantei-me para ajudá-la.

— Poxa! Não devo ficar para o jantar — comentei e olhei para o Guto. — Mas amanhã ele estará para o almoço, né? Vamos dormir nos pais do Guto, mas eu queria vir almoçar aqui com vocês.

— Claro! E o Vini com certeza estará para o almoço. Ele ficou a semana toda falando sobre a sua vinda, você tinha que ver! Vai ficar até triste de desencontrar contigo hoje...

— Mas ele já é um homem crescido, mãe! Não devia ficar todo apegado à irmã mais velha assim! — falei, rindo, mas senti um aperto no peito; por mim, ele podia passar o resto da vida apegado a mim. — Falando nisso, como ele está na faculdade?

— Hum. Lembra de quando ele dizia que ia fugir de casa e viver debaixo da ponte para não ter que trabalhar?

Gargalhei alto e sacudi a cabeça afirmativamente. Eu me lembrava muito bem, Vinícius foi um adolescente agitado e cheio de respostas na ponta da língua.

— Parece que isso não vai ser necessário. — E deu risada também. — Seu irmão se saiu um baita rapaz estudioso, viu? Nesses últimos meses, não saía do quarto enquanto não acertasse todos aqueles cálculos que, sinceramente, não sei nem como ele entende.

Olhei para a minha mãe, me lembrando não só da fase mais difícil de Vinícius, mas de todas as vezes em que ela chegava cansada do trabalho e, mesmo assim, se sentava à mesa para corrigir as nossas lições de casa, com uma paciência que provavelmente não era fácil reunir. Toda noite ela nos doava um pouco de si mesma, embora naquela época acreditasse não ter muito o que doar. Mal sabia ela que já era muito.

— Ele está indo muito bem, Helô — disse, parecendo adivinhar a minha preocupação.

— Que bom.

Vinícius foi uma criança alegre, cheia de disposição e curiosidade. Nessa época, nosso pai ainda nos visitava, sem regularidade, mas visitava. Tínhamos uma sensação constante e pesarosa de que estávamos prestes a perdê-lo, nossa relação sempre por um triz. Crianças não sabem explicar, mas sentem. Fazíamos de tudo para chamar a atenção dele: Vinícius lhe dedicava desenhos da nossa família, e eu mostrava toda orgulhosa as frases que aprendia a escrever na escola ou como eu estava lendo bem, mas nada parecia ser o suficiente para fazê-lo ficar de vez.

As visitas foram se tornando cada vez mais espaçadas até acabarem por completo.

Meu irmão tinha apenas três anos quando nosso pai nos abandonou, mas, conforme foi crescendo e fazendo amigos, começou a observar a relação dos colegas com seus pais e a se sentir em desvantagem. Depois que se tornou adolescente, o sentimento de perda chegou à superfície, tão forte quanto se um membro do corpo lhe faltasse, e rapidamente se transformou em rancor. Seu comportamento na escola piorou, suas notas caíram, e qualquer coisa era capaz de desencadear sentimentos extremos, ora ódio, ora melancolia. Por vezes, Vinícius ficava insuportável, e ainda assim não conseguíamos ser duras demais com ele, pois sabíamos por experiência própria que não era fácil. Mamãe e eu também carregávamos nossos fardos à nossa maneira.

Depois que vovô faleceu, as coisas pioraram; éramos só mulheres em casa, e por mais que tentássemos preencher essa lacuna em sua vida, a presença paterna havia aberto um abismo intransponível. Foi com muita relutância que ele finalmente concordou em fazer terapia e, assim, com o tempo, conseguimos ultrapassar os muros que ele tinha erguido ao redor de si.

Vinícius não tinha recaídas havia anos, mas sempre ficávamos atentas a qualquer sinal de instabilidade emocional.

— E o trabalho, como anda? — perguntou mamãe, me arrancando de meus pensamentos.

— Tudo normal... Ah, o Guto foi promovido a sócio no escritório! — E se seguiu uma chuva de felicitações e apertos de mãos entusiasmados, ao que Guto respondia com agradecimentos e um sorriso comedido no rosto.

— Precisamos ir agora, mãe — eu disse, alguns minutos depois. — Obrigada pelo café, vovó! Estava maravilhoso!

Despedi-me com fortes abraços e prometi voltar assim que possível, no dia seguinte. Estar em casa me trazia uma sensação de tranquilidade indescritível.

— Voltamos amanhã, dona Denise! Meus pais também estão ansiosos para nos ver.

— Tenho certeza de que sim, mas ainda não entendi por que não podem ficar aqui em casa dessa vez! — disse mamãe.

— Somos boas anfitriãs, senhor Augusto.

Sorri ao ouvir vovó mais ao fundo, já começando os preparativos para o jantar. Um cheirinho de tempero verde e cúrcuma invadindo o meu imaginário só de pensar.

Seguimos para a casa dos meus sogros, onde ficaríamos por insistência do Guto, que fazia questão de dormir com ar-condicionado e ter uma boa internet à disposição caso precisasse responder a e-mails. Agora, mais do que nunca, ele precisava se dedicar e tinha muito trabalho pela frente. Compreensível, porém um pouco inoportuno no fim de semana.

Os pais do Guto nos receberam na entrada e, depois de trocarmos cumprimentos, fomos até o quarto de visitas no segundo andar, onde deixamos nossas malas. Em todas as visitas anteriores, tínhamos ficado nesse quarto. Era um ambiente sóbrio, com persianas e móveis planejados. Tão ou mais confortável quanto um quarto de hotel, mas eu definitivamente teria preferido dormir na casa da vovó.

— Por que não podemos dormir na minha mãe dessa vez? — insisti, como havia feito nas vezes anteriores, mesmo sabendo que perderia essa guerra.

— De novo esse papo? Já conversamos sobre isso.

Eu sabia que ele seria irredutível, mas não custava tentar.

— Eu sei, mas só dessa vez. A gente demora tanto a vir que eu gostaria de passar o máximo de tempo possível lá com elas.

— Eu também tenho família, sabe? — ele disse, sem olhar para mim, enquanto desfazia sua mala tirando chinelo, notebook, cabos e uma porção de miudezas tecnológicas.

Eu não me considerava uma pessoa injusta ou egoísta, mas ele mal passava tempo com os pais quando estava na casa deles. Nem Guto nem os pais mudavam a rotina quando estavam juntos, apenas orbitavam ao redor uns dos outros fazendo tudo o que tinham de fazer, trocando algumas palavras ou compartilhando refeições quando podiam.

No fim das contas, eu acabava tendo que ir sozinha para a casa da vovó enquanto ele ficava trabalhando aqui, e depois voltava apenas para encontrá-lo ainda trabalhando ou ocioso me esperando para dormir.

— Desculpe, amor, eu só pensei...

O estrondo da mala vazia sendo jogada ao chão me fez paralisar.

— Se você quer tanto passar tempo com sua família, por que não vai ao almoço amanhã sozinha? Eu tenho mesmo muita coisa para fazer no computador.

— Não, Guto — falei em voz baixa, me aproximando dele. — Eu não quis dizer que queria ir sozinha... Combinamos de ir juntos!

— Quer saber? — Ele se virou para segurar minhas duas mãos juntas. — Você precisa mesmo desse tempo a sós com a sua família. Passe o dia com eles amanhã.

Fiquei sem palavras.

Eu precisava de mais tempo com a minha família, vinha ansiando por isso havia bastante tempo, mas nunca pensei em excluí-lo. Não era isso que eu tinha em mente, nós éramos um casal e eu queria que estivéssemos juntos. Sua reação repentina me assustava, eu não sabia mais se ele estava bravo ou se de repente havia abdicado da minha companhia por generosidade.

— Guto, eu... eu não sei. Tem certeza?

— Sim, pode ir. Não se preocupe, amanhã eu almoço aqui com os meus pais e aproveito o tempo livre para trabalhar um pouquinho.

Talvez eu devesse recusar mesmo assim, ainda não tinha certeza sobre os verdadeiros sentimentos dele, mas dei a discussão por encerrada e aceitei a proposta. Malas desfeitas e banho tomado, descemos para jantar com a família dele.

O jantar com os pais do Guto foi, como sempre, um pouco silencioso e formal demais. Antes mesmo de terminarmos de comer, minha sogra pediu licença, se retirou da mesa e foi direto para o seu quarto, pois estava com dor de cabeça. Passou por mim dando um beijo em meu rosto e nos desejando boa-noite. Meu sogro não demorou muito para se retirar também, indo trabalhar em seu escritório. Ficava bem claro a quem o meu marido havia puxado. Não me incomodei, já estava acostumada ao ritmo das coisas por ali. Nada abalava a minha empolgação pelo fim de semana em casa.

❧

No dia seguinte, tomamos um agradável café da manhã juntos e Guto me deixou em frente à casa de mamãe ainda pela manhã.

Logo que entrei pelo portão, vi a moto de meu irmão estacionada na varanda da frente e corri pela lateral da casa para encontrá-lo. Assim como eu previra, ao me aproximar da cozinha o cheiro dos temperos invadiu minhas narinas, trazendo à tona os aromas da minha infância. Minhas recordações tinham cheiro de verão, mato, férias, joelhos ralados e do feijão fresquinho da vovó sendo temperado. Acho que, mesmo que eu viaje o mundo, percorra longas distâncias e experimente de tudo um pouco, nada vai ocupar um espaço tão vívido na memória quanto o sabor e os cheiros da minha infância.

Assim que cruzei a porta da cozinha avisando que havia chegado, meu irmão saiu de um dos cômodos com um sorriso enorme e os braços estendidos para me receber.

— Helô! Achei que não ia mais ver você nesta vida!

Nós nos abraçamos, ainda sorrindo. Apesar de mais novo, Vinícius era mais alto que eu, dando a ligeira impressão de ser o irmão mais velho.

— Achou que estava livre de mim, isso sim! — eu disse, caindo na risada. — Mas ainda não foi dessa vez, irmãozinho!

— Ah, é? Vou te mostrar quem é o irmãozinho, garota!

E interrompeu o abraço para me segurar por trás atacando minhas axilas com uma enxurrada de cosquinhas da qual eu não conseguia me desvencilhar.

— Ah, não! Vini, pode parar com isso! — disse, tomando fôlego entre as gargalhadas. — Para com isso, menino!

Mas ele só me soltou quando vovó se aproximou perguntando quem queria uma provinha do camarão que ela estava fritando para o almoço. Ainda era cedo, mas ela já começava o preparo. Depois dessa informação preciosa, não teve quem não saísse em disparada para a mesa da cozinha. Vinícius e eu éramos apaixonados por camarão e eu tinha certeza de que vovó havia feito nossa comida preferida de propósito.

Durante o almoço, outra avalanche de sentimentos me arrebatou. O barulho dos talheres, as risadas e a comida quente e saborosa aguçando os meus sentidos. Conversávamos sobre qualquer coisa ou sobre nada em particular, não importava. Sorríamos com o olhar, ignorando o peso dos anos ou das nossas próprias falhas. Absolvendo uns aos outros. Voltando no tempo.

Toquei a mão de vovó sobre a mesa, lançando um agradecimento disfarçado de sorriso.

— A comida está excelente, vó!

Se eu fechasse os olhos por um segundo, conseguiria nos ver ainda tão jovens, daquela mesma forma, apenas nós quatro sentados à mesa. Como se fosse um retrato em movimento.

— Ahmm — disse Vinícius, de boca cheia. — Vó, pode fazer moqueca toda semana, viu? Não só quando a Helô vier para casa!

E todos caímos na gargalhada.

## CAPÍTULO 16

Depois do almoço, resolvi tirar um tempinho para ler. Sentia-me leve e tranquila. Levava comigo *A hora da estrela*, livro do próximo encontro do clube que eu estava ansiosa para começar. Passei pela sala, em direção aos fundos da casa, quando avistei a estante da vovó. Ela estava praticamente do mesmo jeito, imponente e abarrotada de antigos livros de capa dura adquiridos em sebos. Absolutamente linda.

Corri meus dedos pelas lombadas dos livros, como costumava fazer, com um sorriso de prazer me escapando. Tantas histórias, tantas vidas e sonhos, elegantemente compactados entre duas capas de papelão. Li os títulos que havia muito tempo eu conhecia de cor, apenas para sentir o formato das palavras dançando em minha boca, sem emitir nenhum som. Por meio dessas páginas eu virava pirata, feiticeira, bailarina, guerreira ou rainha de terras distantes. Podia ser quem eu quisesse, viver no mundo que eu escolhesse. Antes mesmo que eu pudesse entender a importância da leitura e todos os seus benefícios acadêmicos ou intelectuais. Por instinto, eu já sabia o essencial, aquilo que eu aprendera pela necessidade: a leitura nos permite escapar para outras realidades.

Os livros também foram meus melhores amigos antes que eu descobrisse o que era amizade. Eles me acolheram quando eu não sabia que era isso o que eu mais precisava. Foram abrigo, distração e companhia. Significaram tanto para mim, e eu os havia esquecido. Olhei para o livro que estava em minhas mãos.

Era uma sorte enorme eu os ter reencontrado.

Uma luz de tarde adentrava as janelas e invadia o ambiente, criando um aconchegante jogo de sombras e luzes que fazia o meu corpo lentamente relaxar. *O conforto de se sentir em casa.*

Continuei o meu trajeto até a varanda, onde pretendia me esticar na rede e ler até pegar no sono, o que eu tinha certeza de que iria acontecer em algum momento devido ao meu estágio de letargia. Não era apenas a preguiça pós-almoço ou a casa da vovó que me deixava sonolenta, mas a sensação de ter abandonado todas as preocupações na cidade e chegado a um refúgio isolado.

A parte de trás da casa era um lugar amplo. Começava na área de serviço da vovó, continuava em uma varandinha coberta onde ficavam a rede, uma mesa de madeira antiga e algumas cadeiras de balanço, e depois se estendia em um vasto campo com árvores frutíferas até terminar em um muro alto. Vovô sempre dizia que ia reformar tudo aquilo; faria uma oficina, uma casinha de bonecas e um campinho para o Vini, que ainda era muito criança nessa época. Mas nenhuma dessas coisas aconteceu .

Levei um choque ao perceber que a lembrança que eu tinha do quintal aos fundos já não refletia mais a realidade. Em vez de me sentar na rede, dei mais alguns passos adiante e observei o mato que crescia desenfreado pelo terreno e as árvores que pareciam abandonadas à própria sorte. Talvez eu tivesse apostado muito na habilidade de mamãe e vovó cuidarem sozinhas de uma casa tão grande. Apesar de vovô não ter concluído nenhum de seus projetos, era ele o principal responsável por manter essa parte da casa viva, verde e harmoniosa. Nada disso foi fácil de manter depois que ele faleceu, e quando eu me casei, havia sugerido uma lista de pessoas que poderiam ajudá-las a deixar tudo em ordem. Também havia levantado a hipótese de que poderiam se mudar para outra casa, uma menor, mas juro que, se eu tivesse colocado uma corda em seus pescoços, a reação teria sido menos dramática.

Vovó nunca deixaria a casa que fora de sua família. Nem em mil anos.

O interior podia estar em perfeita organização, exatamente como sempre havia sido, mas aqui do lado de fora o cenário foi se modificando pouco a pouco desde que eu parti, transformando-se em algo que agora fazia subir um nó até o meio da minha garganta.

Boa parte do terreno estava coberta por mato, pedaços de troncos e galhos caídos, todo o quadro era visto por uma lente de cores desbotadas, exceto por um brilho colorido distante que entrava e saía do meu campo de visão. Resolvi ir até lá ver.

Já quase no fim do quintal, com uma terrível vontade de coçar as pernas devido à fricção do mato na pele, avistei um balanço pendurado na *minha* árvore. Era um desses balanços de criança, muito parecido com um que eu tivera quando menina, nessa mesma árvore, muitos anos atrás. A diferença era que este estava novinho. Um banco vermelho e envernizado pendurado em correntes ainda reluzentes, e embaixo e ao redor dele o mato havia sido aparado em um grama baixinha que parecia mais viva que todo o resto do quintal.

*De quem é isso?*

Sentei-me no balanço por instinto.

Um minuto depois, ouvi o barulho de folhas atrás de mim e me virei. Vovó caminhava na minha direção.

— Percebo que encontrou o nosso calcanhar de aquiles.

Eu sorri.

— Também encontrei isto. — Olhei para o balanço abaixo de mim. — De quem é?

— Ora, é seu, não está reconhecendo? Mandamos reformar o balanço que seu avô fez. Sua mãe e eu tínhamos a intenção de arrumar isso aqui uma hora dessas.

Ela gesticulou para o terreno ao seu redor, e pela primeira vez em muito tempo observei as rugas e o cansaço em seu rosto. Eram marcas físicas de toda uma vida, e ainda assim nada comparadas às emocionais. Sempre pensei na minha avó como uma das mulheres mais fortes que já conheci, mas naquele momento ela parecia tão vulnerável. Apenas uma mulher tentando dar conta de tudo. Não era possível que ainda tivesse forças para se preocupar com isso, com esse terreno, com esse balanço.

— Mas por que mandou fazer isso, vó? Eu quase não tenho vindo para casa — falei com um nó na garganta.

— Ah, mas eu sabia que você viria. Estava te esperando para mostrar uma coisa.

Ela deu alguns passos adiante e afastou uma parte do mato para me mostrar várias mudas de flores brancas que estavam nascendo ali. Eram minúsculas, mas pareciam completamente saudáveis. Vovó caminhou mais alguns passos, afastou novamente outra parte do mato e lá estavam elas, as mesmas flores pequeninas cobrindo o chão. Levantei-me e comecei a fazer o mesmo, encontrando cada vez mais flores, algumas abertas, outras em botão, milhares delas. Fiquei boquiaberta.

— Vovó! São lindas! — falei, as mãos sujas de terra ainda vasculhando o mato por todo o canto ao redor do balanço. — Como é que foram aparecer aqui?

Vó Nena soltou uma risada sonora.

— Sabia que você ia gostar de ver isso!

Quando criança, este costumava ser o meu lugar favorito em todo o mundo. Em um dos meus aniversários, vovô colocou o balanço nessa árvore, e desde então eu passei a chamá-la de *minha árvore*. Eu vinha aqui para brincar e muitas vezes ler embaixo de sua sombra. Chegava a passar tardes inteiras debruçada sobre a grama com um livro aberto à minha frente. Havia flores e outras plantas de diversos tamanhos e espécies aqui neste quintal, e eu as adorava. Uma de minhas brincadeiras favoritas era trazer sementes e jogar por tudo quanto é canto para ver se nasceriam. Meus avós me davam bronca dizendo que qualquer hora eu ia fazer disso aqui um verdadeiro matagal, mas naquela época eu não imaginava que isso fosse possível.

Meu lugar favorito agora havia se tornado um terreno abandonado, mas, ainda assim, em meio às adversidades, essas delicadas flores brancas estavam florescendo, como se nada as pudesse deter. Nem mesmo a ação do tempo ou a falta de cuidado. Era só olhar com atenção e qualquer um veria o tapete de flores que crescia no meu matagal.

Enquanto eu me distraía observando as pequenas peregrinas, agora já sentada na grama, vovó se aproximou.

— Você está diferente, minha passarinha.

Fazia muito tempo que ela não me chamava assim, talvez desde a infância. Apenas analisei seu rosto, curiosa.

— Está mais parecida com você mesma — ela completou.

Abri a boca, mas precisei de um segundo antes de responder.

— Mas como você sabe, vó? — E outra pergunta me escapou, bem baixinho: — Quer dizer... Como você sabe quem eu sou?

— Ah, essa é fácil! Nos momentos em que estamos felizes, é quando mais nos parecemos com nós mesmos. É quando encontramos nossa essência. A gente não nasceu para ser triste ou infeliz... passamos por tudo isso porque precisamos, é o curso da vida, mas a gente nasceu mesmo para ser feliz, assim como você está agora.

Eu não tinha palavras.

— É o Augusto que está te fazendo feliz assim?

Suspirei.

— Na verdade, não, vovó. Nós estamos bem, eu acho. É outra coisa.

Então, eu contei toda a história do clube do livro, como tinha me tornado parte dele e, especialmente, sobre as pessoas que eu havia conhecido. Ela ouviu atenta do começo ao fim, apenas balançando a cabeça quando achava que devia e levando a mão ao queixo em pose meditativa.

Seu olhar estava perdido.

— Quero te contar uma coisa que nunca contei nem à sua mãe, e vou contar a você porque não posso perder essa chance outra vez.

Sua voz agora adquiriu um tom sério.

— Quando me casei com seu avô, não foi por amor. Nossas famílias decidiram e organizaram o casamento antes que pudéssemos ter a chance de nos apaixonarmos. Éramos muito jovens, muito mais do que você quando se casou. Por muito tempo, seu avô não estava satisfeito com um casamento arranjado. Não parava em casa e me dava motivos de sobra para querer largar tudo, mesmo que me separar fosse uma possibilidade remota naquela época. Eram outros tempos. Se não fosse pela chegada da sua mãe em nossas vidas, e por tudo o que aconteceu depois, não sei o que eu teria feito.

— Eu não fazia ideia... Vocês sempre pareceram um casal perfeito!

Ela assentiu, tranquila.

— Nunca contei para a sua mãe porque, na época, queria que ela acreditasse que seus pais eram felizes, mesmo nos piores momentos, quando ainda estávamos nos adaptando à nova função de pais em meio ao caos que era o nosso casamento. E depois disso, simplesmente tive medo de que ela achasse que só continuamos casados por causa dela.

— E foi isso o que aconteceu? — perguntei, cautelosa.

— No começo, sim, mas o tempo nos mostrou como perdoar um ao outro e nós nos amamos profundamente. Tivemos um casamento feliz. Seu avô era um bom homem e fez tudo o que pôde por esta família até o dia em que se foi. — Ela fez uma pausa. — Eu errei em não contar a verdade para a sua mãe quando ela já tinha idade suficiente para entender e me arrependo disso, por isso estou contando para você agora. Não quero que pense que precisa suportar qualquer coisa que não queira só porque é o que os outros esperam de você. Sua felicidade é o mais importante. Promete que vai se lembrar disso, Helô?

— Por que você está me falando isso, vó?

— Porque sua mãe sabia das saídas do seu pai, das mulheres que ele arrumava na rua, de tudo, e suportava esse comportamento porque achava que era o que devia fazer, por mim e por vocês. Para não nos decepcionar, para ser uma boa esposa ou talvez... porque acreditava que seus pais tinham um casamento perfeito e que se separar não era uma opção, pois significaria desistir, *falhar*. Infelizmente, eu só fiquei sabendo disso tudo quando ele foi embora.

Ela abaixou a cabeça e percebi que sua voz estava falhando.

— Vó, quer ir lá para dentro?

— Não, eu preciso terminar — ela disse, piscando os olhos para afastar as lágrimas que se aproximavam. — Seu avô e eu tivemos um começo difícil, quase desistimos, mas no meio do caminho descobrimos outro amor que nos uniu mais do que qualquer coisa: sua mãe, e depois vocês. Esse amor foi o suficiente para nós, por uma vida inteira. Mas eu não quero que você ache, assim como sua mãe um dia achou, que seus avós tiveram um casamento perfeito. O *perfeito* não existe. Existe o feliz, mesmo que imperfeito. Quero que você saiba que existe algo muito mais importante e que não pode ser ignorado, e isso são os seus sentimentos. Você não deve se anular, nunca, e se um dia precisar escolher entre você e os outros para ser feliz, escolha *você*. Os outros até podem te fazer feliz, mas você precisa se fazer feliz primeiro.

## CAPÍTULO 17

No dia seguinte, acordei na minha antiga cama de solteira, que continuava do mesmo jeito, exceto pelos meus quadros e pelas bugigangas pessoais que já não estavam mais ali. Depois de tudo o que vovó me contou, convenci Guto de que precisava dormir na casa de minha família. Não expliquei o porquê, mas disse que ficaria na casa da vovó e, se ele quisesse, poderia ir dormir lá comigo. Ele não quis e eu não insisti. Coloquei na lista de assuntos para conversarmos depois.

Resolvi acompanhar mamãe e vovó à feira. Elas costumam fazer feira todo domingo bem cedinho. Isso não era um problema para mim, eu já estava mais do que acostumada a acordar cedo para o trabalho, mas definitivamente era um problema para o Vini, que não quis levantar de jeito nenhum, mesmo eu borrifando água no rosto dele, o que só o deixou mais irritado.

Na adolescência, costumávamos acompanhar mamãe e vovó na feira ou no mercado para ajudar a carregar as sacolas. Conforme crescemos e as responsabilidades foram pesando, acabamos dispensados dessa função, que nunca encaramos como uma obrigação. Apesar de não gostarmos de acordar cedo naquela época, adorávamos experimentar frutas das barracas, empurrar o carrinho de feira da vovó e comer milho ou pastel com caldo de cana antes de ir embora. Era uma festa. Ainda por cima, sabíamos que o almoço de domingo seria caprichado. Esse era um dia fácil, feliz.

— Esta parece bem docinha! Prove aqui! — disse mamãe entregando-me uma tangerina aberta. Experimentei, o suco doce por pouco não escorreu pelo canto da minha boca.

— Está maravilhosa! Vamos levar!

Enquanto estávamos na barraca de frutas, vovó se adiantava para as barracas de peixes e frutos do mar, sua especialidade.

Eu não tinha a intenção de comprar nada, já que iria embora no fim do dia e algumas coisas poderiam estragar na viagem de volta para casa, mas mesmo assim resolvi dar uma olhada nas barracas. Meus planos eram encontrar o Guto na casa dos pais dele na hora do almoço, descansar na mamãe à tarde, pegar as malas e ir embora ao anoitecer, mas, assim que eu me virei para a barraca de flores, a imagem que invadiu meu campo de visão me fez recordar de uma promessa que eu já deveria ter cumprido havia muito tempo.

Avistei Luana agachada, analisando um vasinho de planta em suas mãos. Fazia muito tempo que eu não a via, e ainda assim foi muito fácil reconhecê-la, mesmo a distância. Seus cabelos estavam mais iluminados, como se tivesse feito luzes, mas seu rosto se destacava em meio às pessoas que constantemente cruzavam a feira de um lado para o outro. Pensei por um segundo se deveria abordá-la ou não. Quanto mais tempo a gente deixa passar, mais difícil fica puxar um papo, situar a pessoa dentro da sua vida que já é outra. Seria mais fácil fingir que não a vi, mas era tarde demais, eu não conseguiria.

Decidi arriscar, pois valia a pena pedir desculpas pelo sumiço, se ao menos eu pudesse dar um abraço na Lu antes de ir embora. Era um prêmio muito melhor do que o pastel com caldo de cana.

Desviei das pessoas no caminho e, em um segundo, eu estava na frente dela.

— Lu?

Ela ergueu o rosto para olhar para mim e se levantou em um pulo.

— Helô! — disparou com um sorriso, largando a plantinha e estendendo os braços para mim. — Meu Deus! Quanto tempo!

Nós nos abraçamos, e agora, sim, eu me sentia completamente em casa.

— Eu sei! Desculpe-me! Eu devia ter avisado, foi tudo de última hora!

Ainda segurávamos as mãos uma da outra, rindo feito bobas.

— Não tem problema, amiga! Você fica até quando? — perguntou.

— Só hoje mesmo, vou embora à noite.

— Poxa... e será que não dá nem para tomar um café lá em casa?

Luana me lançou aquele olhar sugestivo e cheio de ousadia que eu conhecia muito bem. Ela nem precisava insistir muito.

— Hum... Acho que dá — falei, pensativa. — Vou ver com o Guto, mas acho que dá sim...

— Ah! Ótimo, então! Combinado! Guilherme está bem ali com a Maria — disse, olhando para trás e acenando para o marido, que carregava a filha no colo. — Ele pode ficar com ela à tarde para a gente colocar o papo em dia.

— Minha nossa! Mas ela já está enorme, Lu! Que linda!

Pelo cabelinho loiro-escuro já dava para notar a semelhança da bebê com Luana, e secretamente torci para que ela também herdasse a sua personalidade.

— É... o tempo passa, né?

— Definitivamente passa. — Então, balancei a cabeça, ainda não acreditando em como aquele fim de semana estava se desenrolando.

O almoço na casa dos pais do Guto foi tranquilo.

Nós pretendíamos dividir nosso tempo entre as duas casas, mas dessa vez eu acabei escapando mais para a de minha família, deixando Guto sozinho com os pais. Fiquei chateada por termos nos separado nesse fim de semana, mas eu não conseguia me sentir culpada. Tinha a impressão de que havia feito a coisa certa, o que meu coração pedia. Estava ansiosa para encontrar Luana para o café da tarde e era só nisso que estava a minha atenção. Já havia combinado com o Guto e ele me buscaria quando fôssemos embora.

Enquanto comia, me esforçava para trocar algumas palavras com os meus sogros, mesmo sabendo, desde o começo do namoro com Guto, que éramos muito diferentes e acabávamos sempre em assuntos sobre os quais eu tinha dificuldade de interagir. Guto tinha muito em comum com seus pais, compartilhava de suas convicções e de seus interesses, mas também tinha um espírito jovem, contagiante e encantador. Fora por esse seu lado que eu havia me apaixonado.

Meus sogros eram pessoas muito ativas, ocupavam cargos importantes na cidade e estavam sempre inteiramente envolvidos com seus trabalhos. Em casa, tinham uma relação sólida feito concreto, se tratavam com respeito e objetividade, pareciam falar sempre a mesma língua. Em razão da vida corrida e da casa grande, havia anos tinham alguns empregados para ajudar nas tarefas do dia a dia; limpeza da casa e das roupas, um jardineiro quinzenal, e também uma cozinheira fantástica que preparava tudo com muito capricho. Dona Carmem conseguia transformar até uma omelete em um baita banquete, e naquele domingo a mesa estava irresistível.

— Obrigada, Carmem! Estava tudo uma delícia!

Ela sorriu, satisfeita, e agradeceu enquanto servia a travessa de sobremesa.

— E quais são os planos de vocês para hoje? — perguntou meu sogro.

— Vamos só descansar mais um pouco por aqui. Helô vai visitar a Luana à tarde, e de lá vamos embora, no fim do dia. Amanhã preciso estar bem cedo no escritório!

— Parabéns, meu filho — continuou. — Já o parabenizei antes, mas vejo que você se tornou um profissional responsável. É assim que se chega a algum lugar nesta vida.

Eu tinha a impressão de que nós já "estávamos em algum lugar" na vida. Ele devia saber o que estava dizendo ao seu filho, afinal, Guto realmente se saíra muito bem em pouco tempo no escritório de advocacia. Só me incomodava essa sensação de que tudo tinha que girar em torno do trabalho e em ser bem-sucedido na carreira. Era a mesma sensação incômoda que eu experimentava quando estava na presença dos amigos de Guto. Se pelo menos eles não me incluíssem como tópico dessas conversas, me sugerindo novas profissões ou oportunidades de trabalho, eu já me daria por satisfeita, mas era raro sair ilesa desses encontros.

— E você, Helô, como vai o trabalho na escola?

Era a primeira vez que a minha sogra direcionava uma pergunta apenas para mim desde que chegáramos. De fato, havíamos feito apenas duas refeições juntos naquele fim de semana, mas eu ainda me surpreendia com quão pouco conversávamos.

Essa era uma pergunta corriqueira, e eu já estava cansada de dar respostas vazias. Muita coisa borbulhava dentro de mim a respeito da minha carreira. Mas a ideia de discutir o assunto com a família do Guto, assim como com seus amigos, parecia impossível. Esquivar-me era muito mais fácil.

— Bem... muito bem, obrigada! — E sorri, enchendo a boca de sobremesa.

❦

Algum tempo depois de me trocar e deixar minha mala pronta no quarto, Guto me chamou para conversar. Queria saber o que havia acontecido no dia anterior e por que eu resolvera não dormir na casa dos pais dele. Sabia que precisávamos ter essa conversa, mas achei que fosse possível esperar até chegar em casa. Realmente não estava me sentindo no clima de discutir ou de ouvir suas críticas sobre o meu comportamento, especialmente na casa dos seus pais. Apesar de me sentir bem com a minha decisão, minhas justificativas não seriam suficientes para o Guto, afinal, eu havia mesmo deixado ele sozinho no fim de semana.

— Olha, sinceramente... eu preferia não discutir isso agora. Vamos conversar em casa? — eu disse, tentando amenizar as coisas.

— Não! Você disse ao telefone que depois me explicaria, e agora eu quero saber! Ontem fiquei aqui te esperando o dia inteiro.

Um minuto atrás, ele havia entrado no quarto e fechado a porta atrás de si para nos proporcionar alguma privacidade, o que agora estava indo por água abaixo com sua voz alterada. Se alguém passasse no corredor com certeza poderia ouvi-lo.

— É que tem a ver com a minha família e eu ainda não me sinto no direito de comentar com você. Não é uma coisa *minha*, entende?

— Não acredito que você não vai compartilhar comigo, seu marido, algo tão importante assim. O que está acontecendo, amor?

Quando ele pronunciou a palavra *amor* em um tom de voz ameno, eu tive vontade de chorar. Desde que minha avó me revelara tantas coisas sobre meus pais e a respeito de sua própria vida, eu não havia tido tempo de processar tudo. Só agora percebia a bolha que havia se formado na minha garganta e a necessidade de me agarrar em qualquer coisa segura. O que eu mais precisava naquele momento era ser acolhida em seus braços e chorar como uma criança.

Não sei qual era o problema, mas eu estava travada, não conseguia me aproximar dele e fazer o que o meu corpo pedia, só tive forças para abrir a boca e responder sua pergunta o melhor que pude.

— Não, eu vou... quer dizer, eu quero. Mas no momento eu não posso. Eu nem tive tempo direito de ficar com eles, foi tudo muito rápido, eu agi por impulso. Desculpe! — repeti o que eu achava que deveria ser óbvio. — Eu só queria ficar com eles.

Fiz o máximo para que Guto entendesse que nada daquilo tinha a ver com ele, que eu sentia muito por tê-lo preocupado e que não queria deixar de estar com ele também. Ele me fez dizer isso de diversas maneiras até se convencer, o que aconteceu por volta das duas horas da tarde. Eu já me sentia exausta pela discussão e pelas lágrimas que estavam presas dentro de mim sem encontrar escape. Elas encontrariam um caminho mais cedo ou mais tarde, mas agora eu precisava me recompor e ir encontrar Luana.

Cheguei à casa da minha amiga ainda com o coração pesado.

Percebia, com tristeza, que nos últimos meses os desentendimentos com Guto haviam aumentado, e ao fim de cada discussão o alívio da reconciliação parecia não chegar completamente. Ou chegava, e pouco depois ia embora, deixando um vazio.

Engoli em seco e toquei o interfone. Luana logo me recebeu com um sorriso radiante, dando as boas-vindas à sua casa. Descobri naquele dia o quanto minha amiga estava mudada; havia um ar de satisfação em sua expressão que me entregava o quanto estava feliz. Logo ela, que não acreditava muito em relacionamentos a longo prazo, estava ali parecendo uma rainha me mostrando orgulhosa cada cantinho da sua casa, começando pelos quadros da sala com fotos lindíssimas da família, passando pelo quarto todo decorado da bebê, até chegarmos à mesa do café já posta feito um comercial de TV.

Recordei como Luana costumava dizer que nós, mulheres, precisávamos saber cuidar de nós mesmas, e por isso ela nunca deixaria de trabalhar e correr atrás dos seus sonhos. Nisso ela nunca deixou de acreditar. Depois do casamento, seu marido havia sugerido que ela deixasse de trabalhar por um tempo, mas Luana, dona de si como sempre fora, retornou à sala de aula assim que pôde. Ela acreditava que cada mãe deveria ter o direito de decidir o que era melhor para si. Apesar de ser apaixonada pelo seu trabalho e não ter sido capaz de abrir mão dele, notava-se visivelmente que era aqui, em sua vida doméstica, que morava sua verdadeira felicidade.

— Cadê o Guilherme e a Maria? — perguntei assim que me sentei à mesa.

Ela havia pedido que eu me sentasse, mas ela própria andava de lá para cá pela cozinha, pegando os últimos utensílios.

— Ah! O Gui levou a Maria no parquinho aqui perto, lá tem uma área coberta bem bonitinha para as crianças brincarem, ela adora! — disse com um sorriso.

— Caramba, Lu! Como você consegue? Onde você aprendeu tudo isso? — perguntei fazendo graça.

— Isso o quê? — Ela me olhou desconfiada.

— Tomar conta dessa casa, cozinhar, trabalhar, cuidar da bebê... e olha só pra você, está mais linda do que nunca! Como isso é possível?

— Ah, isso? — disse, passando a mão no rosto. — É óleo de coco.

Morri de rir, seu humor nunca a abandonava.

Nas horas que se seguiram, ela me contou que, apesar de agora estar conseguindo se virar muito bem e equilibrar as principais áreas de sua vida, por um bom tempo quebrou a cara e precisou de ajuda dos pais, de amigos e do marido, principalmente. Ela lidou com um constante sentimento de culpa por não saber tudo o que havia para saber sobre bebês ou sobre as coisas da casa, além de ter enfrentado sérios problemas financeiros até conseguirem financiar um imóvel. Eu não fiz parte de nada daquilo e comecei a me envergonhar por ter ficado de fora de sua vida. O sorriso em seu rosto não era somente a satisfação de ter encontrado seu lugar, mas também de ter lutado para conquistá-lo.

Um dia inteiro não teria sido suficiente para colocar todos os assuntos em dia, muito menos algumas poucas horas, mesmo assim nos esforçamos ao máximo. Falamos muito e sobre tantas coisas que ficávamos frequentemente com a garganta seca. Também conversamos um pouco sobre trabalho, pois com ela eu me sentia à vontade para confessar que nem sempre me sentia feliz com o que fazia, especialmente no começo, mas que nos últimos meses as coisas pareciam estar melhorando. Finalmente, depois de três longos anos, eu estava me adaptando à nova vida em Vitória, começando a fazer amigos com os quais eu me identificava, saindo um pouco da rotina e até me sentindo mais confortável em sala de aula.

Já era finalzinho da tarde e o sol havia quase desaparecido por completo, deixando apenas um rastro alaranjado no céu. Chegara o momento de nos despedirmos. Enviei uma mensagem ao Guto para vir me buscar, e então começamos a ficar nostálgicas.

— A gente não pode mais deixar isso acontecer! Todo esse tempo sem nos vermos...

— Você tem toda a razão! A vida está uma correria agora com a promoção do Guto no trabalho, mas sei que isso não é desculpa para mim.

Percebi Luana desviar o olhar. Talvez ainda estivesse magoada com a minha ausência, mesmo não tendo demonstrado em um primeiro momento.

— Antes de você se mudar, já estava distante...

— Distante? Achei que estávamos bem enquanto eu morava aqui.

Olhei para ela e a vi deixar a xícara na mesa para me encarar.

— Helô, eu não quero ser chata e nem ia tocar nesse assunto, mas a gente já não se falava direito antes mesmo de você se mudar. Eu entendo que sua vida havia mudado muito rápido, tinha o Guto em cena e logo depois os preparativos para o casamento e a mudança. Mas achei que você ia me incluir em tudo isso, como sua amiga. — Ela suspirou. — Não foi o que aconteceu.

— Como assim, Lu? Eu tentei te incluir em tudo, mas você estava sempre muito ocupada também.

— Não é assim que eu me lembro... Eu me lembro de você me dando bolo no dia em que preparamos uma despedida de solteira surpresa para você no Disco Burger. Lembro de várias mensagens sem resposta, quando eu te chamava para fazer qualquer coisa. Deixei tudo isso de lado porque achei que era você quem estava *muito ocupada* e respeitei isso. E depois que você se mudou... — Deu de ombros. — Já não era mais a mesma coisa havia muito tempo.

Eu não estava entendendo nada. Despedida de solteira?

— Pera aí, Lu, quer dizer que você preparou uma festa para mim? Como é que eu não fiquei sabendo disso? É impossível!

— Tudo bem, não era "a" festa, mas imagine só: um bolinho colorido, docinhos, presentes obscenos e três amigas esperando você chegar em uma hamburgueria — ela continuou. — Nós havíamos combinado de sair nesse dia, você não vai se lembrar, mas depois de mandar um monte mensagens perguntando se você viria, recebi uma resposta do Guto avisando que você estava muito ocupada com os preparativos do casamento e não poderia me encontrar. As meninas simplesmente desanimaram de tentar de novo e deixamos para lá.

Não conseguia acreditar que isso havia acontecido. Lembro de ter sido uma das épocas mais corridas da minha vida, mas eu jamais deixaria a Lu esperando assim.

— Desculpe, eu não fazia ideia! Não me lembro mesmo o que houve nesse dia.

O rumo que a conversa tomou havia jogado uma sombra sobre a nossa amizade. Um constrangimento mútuo de culpa e mágoa tentava nos distanciar, mesmo agora, enquanto buscávamos saída em algum outro assunto que nos resgatasse daquela atmosfera. Eu estava prestes a ir embora e não queria que as coisas ficassem daquela forma. Apesar de tudo que havia acontecido, nós ainda nos importávamos demais uma com a outra para deixar nossa amizade afundar em ressentimentos.

Conversamos sobre algumas amenidades, tomamos mais café e, quando o dia se tornou noite lá fora, prometemos deixar o passado para trás, ainda que por dentro eu estivesse rastreando todos os meus passos de três anos atrás, tentando entender como eu deixara isso acontecer. Como havia ignorado minha melhor amiga e a excluído da minha vida?

Ouvi Guto buzinar lá fora e abracei a Lu mais uma vez.

Mas não a última.

## CAPÍTULO 18

— É hoje que você tem aquele clube?

Eu escorregava para fora da cama quando senti o braço do Guto agarrar minha cintura me trazendo de volta.

— Você sabe que sim, amor, logo depois do trabalho, mas eu passo em casa antes de ir. — Eu me virei para ele que murmurava queixas sonolentas. — No mês passado eu faltei, então não quero faltar de novo. Daqui a pouco o pessoal desiste de mim.

Sorri, brincalhona.

Comecei a me desvencilhar lentamente do seu abraço até conseguir sair da cama. De pé, me aproximei e lhe dei um último beijo antes de correr para me arrumar.

Dirigi para o trabalho, com o ruído de um milhão de pensamentos zunindo na minha cabeça. Não tentei silenciá-los. Desde quando voltamos de Cachoeiro, alguns dias antes, eu não conseguia parar de pensar nas coisas que vovó havia me confidenciado. Não comentei nada com minha mãe, e nem saberia por onde começar, mas passei a observá-la com mais atenção, pensando em tudo o que ela vivera com meu pai no tempo em que foram casados. Ela não queria sair daquele relacionamento e sofreu quando isso aconteceu, mesmo sabendo o quanto lhe fazia mal. Não porque queria continuar casada com o meu pai, mas apenas porque sentia que precisava seguir o exemplo dos próprios pais, que tiveram um casamento perfeito, além de pensar nos filhos, que sofreriam com a perda. Só que agora eu sabia que meus avós não haviam tido o relacionamento perfeito que minha mãe acreditava. Haviam tido um casamento imperfeito, que começou infeliz, mas que havia sido sustentado pelo amor à filha, transformando-se em amor conjugal ao longo dos anos.

Minha mãe seguiu o exemplo da própria mãe, mas com um desfecho diferente. As pessoas se esquecem do quanto somos diferentes uns dos outros e que seguir os mesmos caminhos não é garantia de obter os mesmos resultados.

Ainda é muito comum os pais ficarem juntos apenas pelos filhos, sem amor ou respeito mútuo. Eu não sei como eu não percebi que era isso que havia acontecido com os meus pais. Por muito tempo eu me perguntei por que nosso pai nos abandonou e por que minha mãe não conseguiu fazê-lo ficar. Inconscientemente eu também havia me espelhado em vovó e culpei mamãe pelo divórcio, como se a separação fosse algo que se pudesse evitar sozinho. Vejo agora que ir embora foi o melhor que meu pai poderia ter feito por ela. Não sei se minha mãe teria forças para sair daquele relacionamento se não fosse ele quem decidisse partir, e ainda bem que o fez.

Quando criança, eu nunca percebi os comportamentos do meu pai que vovó relatara; eles eram sempre disfarçados pela minha mãe, encobertos. Por não entender o que estava acontecendo e apenas sentir a ruptura da nossa família, eu havia desejado mais que tudo que as coisas fossem diferentes. Mas esse desejo foi se esvaindo, conforme eu via a mudança em minha mãe e como ela refletia em nossas vidas. Era sutil, mas perceptível até nas pequenas coisas. A forma como ela sorria com mais frequência e cumprimentava as pessoas ao nos levar à escola, como dava gargalhadas sonoras jogando a cabeça para trás de uma forma que eu nunca vira antes, e como parecia sempre tranquila e serena cozinhando nosso jantar com a vovó.

Não posso dizer que tive uma infância ruim porque ele não estava lá. Depois que ele nos deixou, minha mãe começou a viver de verdade, então, em vez de ter dois pais nervosos e insatisfeitos, que faziam um ao outro infeliz, eu ganhei uma mãe inteira, que aprendeu a também se preocupar consigo mesma e que, só assim, estava pronta para cuidar dos outros.

Mesmo cansada, ela tinha tempo para nós, e, mesmo sem dinheiro, ela nos doava tudo o que tinha: sua atenção e o abrigo de seus abraços; mesmo sem um pai, com a ajuda dos nossos avós, ela nos ensinou sobre respeito, gentileza e amor. Sozinha, ela foi mais feliz como jamais havia sido com ele, e isso fazia toda a diferença.

Tive um dia tranquilo na escola. Eu já não me sentia tão alheia ao que se passava ao meu redor; alunos, professores, matérias, projetos, tudo se encaixava e fluía naturalmente como uma dança coreografada, e eu fazia parte do conjunto. Ainda que eu não tirasse da cabeça tudo o que havia acontecido no fim de semana.

Guto já andava esquisito antes da viagem, e desde então estava ainda mais distante, cobrando satisfações em relação ao meu comportamento e querendo saber por que quis dormir na casa de vovó sem ele. Luana disse que eu a tinha afastado, talvez por causa do casamento, mas eu ainda não conseguia lembrar das coisas dessa maneira. E quanto à mamãe, fora ela quem ocupara a maior parte dos meus pensamentos. Passei as últimas horas ponderando se deveria ou não ligar para ela, mas, se ligasse, não sei o que eu poderia dizer. Minha vontade era contar que eu sabia sobre o meu pai, que sentia muito por ela ter passado por tudo aquilo por nós, e dizer que só a havia culpado pelo abandono dele enquanto ainda era criança demais para compreender; mas que, conforme eu crescia, podia ver que aquilo precisava acontecer para que ela fosse feliz, e isso era o que eu mais queria.

Fui despertada dos meus devaneios pelo toque do celular. Pisquei, tentando colocar a cabeça no lugar.

Era uma mensagem da Clara perguntando se estava tudo certo para o encontro do clube mais tarde. Senti meu ânimo retornar. Respondi que sim, só daria uma passada rápida em casa antes para me trocar, e iria para a cafeteria. Sem atrasos dessa vez.

— Sonhando acordada? — brincou Rute, que também já estava de saída.

— Hum. Talvez, mas não eram bons sonhos...

Algum tempo atrás eu não seria capaz de compartilhar nem esse pedacinho de sentimento com alguém. Acharia íntimo e complexo. Não queria envolver ninguém nos meus problemas.

— Se quiser conversar, sabe que eu estou aqui, né? — disse, parando a meio caminho da porta e me olhando nos olhos.

Essa era uma das frases mais batidas, mas em conjunto com a expressão séria em seu rosto, quase sempre risonho, fazia com que eu quisesse lhe contar tudo.

— Obrigada, Rute — falei, com sinceridade.

Ela acenou com a cabeça e me desejou boa-noite.

Arrumei minhas coisas, tranquei meu armário e joguei a mochila nas costas. Era hora de rever o pessoal do clube.

❁

Quando cheguei ao nosso apartamento, sabia que Guto estaria em casa, pois tinha visto seu carro na garagem, mas pela manhã ele não havia me avisado que chegaria cedo.

De novo.

Entrei no apartamento e ele estava me esperando. De repente, tive um pressentimento ruim. Olhando para o cenário à minha frente, desconfiei de que tudo havia sido planejado. Ele estava com o cabelo molhado, vestia bermuda e camiseta leves e havia uma travessa de vidro apoiada na bancada da cozinha com alguns aperitivos e um vinho esperando para ser aberto ao lado de duas taças.

— O que é isso, amor? — perguntei com toda a tranquilidade que a pressa me deixou reunir.

— Ué! Você não vive dizendo que passamos pouco tempo juntos, só nós dois? Então... resolvi preparar uma surpresa para a minha esposinha.

*Ai, não.*

— Guto, eu te falei pela manhã que hoje tinha o encontro do clube. Não posso faltar.

— Mas eu até pedi comida pra gente. Não vale a pena ficar em casa dessa vez?

— Amor, desculpe, mas não vai dar.

Eu não queria ser rude. Aquele gesto havia conseguido tocar uma parte de mim que sempre esperou esse tipo de atitude dele. Esperei por muito tempo que ele se dedicasse ao nosso casamento, e agora não queria ser a culpada por estragar o momento, mas eu precisava.

— E se eu cancelar a comida e ir com você? Podemos sair de lá e jantar fora, passar mais tempo juntos.

Eu queria dizer sim, ao mesmo tempo que queria dizer não. Queria que ele conhecesse as pessoas que eu passara a admirar, mas não sei se queria que elas conhecessem o Guto. Minha cabeça dava um nó.

Não me envergonhava do meu marido, mas sabia que ele não iria ao encontro porque queria conhecer o clube. ele queria me acompanhar para saber com quem eu estava andando e até mesmo me apressar para ir embora. Só de pensar já começava a me sentir desconfortável.

Acho que tudo bem não gostarmos exatamente das mesmas coisas, casais não precisam ser irmãos gêmeos, mas ainda não me sentia preparada para levar o Guto ao clube, não com as intenções que ele demonstrava naquele momento.

— Amor, ainda assim podemos passar tempo juntos hoje. Ainda é cedo e eu não demoro. Não precisa nem cancelar a comida, a gente esquenta mais tarde.

Pensei em listar para ele todas as vezes em que fiz exatamente o mesmo, cozinhei ou pedi comida, fiquei na expectativa, esperando em vão ele chegar. Não fiz isso, não era uma questão de dar o troco.

— Se você diz...

Ele deu uma volta atrás da bancada e começou a guardar as coisas na geladeira. Reparei que usava mais força do que o necessário. Olhei para o seu rosto, ele não estava mais me encarando. Fui arrebatada pela certeza de que ele não iria me esperar.

— Desculpe — sussurrei, me afastando devagar.

Olhei o relógio de pulso a caminho do quarto e me apressei. Minha mente ganhou mais uma leva de preocupações agora, mas eu não abandonaria os meus planos dessa vez. Existem algumas coisas nas quais nos agarramos com tudo o que podemos, mesmo que o resto esteja desmoronando. O motivo não parece fazer sentido na hora, mas às vezes essas são as coisas que nos mantêm de pé e das quais não somos capazes de abrir mão. O clube era uma delas.

Cheguei bem a tempo para o começo do encontro. Conversaríamos sobre *A hora da estrela*, que, com sorte, eu conseguira terminar de ler em meio a tudo o que estava vivendo nos últimos dias. Cheguei praticamente junto com Camila e nos sentamos lado a lado, sendo as últimas a chegar. Eu ainda não tinha tido a chance de conhecê-la melhor, como havia conhecido os outros. Ela era a integrante mais nova do grupo, vestibulanda de Medicina, mas, por qualquer que fosse o motivo, não fazia questão de falar muito de si. O único momento em que se soltava era quando se empolgava nas discussões sobre o livro do mês, deixando todos boquiabertos com uma eloquência que não parecia pertencer a uma menina de 19 anos. Pensei que talvez o encontro de hoje me desse a oportunidade de tentar uma aproximação. Entretanto, comparando com a Heloísa de poucos meses atrás, era estranho perceber que eu queria tanto conhecer essas pessoas que me esforçava para abandonar meus receios e tomar a iniciativa.

Como já era costume, lemos algumas passagens para entrar no clima do livro e logo já estávamos discutindo a personalidade de Macabéa, o que a levava a tomar, ou não, determinadas atitudes na trama. O que o clube tinha de mais valioso era a total liberdade que nos proporcionava para expressar nossas opiniões sem o receio do que os outros iriam pensar. Percebi isso desde o primeiro encontro. Algumas vezes discordávamos ou tínhamos opiniões divergentes, e ainda assim todos ouviam com atenção e respeito; até poderem opinar também, independentemente de terem uma perspectiva diferente. E o mais legal disso é que às vezes chegávamos ao encontro com uma ideia sobre o livro e, quando menos esperávamos, estávamos saindo de lá com outra. Como se a ideia inicial tivesse sido lapidada. Ninguém tentava mudar a opinião de ninguém, mas, naturalmente, todos temos nossos pontos cegos, que podem ser alcançados se estivermos abertos à interpretação do outro. Acho que a beleza da coisa estava em saber ouvir e tentar compreender outras visões de mundo, sem julgamentos prévios.

Isso era coisa rara nos dias de hoje.

Houve quem gostasse do livro, quem amasse e quem não gostasse nem um pouco. Também havia fãs declarados de Clarice, como Suzi, que disse ler as obras da autora desde adolescente. E quem nunca havia lido nada, como eu. Havia também os indiferentes, como Clarinha, mas não tanto assim, já que ela mesma ficara encantada com a maneira como a autora foi capaz de misturar personagem e narrador com igual importância dentro da história.

— Para mim, o mais legal é que o próprio narrador, ao mesmo tempo que nos conta a história, nutre uma relação tão próxima com a personagem Macabéa e tudo acaba se misturando — disse Clara, quando lhe perguntaram do que mais tinha gostado no livro.

— Realmente, esse foi um ponto alto para mim também — acrescentou Suzi.

Concordei com as opiniões e participei da discussão, havia sido uma ótima leitura, mas, apesar de me sentir à vontade no clube, não tive coragem de confessar que me via um pouco na personagem principal. Ou, talvez, que visse a minha mãe. A influência exercida pela tia que criara Macabéa me lembrava um pouco de como minha mãe também sofreu influência indireta da vovó para escolher os seus caminhos. Não que minha avó tivesse a ver com a tia da história, nem um pouco, mas era inegável o quanto nós podíamos facilmente ser influenciados pelas pessoas ao nosso redor, especialmente aquelas mais próximas de nós.

Voltei para casa depois do encontro, ainda contente por ter conseguido participar dessa vez. Não pretendia faltar mais, a não ser que fosse realmente necessário. Ainda não era tarde, e tive esperanças de que houvesse tempo para sair para comer, caso Guto tivesse mesmo cancelado o jantar que pediu, ou até comer em casa, assistindo a um filme juntos. Eu me sentia tão leve que o desentendimento que tivemos mais cedo havia quase desaparecido da minha memória, não fosse pela ausência do carro do Guto na garagem. Fiquei realmente preocupada e, assim que estacionei, olhei as mensagens do celular. Não havia nenhuma dele. Antes mesmo de subir para o apartamento, digitei uma mensagem perguntando onde ele estava.

Já em casa, recebi sua resposta. Ele disse que havia saído para dar uma volta com os amigos, mencionou um ou outro que eu conhecia do seu trabalho e disse que não voltaria para o jantar, mas que deixara na geladeira parte da comida que havia pedido. Disse que eu não precisava esperá-lo acordada. Agora eu tinha certeza de que ele estava chateado, talvez mais do que chateado. Em todo o tempo de casamento, ele nunca saiu sem avisar, especialmente sabendo que eu chegaria em casa esperando o encontrar. Por outro lado, eu também nunca o havia deixado em casa para ir fazer algo sozinha, por escolha própria.

Era eu quem sempre estava à sua espera.

Respirei fundo. Joguei as chaves em cima da bancada e fui para o quarto tomar um banho quente. Sentia meu coração pesado, mas, se ele esperava uma mensagem preocupada ou suplicante da minha parte, dessa vez ficaria esperando. Hoje nós iríamos conversar.

## CAPÍTULO 19

*Quatro meses depois*

Deitada na grama, com a cabeça apoiada em minha mochila, eu olhava para o céu completamente azul. Feixes de luz do sol atravessavam os galhos da árvore acima de nós, traçando linhas amarelas que dançavam em nossos rostos. Era um sábado de manhã e, para variar, concordamos em realizar o encontro de novembro no parque da cidade. Sempre achei que piquenique fosse um costume estrangeiro ou coisa de filme, mas lá estava eu, confortavelmente estirada em cima de uma toalha xadrez, tomando café com meus amigos e conversando sobre livros. Era uma manhã muito agradável, a brisa passava por nós, preguiçosa, enquanto discutíamos o livro do mês.

— Eu nunca teria encontrado esse autor se não fosse por vocês! — suspirou Larissa, que olhava para o livro em suas mãos, cheio de *post-its* com marcações. — E que achado! Eu não conseguia parar de ler!

Ela estava falando sobre Marçal Aquino, autor de *Eu receberia as piores notícias dos seus lindos lábios*, nossa leitura da vez. Esse foi um livro unânime, que agradou a todos do clube em igual medida. Até Dante, que já havia lido de tudo e tinha a fama de ser o mais exigente, foi conquistado pelo talento de Aquino.

— Preciso reconhecer, esse autor sabe construir um personagem, hein! — Dante disse em meio aos comentários elogiosos de todos.

São tantos os autores nacionais que não conhecemos, muitos dos quais poderiam se tornar nossos favoritos se lhes déssemos a chance de serem lidos. Eu concordava com Larissa, Aquino era realmente um achado e eu também não teria chegado a ele se não fosse o clube.

Lemos outras obras nacionais nos últimos encontros, entre elas, uma de Jorge Amado. Esse era outro autor que havia se tornado um favorito, lembro bem do encontro sobre *Capitães da areia* em agosto. O clima estava mais friozinho então sugerimos que o encontro daquele mês fosse mais cedo, para aproveitar o sol do fim de tarde. Estávamos no fim do encontro, na cafeteria de sempre, batendo papo à toa, rindo e falando sobre as nossas leituras. De repente, João tirou da mochila alguns livros com capas antigas e gastas. Eram livros do Jorge Amado que ele havia lido na adolescência. Ficamos todos encantados com aquelas edições. Passamos os livros de mão em mão, folheando suas páginas amareladas. João levou para nos emprestar, caso tivéssemos gostado muito de *Capitães da areia* e quiséssemos nos aventurar em mais obras do autor. Eu com certeza queria e aceitei o empréstimo de imediato. De lá para cá, havia lido outros dois livros dele, *Mar morto* e *A morte e a morte de Quincas Berro D'Água*. Minha nossa, como eu dei risada com este último. Também li outros de Clarice Lispector que fizeram com que eu me apaixonasse pela escrita da autora novamente, apesar de nenhum deles ter superado *A hora da estrela* até o momento.

Quando pensava em todos os encontros do clube de que havia participado até então, me vinha um emaranhado de cenas na cabeça. Os acenos simpáticos dos funcionários da cafeteria San Marco, que já nos tratavam como fregueses regulares, os brindes em xícaras de café quentinho ao começar cada encontro, o pôr do sol frio a que assistimos juntos em agosto, os olhares de expectativa durante as discussões, as risadas soltas e a sensação de sair do encontro mais leve e confiante. Aquela era, definitivamente, a *minha* galera. Eu encontrei um lugar que me acolhia como eu era, e me fazia querer ser cada vez mais eu mesma, em vez de tentar ser outra pessoa.

*Afinal, o que há de ruim em ser você mesmo?*

Cada encontro era único, mas todos tinham em comum a presença daquelas pessoas e de suas histórias de vida, que, em algum ponto, perpassavam as histórias das próprias personagens dos livros que líamos, misturando-se como parte de um só enredo. Quanto mais eu sabia sobre aquelas pessoas, mais eu conhecia a mim mesma. Começava a sentir como se eu também fizesse parte de uma mesma história, muito maior e mais abrangente do que aquelas que conhecíamos apenas nos livros. Uma que abraçava a todos.

O único encontro que havia deixado uma lembrança ruim fora o de *A hora da estrela*. As discussões foram enriquecedoras e tudo estava indo bem naquele dia, até o momento em que eu cheguei em casa e não encontrei Guto. Aquele dia havia ficado marcado em minha memória, como uma insistente mancha que não queria sair. Eu recebi a mensagem do Guto dizendo que não era preciso esperá-lo, mas, mesmo que ele tivesse dito qualquer outra coisa, teria tido o mesmo efeito. Esperei por ele acordada, estava cansada de ignorar os problemas e não conseguiria dormir nem se quisesse. Era quase meia-noite quando eu decidi fazer café. Não sabia quando ele chegaria e não tinha pressa para dormir, precisaríamos conversar não importava que horas fosse. Também tentei ler, mas acabava relendo os mesmos parágrafos porque meus pensamentos fugiam para Guto, criando respostas ou justificativas que eu ensaiava incansavelmente para quando fosse preciso.

Quando cansei de esperar, fingi (para ele ou para mim mesma, não importa) que estava dormindo. Fechei os olhos, mas continuei com a mente alerta. Quando ele chegou, no meio da madrugada, eu provavelmente já havia cultivado olheiras que me ocupariam boa parte da manhã para esconder. Eu sinceramente não conseguia entender como, em seis anos juntos, havíamos conseguido fugir de todas essas típicas brigas de casal, mas agora, de alguma forma, elas estavam nos encontrando todas de uma vez.

Guto chegou bêbado, e meu primeiro pensamento foi que ele dirigiu por aí alcoolizado, e isso me assustou. Ele não era de beber assim e nunca dirigia após ter bebido. Não falou nada quando chegou, só cambaleou para a cama. Eu conseguia sentir o cheiro azedo da bebida vindo do seu lado da cama. Ele rolou para o meu lado, passando os braços por cima de mim. Achei estranho, afinal, não estávamos dormindo abraçados fazia tempo. Um segundo depois, tentei me desvencilhar, pois sentia seu corpo suado e seu hálito quente em meu pescoço, mas seus braços me seguravam firme, mesmo que eu fizesse força para me libertar deles. Pedi que me soltasse, pois estava me sufocando. Mas ouvi seu riso bufando em minha nuca enquanto sua mão deslizava por baixo da minha camisola. Fiquei gelada e, por instinto, travei as pernas com força. Seu corpo estava colado ao meu, mal dando espaço para me mexer.

— Amor, não. Agora não — pedi com a voz branda.

— Hum... Vai me deixar assim, Helô? — perguntou, sua voz era rouca e embriagada.

— Por favor... agora não — insisti, dessa vez mais alto, desviando das investidas de suas mãos como podia.

— Até parece que você não quer... Será que não está com saudades de mim, hein?

Com uma das mãos, ele puxou o meu cabelo para trás, em uma tentativa de me beijar. Só quando senti que ele me segurava apenas com um dos braços é que pude dar impulso suficiente para me lançar para fora da cama. Levantei em um pulo e me afastei, indo para o banheiro. Minha respiração estava ofegante. Demorei lá tempo o suficiente para me certificar de que ele estivesse dormindo quando eu voltasse.

❁

Para a minha surpresa, no dia seguinte ele se comportou como se nada tivesse acontecido, talvez não se lembrasse. Não queria falar sobre a bebedeira e disse que não precisávamos discutir. Percebi com muito pesar que essa era a sua maneira padrão de lidar com as coisas. Ignorando-as.

Não gostei daquilo. Eu não concordava com a ideia de fugir dos problemas, deixar sem resolver, mas ele nem me deu a chance de argumentar, porque estava com muita dor de cabeça, mas prometeu que seria um companheiro melhor para mim e que eu não tinha nada com o que me preocupar dali em diante. Foi um belo discurso, na verdade. Preciso reconhecer que ele tinha talento, cheguei até a repassar as cenas da noite anterior para me certificar de que não tinha interpretado de forma equivocada seu comportamento. Entretanto, dessa vez ele não pediu desculpas por nada.

Nem eu.

Hoje, quatro meses depois, quando senti meu celular vibrar, pensei imediatamente em Guto e me retraí. Sentei-me para retirar o celular da mochila que apoiava minha cabeça. Quando vi a palavra "Amor" na tela, cancelei a chamada e em seguida desliguei o celular. Clara, que estava sentada muito perto de mim, percebeu. Não era a primeira vez que isso acontecia em sua presença e eu tinha certeza de que ela já havia notado. Agradeci por minha amiga não ter comentado nem me olhado de forma esquisita. Ter que explicar o que estava acontecendo comigo e Guto era a última coisa que eu precisava no momento. Especialmente quando eu mesma ainda não entendia completamente.

Acho que o que Guto tinha em mente quando disse que seria um companheiro melhor para mim estava longe do que eu esperava dele. Nos últimos meses, meu marido passou a me ligar diversas vezes por dia. No começo eu atendia, empolgada, ansiando por sua atenção. Mas depois de algum tempo, quando a ligação me interrompia no meio de uma aula, de uma reunião e especialmente durante o encontro do clube, eu comecei a achar incômodo. Se estivesse ocupada e não atendesse, ele ligava mais algumas vezes, até que finalmente desistia e enviava uma mensagem de texto. Suas mensagens eram sempre curtas, perguntando onde eu estava, o que estava fazendo ou quando iria para casa. Guto nunca foi ciumento, não costumava ligar com tanta frequência a não ser que tivesse algo realmente importante para dizer. Com certeza tinha alguma coisa errada.

Eu sempre achei que havia um bom motivo para o Guto fazer tantas horas extras no trabalho, e, para mim, o motivo era crescer na carreira de advogado e talvez ter a oportunidade de ser promovido. Nunca imaginei que depois que alcançasse esse objetivo, as horas extras desapareceriam da sua rotina, muito pelo contrário, sempre soube que o trabalho, ainda mais como sócio da empresa, demandaria muito do seu tempo e dedicação. E foi por isso que estranhei quando seu comportamento começou a mudar. Agora, além de me ligar o tempo todo, ele também chegava mais cedo em casa sem nenhum motivo aparente. Apenas dizia que havia chegado mais cedo e ponto. Às vezes chegava junto comigo, às vezes um pouco depois, mas passava a maioria das noites em casa.

Não é que eu estivesse achando ruim, sempre quis meu marido mais presente, mas a mudança era tão drástica que não havia como não estranhar. E o pior era que, mesmo estando em casa, ele não *estava* de verdade comigo. Guto trabalhava em seu notebook na sala, na mesa da cozinha ou no quarto, fazia ligações ou lia documentos, mas não passava tempo comigo. Se eu precisasse sair, nesse caso, ele largava tudo e se prontificava a ir junto. Ou, quando íamos às festas na casa de seus amigos, era mais como se eu tivesse um guarda-costas do que um marido, e eu não gostava nada disso.

Como era um sábado, eu aceitei a sugestão de Guto de me levar e buscar no encontro do clube, depois dali iríamos almoçar juntos em um restaurante próximo. Ele sabia a que horas começava e terminava o encontro, mas ainda assim não parava de me ligar. Havia me ligado pouco depois de me deixar no parque para saber se eu havia encontrado o local exato, e sim, eu o encontrara. Depois me ligou para saber se era realmente meio-dia o horário para me buscar, ao que eu confirmei, e agora estava ligando de novo, sabe-se lá para quê. Em todas as vezes, eu achava que poderia ser alguma coisa séria, grave, já que ele sabia que eu estava ocupada, mas nunca era, e ele perdia a credibilidade a cada nova ligação ou mensagem. Ao ponto de eu ter que desligar o celular, constrangida por interromper as discussões.

— Está tudo bem, Helô?

Camila, a quem eu tanto me afeiçoara nos últimos meses, me perguntou, tocando o meu braço de leve e me puxando para a realidade.

Percebi que eu ainda estava olhando para o celular desligado em minhas mãos. Levantei a cabeça de súbito quando ela falara comigo e percebi que outras pessoas do grupo me olhavam com atenção.

*Será que eu perdi muita coisa?*

— Desculpe. — Balancei a cabeça suavemente, despertando. — Está tudo bem, sim, só me distraí um pouco. O que estávamos falando?

— Sobre as personagens... João acha que a Lívia era doida. — E ela deu uma risadinha tímida.

— Ei! Não foi bem isso que eu falei! — rebateu João, rindo, e todos tinham sorrisos no rosto.

— Ah, meu filho, abra o olho, hein! Chamar mulher de doida aqui nesse clube é assinar sentença de morte. Mesmo que essa mulher seja apenas uma personagem de livro.

Todos gargalharam e balançaram a cabeça em concordância.

Eliza, com a sua bagagem de vida, tinha toda a razão.

— Gente, mas eu não chamei! — João se defendeu, colocando as mãos para a frente, rindo, e depois olhou para Camila fingindo, sem sucesso, uma expressão de decepção. — É, Camila, você destruiu a minha reputação, olha só!

E as discussões continuaram, e vez ou outra alguém ainda lançava uma piadinha para João, ao que todos caíam na gargalhada novamente.

Eu estava tão feliz.

E, por isso, temia que as pessoas notassem a rachadura em minha felicidade. Não queria que soubessem que as coisas não estavam bem entre mim e Guto. Não por esperar que casamentos fossem perfeitos, eu sabia que não eram, mas pela esperança que eu tinha de que tudo se resolveria e voltaríamos logo ao normal. Enquanto isso não acontecia, a única coisa que eu podia fazer era continuar a minha vida, o trabalho, o clube, fingindo que estava tudo bem, até que verdadeiramente estivesse. Não era coisa do Guto ser inseguro, isso não tinha nada a ver com a pessoa que eu conheci tanto tempo atrás.

O trabalho na escola progrediu muito nos últimos meses, ao ponto de eu não acreditar em como havia sido antes. Antes da aproximação da Clarinha, antes de entrar para o clube. Era muito mais fácil culpar a tudo e todos ao redor sem me responsabilizar pela minha própria felicidade.

Enquanto eu fazia um grande esforço para não deixar que meus pensamentos me arrastassem de novo para longe, captei o olhar de Clara e senti uma pontada de preocupação. Ela era a pessoa que melhor me conhecia no clube e a melhor amiga que eu fizera em Vitória. Não sei por quanto tempo eu conseguiria esconder qualquer coisa dela, se é que em algum momento eu conseguira. Com o tempo, eu descobri uma das coisas mais importantes que se tem a saber sobre Clara: ela era uma pessoa franca e se importava muito com todos que considerava seus amigos.

Ela me lançou um sorriso gentil como se, sem palavras, me perguntasse: *Você está bem mesmo?*

Respondi com um aceno de cabeça quase imperceptível.

Estou bem. Vai ficar tudo bem. Vamos ficar bem.

A discussão se estendeu até que o sol, relutante, começasse a esquentar e tivéssemos que fugir dos seus raios. Resolvi ligar o celular meia hora antes do horário combinado com Guto. As ligações incomodavam, mas eu também não queria preocupá-lo sem motivo. Assim que o aparelho ligou, uma enxurrada de notificações começou a pipocar na tela, tanto mensagens quanto ligações. Abri a última mensagem, que dizia apenas: "Estou indo para aí".

Instintivamente, comecei a olhar ao redor, apreensiva. De onde estávamos sentados, eu via apenas um campo de futebol com algumas pessoas jogando bola, outras caminhando pela trilha que se estendia ao longo do parque, mas nada de marido emburrado. Ainda bem, isso significava que eu ainda tinha tempo para me preparar. Não sabia ao certo o humor do Guto e vasculhava minha mente tentando lembrar se havia feito algo de errado, se ele estaria chateado por algum motivo, mas nada parecia ser o suficiente para aquela frase seca. A única coisa que me vinha à mente era ter desligado o celular, mas sinceramente não achava que isso fosse grande coisa.

Não dava para estar no encontro e ao mesmo tempo ficar atendendo ligações ou respondendo a mensagens. Esse era o único momento do mês em que eu encontrava as pessoas que haviam se tornado minhas amigas. Fora Clarinha, que eu via todo dia no trabalho, raramente saía com os outros. Houve vezes em que quis aceitar o convite do pessoal para ir a algum barzinho ou mesmo ao cinema, mas tive que recusar para não deixar Guto sozinho. Agora, ele nem mesmo se oferecia para ir junto, e ainda dizia, com ironia, que não era bem-vindo no meu clube de *leitores*. Eu sabia muito bem o que ele queria dizer com isso.

Eu havia começado a relaxar de novo, ele certamente quis dizer que estava vindo ao parque, não exatamente aqui onde estávamos sentados. Respondi a mensagem do Guto com: "Já está acabando, me espere no estacionamento. Bjs". E imaginava que era isso que ele estava fazendo naquele exato momento, me esperando no carro. Poucos minutos depois, eu o avistei. Tive que olhar duas vezes para reconhecê-lo caminhando ao longe pela trilha do parque, vindo em nossa direção. Estava sério e sua postura parecia rígida. Congelei.

*Será que ele não recebeu minha mensagem?*

Comecei a juntar as minhas coisas, aflita, e me virei para o grupo.

— Pessoal, desculpe, mas preciso sair correndo. Lembrei agora que tenho um compromisso e já estou atrasada! — Eu me virei para Clara. — Amiga, depois você me atualiza sobre a leitura do próximo mês, tá?

Clara me deu cobertura como uma verdadeira cúmplice.

Despedi-me de todos o mais rápido que pude e apressei o passo pela trilha.

Quando me viu, Guto parou no meio do caminho.

Eu vinha andando apressada. Olhava-o preocupada, buscando um motivo para suas atitudes, mas encontrei apenas uma expressão vazia, como se todo sentimento tivesse abandonado seu rosto.

— Oi, amor.

Ele não me respondeu, virando-se e caminhando em direção ao estacionamento.

— O que foi? — Tentei novamente, ficando ao seu lado.

— Você não me respondeu nem retornou minhas ligações. De novo.

— Guto, por favor... — disparei, exaltada. — Você sabia exatamente a que horas acabaria o encontro. Não podia vir no horário que combinamos? Por que toda essa urgência?

— Não importa. Vamos para casa.

Sua voz era seca, desprovida de qualquer humor. Ele nem ao menos segurou minha mão como costumava fazer. Quis arriscar tocá-lo, mas tive medo da sua indiferença. Uma bolha pesada de angústia e raiva moveu-se lentamente do meu peito para a garganta.

— Não estou entendendo nada... Não vamos almoçar? — perguntei, enquanto andava a passos largos para acompanhar seu ritmo.

Eu não entendia por que ele havia feito tanta questão de vir até aqui me buscar antes da hora, para depois apenas me ignorar e me levar para casa.

Guto me olhou por um segundo antes de entrar no carro e bater a porta com um estrondo.

— Não — respondeu, silenciando qualquer outra pergunta que eu tivesse em mente.

Entrei no carro e fui para casa com uma pessoa que eu não conhecia.

## CAPÍTULO 20

Guto ficou distante desde que fora me buscar no encontro do clube. O fim de semana havia sido péssimo e os dias que se seguiram foram piores ainda. Cheguei a tentar inutilmente conversar sobre o que estava acontecendo, perguntar por que seu comportamento havia mudado tanto e explicar que eu não podia ficar atendendo suas ligações no meio dos encontros, ou no meio das minhas aulas. Eu não cheguei nem na metade do discurso e ele me cortou. Dei graças a Deus, pois estava prestes a pedir desculpas, mesmo sentindo que não deveria. Mas, como sempre, ele não queria discutir. Só estava preocupado. Não conseguia falar comigo e estava preocupado. Ponto.

Depois de um tempo eu entendi que, por qualquer que fosse o motivo, ele estava chateado e precisava de tempo para esfriar a cabeça. Deixei que ele tivesse esse tempo. Dediquei-me às minhas leituras, ao planejamento das aulas e tentei não pensar muito nos nossos problemas de casal. Quanto mais eu pensava, menos eu entendia o que estava acontecendo entre nós dois. Costumávamos ser tão próximos. O que mais me intrigava era que, apesar da sua indiferença, ele continuava chegando cedo do trabalho quase todos os dias e ainda me telefonava várias vezes, mesmo que apenas para saber se estava tudo bem ou a que horas eu chegaria em casa – o que era bobagem, já que eu chegava praticamente no mesmo horário todos os dias. Sentia que ele tentava me punir com o seu tratamento seco, mas também não deixava de me cercar por todos os lados.

Na quarta-feira à noite, cheguei do trabalho decidida a derrubar o muro que ele havia levantado entre nós. Já era tempo de aquilo terminar, afinal, erámos um casal e juramos ficar juntos até que a morte nos separasse. Não estava disposta a esperar até que ele decidisse qual era a melhor hora para quebrar o gelo. Eu mesma teria de pôr um fim naquilo por nós, mesmo que dentro do peito meu orgulho esperneasse, relutante. Era isso ou ficar à mercê da sua vontade. Passei o dia inteiro pensando no que poderia nos reaproximar, o que faria com que ele baixasse a guarda e se abrisse. Eu não chegava a nenhuma solução, mas precisava tentar.

Depois do banho, coloquei uma roupa confortável, peguei minha leitura do momento, *Madame Bovary*, de Gustave Flaubert, e me sentei ao seu lado no sofá. Nós já havíamos jantado praticamente em silêncio como vinha acontecendo desde o dia do encontro no parque, e agora tínhamos algum tempinho juntos. Ele estava com o notebook aberto no colo, trabalhando. Nem olhou para o lado quando me aproximei. Encostei meu corpo ao dele, enquanto abria o livro na página em que havia parado.

— Tudo bem se eu ficar lendo aqui com você? — perguntei, me aconchegando mais nele.

— Claro — murmurou, quase inaudível.

— Quer saber o que eu estou lendo?

— Helô, estou revisando planilhas e documentos importantes de uma apresentação para amanhã. Não posso me distrair agora.

Sua resposta não era exatamente uma surpresa, mas ainda assim doía. Era sempre o trabalho ou algo importante, algo que não podia esperar. Agora me parecia que absolutamente tudo era mais importante do que nós.

*Ou será que sempre tinha sido assim?*

Esse pensamento me paralisou por dentro. Fez com que eu me recordasse de como éramos havia alguns anos. Não, não tinha sido sempre assim. Éramos tão apaixonados. Eu mal podia vê-lo chegar ao portão de casa para me levar para sair que já sentia o coração querer escapar pela boca. Sua presença era a única coisa que importava. Eu o admirava tanto que prestava atenção em todos os detalhes, elogiava suas opiniões, imitava suas preferências e queria ser incluída em todos os seus planos de vida. Ele era meu lugar seguro. Recostei-me no sofá e olhei o seu perfil de canto de olho. Seu rosto de traços fortes, agora mais rígidos, ainda era o mais belo que eu já havia visto. Observei-o com mais atenção. Seus olhos escuros focados na tela à sua frente, a linha que começava na orelha e ia até o queixo, contornando o rosto que eu tanto amava. De repente, senti minha garganta fechar. Meus olhos se encheram de lágrimas sem que eu percebesse. Pisquei várias vezes tentando conter a angústia que me tomava. Rezando para que as lágrimas voltassem, sem alarde, exatamente de onde vieram.

Percebi, não sem algum pesar, que o que me trouxe à repentina angústia foi a consciência de que aquele rosto, agora, era apenas belo. Faltava a vida, a alegria incontida e a paixão que chegava até seus olhos e se refletia nos meus. Isso eu não conseguia mais encontrar e tinha medo de que houvesse se perdido para sempre.

— Amor... — tentei. — Acho que precisamos conversar.

— Poxa, Helô. Eu já te falei que agora não posso.

— Eu sei, mas é importante. A gente não pode ficar assim. Sinto que você está distante. Conversa comigo.

Ele fechou o notebook com força. Não sei se percebeu minha expressão, ainda abalada. Se percebeu, não pareceu se importar.

— OK, vamos conversar — disse, virando-se para mim. — Eu não estou distante, estou chateado. Eu me preocupo com você. Nos últimos tempos, você está diferente, nem parece a Heloísa que eu conheci anos atrás. Está cheia de novos amigos, a cada dia aparece um novo, e não quer mais saber de sair comigo, não liga para os nossos amigos. Você acha que eles também não perceberam?

— Nossos amigos? Guto, eles sempre foram seus amigos. Pessoas que você ia conhecendo e se convencendo de que eram *nossos* amigos. Você apenas me inseriu no grupo.

Respirei fundo, tentando falar com o máximo de delicadeza possível, pois eu sabia que Guto gostava muito daquelas pessoas. E eu não tinha nada contra elas, só não faziam parte do meu mundo.

— Como assim, Heloísa?

— Não é possível que você não perceba, Guto. Eu não consigo participar das conversas. Fico tentando me enturmar, mas acabo sempre sobrando...

— Não, eu nunca percebi isso! Eles te adoram!

— Não sei o que eles poderiam adorar, eles não me conhecem! — disse, a irritação transparecendo em minha voz.

*E começo a me perguntar se você realmente me conhece.*

— Chega, Heloísa! — ele disse, levantando-se do sofá com o notebook nos braços. — Chega dessa conversa maluca! É claro que eles te conhecem, eles te adoram e perceberam a sua ausência por causa desse clube a que você anda indo. Bom, eu preciso me concentrar para terminar esse trabalho para amanhã, vou terminar lá no quarto. Outra hora, quando você se acalmar, a gente conversa.

Sem dizer mais nada, ele saiu do cômodo. Sentei-me novamente e me encolhi no sofá, sentindo-me pequena e estúpida.

❀

No dia seguinte, por conta de sua apresentação importante, Guto acordou no mesmo horário que eu. Fez a barba, pegou todas as suas coisas e falou comigo somente o necessário. Pelo visto a muralha de gelo continuava de pé. Ele disse que tomaria café no trabalho, pois haveria um *coffee break* antes da reunião, e deixou o apartamento. Eu havia tomado café, retirado o lixo e jogado a mochila no ombro, pronta para sair de casa, mas voltei correndo ao quarto me lembrando de pegar *Madame Bovary*, que havia ficado na mesinha de cabeceira. Assim que entrei no cômodo, me deparei com um envelope jogado em um canto da escrivaninha. Peguei-o e o abri, dentro havia alguns documentos. Suspeitei que tivessem alguma coisa a ver com a reunião de hoje e mandei uma mensagem para o Guto, se ele tivesse que voltar para buscar aquilo, provavelmente se atrasaria. Resolvi enrolar um pouco enquanto ele não me respondia. Por fim, levei o envelope comigo. Já dentro do carro, mas ainda sem resposta do Guto, resolvi ligar. O telefone chamou algumas vezes e foi desligado. Ele devia estar dirigindo ou já estava no trabalho e não queria ser interrompido. Tomei uma decisão rápida, eu iria até o seu trabalho para levar os documentos. Eu poderia pedir a alguém que entregasse para ele. Tinha certeza de já ter visto isso acontecer nos filmes. Alguém sempre salvava o mocinho indo levar alguma informação ou documento importante no seu trabalho. Quem sabe isso não poderia mudar o humor do meu marido.

Por sorte, meu primeiro horário era de planejamento, então apenas mandei uma mensagem para Clara pedindo que avisasse a coordenadora sobre o meu atraso. Dirigi até o prédio onde ele trabalhava. Não era distante, mas naquele horário o trânsito era terrível e eu contava cada minuto, olhando no painel do carro com medo de me atrasar ainda mais. Felizmente cheguei em bom horário e estacionei quase na frente. Saí do carro apressada, a mochila em um ombro e o envelope nas mãos. Atravessei a porta de vidro do prédio, chegando até a recepcionista em um piscar de olhos.

— Oi! Bom dia! Eu queria entregar um documento para o Guto, meu marido. Ele esqueceu em casa — eu disse, me apoiando no balcão, ainda eufórica da corrida.

— Bom dia, senhora! Desculpe... como disse que é o nome do seu marido? — ela me perguntou.

— Guto... ah, Augusto! — retomei o fôlego. — É Augusto!

— Ah! Claro, eles estão em reunião agora, então vou chamar a secretária do Dr. Augusto para vir buscar o documento. Só um minuto — disse enquanto digitava um ramal no telefone.

Ela falou por segundos com alguém na linha e em seguida me pediu para aguardar que a Ana Paula, secretária do meu marido, já desceria. Guto nem havia comentado que agora, com o novo cargo, teria também uma secretária. Pouco tempo depois uma jovem se aproximou de mim.

— A senhora é a Heloísa? — perguntou.

— Sim! Ana Paula, né?

— Isso. Prazer! O Dr. Augusto fala muito da senhora.

Achei estranha toda aquela formalidade comigo, mas especialmente com o Guto. Nunca tinha visto ninguém se referir a ele como *Dr. Augusto*, para começo de conversa. Acho que nunca reparara nas conversas dele com clientes, nem mesmo na festa da promoção lá em casa, onde havia alguns conhecidos do trabalho. Todos os amigos que tínhamos feito em Vitória sempre o chamaram de Guto. Ver alguém tão jovem quanto essa moça, ou a recepcionista do prédio, chamar meu marido de doutor atribuía uma seriedade ao seu trabalho que talvez eu não houvesse notado antes. Os meses que se seguiram à promoção do Guto foram os mais difíceis de todo o nosso relacionamento. A sua distância e frieza só poderiam ter a ver com isso, com a pressão do seu novo cargo na empresa. Ele sempre foi muito responsável e centrado, sabia que poderia ter uma carreira promissora na empresa e foi atrás disso. Mas, por trás de sua fortaleza de segurança, talvez a responsabilidade tivesse lhe pesado nas costas e se refletido em seu comportamento.

Voltei-me para Ana Paula.

— É mesmo? — respondi com um sorriso sincero.

Estava curiosa com relação ao que o meu marido poderia ter dito sobre mim no trabalho.

— Sim! Muito! Já nos conhecíamos porque antes eu ficava em outro setor, mas um dia desses ele me pediu um favor que eu achei a coisa mais romântica do mundo. Ele me encarregou de escolher o buquê de flores mais lindo que encontrasse na floricultura aqui do Centro — disse, rindo. — Passei um tempão escolhendo... ele queria que fosse perfeito! Imagino que fosse para comemorar a promoção. Muito merecida, por sinal.

*A promoção? Com o buquê de flores?*

O fato de Ana Paula ter escolhido as flores, e não Guto, não me incomodava. Se não fosse ela, ele teria pedido ajuda a qualquer outra pessoa, e isso em nada me surpreendia. Mas me parecia estranho que, no dia em que Guto apareceu com o buquê, ele não havia falado nada sobre a promoção. Eu me lembro muito bem, pois entendi a surpresa como parte de um pedido de desculpas pelo desentendimento do dia anterior. Não como uma comemoração pela promoção, que, pelo que eu entendia, havia acontecido na quinta-feira, no dia do encontro do clube.

Alguma coisa estava errada.

— O buquê era lindo, obrigada.

— Ah, que bom que gostou! Agora preciso voltar. Estamos no comecinho de uma reunião.

— Claro, claro!

Entreguei o envelope e aproveitei para fazer outra pergunta, antes que eu perdesse a chance.

— Só mais uma coisa... quando foi mesmo que o Guto foi promovido? Você lembra?

— Hum. Não lembro o dia, mas foi em uma segunda-feira, isso eu tenho certeza, porque eu tinha oftalmologista marcado e meu médico só atende às segundas. Quando o Dr. Augusto me pediu o favor, eu estava de saída, mas voltaria ao escritório de tarde, então me encarreguei das flores.

— Ah, sim! Está certo! Obrigada, Ana Paula.

Caminhei até o carro, já sem me preocupar com o atraso no trabalho, tentando com todas as forças ignorar a constatação que berrava em minha mente.

## CAPÍTULO 21

Eu havia me atrasado até para a segunda aula. Por sorte, Rute estava em horário de planejamento e cobriu os primeiros minutos para mim.

Agora já era meio-dia e eu estava sentada na sala dos professores, esperando Rute ou Clara para poder conversar sobre o que eu havia descoberto. Não sabia se essa era a decisão certa a tomar, mas eu não aguentava mais guardar toda essa desconfiança para mim mesma. Precisava de um conselho e não era capaz de contar à mamãe ou à vovó tudo o que estava sentindo. Não queria preocupá-las antes de entender o que estava acontecendo no meu casamento. Ainda não compreendia como meu marido passara de um homem carinhoso a alguém com quem eu não conseguia conversar, que me tratava ora de maneira fria, ora de forma rude, e que passou a esconder coisas de mim quando lhe era conveniente.

Pouco depois, Rute e Clara entraram juntas na sala dos professores, conversando animadas. Eu estava sentada à mesa, me levantei assim que as vi e caminhei até o sofá nos fundos da sala. Fiz um sinal para Clara, pedindo que elas se aproximassem. O lado bom de almoçar na sala dos professores era que, nesse horário, ela ficava mais vazia, e assim tínhamos mais privacidade e silêncio para conversas, leituras e até planejamentos atrasados de aulas. As pessoas chegavam e saíam rapidamente da sala, algumas indo almoçar fora, outras partindo para fazer o turno vespertino em outra escola.

Assim que minhas amigas se sentaram, cada uma de um lado, eu desabei.

Tentei abrir a boca para contar o que estava acontecendo e, quando as primeiras palavras saíram trêmulas, desisti e me calei, pressionando os lábios com força. Clara tocou as minhas costas e a vontade de chorar veio com tudo. Eu não sabia nem por que estava chorando, mas senti as lágrimas se acumulando em meus olhos. Eu ainda segurava os lábios com força, com medo de emitir qualquer som, pois não queria que outras pessoas vissem pelo que eu estava passando. Rute e Clara pareceram adivinhar o meu embaraço e me conduziram discretamente para uma salinha anexa à sala dos professores. Era uma espécie de minibiblioteca, com livros paradidáticos e materiais extras. Estava vazia. Lá, me colocaram em uma cadeira, fecharam a porta e sentaram ao meu lado.

— Helô, respira... — ouvi Clara dizer, com a voz suave.

Eu queria responder que estava respirando, mas ainda não havia conseguido abrir a boca para falar e, com isso, percebi que minha respiração estava realmente descompassada, saindo entre soluços.

Concentrei-me apenas em inspirar fundo e expirar, ignorando toda a bagunça na minha cabeça.

— Desculpem-me! — consegui deixar escapar.

— Pelo quê? — disse Rute. — Você tem que parar com isso, nós somos suas amigas, não tem por que se desculpar!

— Eu... eu não sei o que fazer. Descobri algo que muda tudo, mas não sei o que fazer a respeito. Só sei que estou com muita raiva.

Percebi que elas se entreolharam.

— Olha, nós percebemos que havia algo errado faz algum tempo. Tem horas que você está bem, feliz, e, de repente, fica triste, incomodada com algo. O que está acontecendo? — perguntou Clara.

— É o Guto, meu marido. A gente tem se desentendido muito e parece que está cada vez pior. Eu tento conversar com ele, e ele foge do assunto, diz que eu que mudei, que não quero mais saber dele ou dos amigos dele. E agora... — reuni coragem para dizer em voz alta. — Acho que ele mentiu para mim e planejou de propósito uma festa na nossa casa só para me afastar do clube do livro.

— E por que você acha isso? — perguntou Rute.

As duas estavam sérias e, ao mesmo tempo, acolhedoras, o que fazia com que eu quisesse colocar tudo para fora de uma vez. Contei sobre o envelope e o que eu descobrira sem querer por meio da secretária dele.

— Aquele encontro sobre o *Dorian Gray*, então?

Virei-me para Clara e balancei a cabeça afirmativamente.

— Então, ele sabia da promoção dias antes e não te contou? — Clara continuou com o rosto franzido.

— Ao que tudo indica, sim. Ele foi promovido na segunda, quando comprou as flores para mim, e só me contou na quinta, no meio da festa que organizou em nosso apartamento, como se tivesse acabado de acontecer... Não sei por que não me contou antes.

Eu ainda não queria acreditar nas suposições que fazia sobre o meu marido. Desejava secretamente que ele tivesse um bom motivo para explicar tudo isso. Ele devia ter.

— Pera aí, sendo assim temos uma chance de descobrir a verdade.

— Como? — perguntei incrédula. — Ele não vai me contar, isso eu sei, mal estamos nos falando.

Eu podia perceber os seus olhares de compaixão. Por mais sem chão que eu me encontrasse naquele momento, não queria que tivessem pena de mim. Não queria mais ficar de braços cruzados esperando que as coisas acontecessem, isso não havia trazido nenhum bom resultado. Queria ser forte. Endireitei o corpo e voltei a perguntar, agora mais séria:

— Como?

A sugestão de Rute era bem simples.

Tão simples que eu não sei como não pensei nela antes. Eu poderia entrar em contato com uma pessoa do círculo de amigos do Guto, alguém com quem eu tivesse mais proximidade, e conferir em que dia ele havia feito o convite para a festa. E mesmo que ele tivesse convidado todos de última hora, eu poderia obter o máximo de informações possíveis que me ajudassem a confirmar ou negar minhas hipóteses.

Na mesma hora, pensei em Joana.

Ela era o mais próximo que eu poderia chamar de amiga dentro daquele grupo. Sentia que podia confiar nela, mas ainda assim não queria demonstrar que, por algum motivo, estava desconfiando do Guto. Podia ser tudo um grande mal-entendido. Apesar do peso no meu coração insistir em me indicar o contrário.

Peguei o celular e procurei pelo nome dela na agenda; eu tinha quase todos os telefones dos amigos do Guto. Olhei para a tela do celular com aflição. Não sabia se ligava ou mandava uma mensagem antes de ligar.

— Mas o que eu vou dizer para ela? — perguntei, perdendo um pouco da confiança recém-adquirida.

— Hum... Por que você não diz que estava pensando em dar outra festa e pergunta se ela sabe qual o melhor dia da semana para chamar o pessoal? Depois, entre no assunto da festa!

— Não sei se ia adiantar alguma coisa, Clarinha, eles costumam sair em qualquer dia da semana.

— De repente, se ela falar que tanto faz o dia, você puxa mais conversa e pergunta se precisa avisar com antecedência ou se pode ser em cima da hora como da última vez... — Rute complementou, com um estalo de dedos.

— É, pode funcionar. Assim vou saber se ele convidou todo mundo de última hora ou realmente planejou de antemão. Mas — hesitei — vocês acham que isso comprova alguma coisa? Quer dizer, e se ele tiver feito tudo isso sem pensar no clube, sem intenção de me afastar dos meus amigos, apenas porque seria melhor para todos naquele dia...

— Existe essa possibilidade — disse Clara, pensativa.
— Você avisou que teria o encontro do clube? — perguntou Rute.
— Sim, muitas vezes.

Na verdade, eu estava tão empolgada que só falei disso a semana toda, e comentei de novo naquele mesmo dia antes de ir para o trabalho.

— E você acha que ele pode ter se esquecido de mencionar a promoção na segunda? — continuou.

— Na verdade, não. Essa promoção era muito desejada, ele vem trabalhando por ela há meses, talvez até desde quando nos mudamos.

— A última, juro! — Rute parecia pensativa. — Você disse que ele pode ter feito isso para te afastar do clube. Como ele encara isso de você frequentar um clube do livro? Ele apoia ou acha esquisito?

— Acho que preferia que eu não fosse.

Senti o nó voltar a se formar na garganta e engoli em seco.

❀

As perguntas que ela fazia eram as mesmas que estavam na minha cabeça por meses, quase desde quando eu entrei para o clube. Talvez eu não quisesse ver, mas não posso mais evitar pensar nisso ou tratar como se não fosse nada. Guto nunca gostou que eu fosse aos encontros, sempre criava empecilhos ou falava do clube com desdém. Não foi à toa que eu havia evitado ao máximo contar a ele que havia ido sozinha àquele primeiro encontro. Sabia, lá no fundo, que ele não aprovaria a ideia. Nem do clube e talvez nem mesmo de eu ter meus próprios amigos.

O que Luana havia me dito na viagem agora veio à tona como um balde de água fria.

Ela disse que me procurou na época do casamento, que queria ter sido incluída, mas que eu estava sempre ocupada com o Guto ou com os preparativos e que a havia esquecido. Mas eu não estava assim tão ocupada a ponto de ignorar minha melhor amiga. E não foi o que eu fiz. De súbito, fui tomada pela lembrança do dia em que combinamos de sair, o dia da despedida de solteira surpresa.

Luana me mandou uma mensagem me chamando para jantar com ela no Disco Burger naquela noite. Não sei por que esse episódio ficou bloqueado na minha memória, mas agora eu me lembrava de cada minuto daquele dia. Lembro que fiquei empolgada, nessa época nós já não saíamos juntas com frequência e eu sentia falta da amizade dela. Enviei uma mensagem confirmando o horário e fui almoçar com o Guto. Era um sábado e tínhamos coisas do casamento para resolver. Estávamos indo fazer uma degustação de bufê e depois iríamos experimentar os doces. Eu teria tempo de sobra para chegar em casa, tomar banho e me arrumar para sair com a Lu. Guto estava a par da minha programação e deu o maior apoio. Dizia que eu tinha mesmo que aproveitar os meus dias de solteira porque eles estavam "contadinhos". Eu sempre dava risada desses comentários.

Em algum momento do dia, indo de um fornecedor a outro, esqueci meu celular no carro do Guto. Devo ter ficado incomunicável por umas duas horas. Naquela época as pessoas não ficavam tão grudadas nas redes sociais, então realmente nem senti a falta do aparelho. Estávamos voltando para o carro depois de provar os doces quando comentei que não encontrava o meu celular, foi então que ele tirou o aparelho do próprio bolso, dizendo que o trouxera para mim e tinha se esquecido de me avisar. O que na hora me pareceu muito normal, mas me assusta um pouco agora.

*Por que ele não me entregou o celular assim que saímos do carro?*

Nesse mesmo dia, Guto insistiu para darmos um pulo em sua casa e tomarmos café com seus pais. Eu estava estufada de tanta comida das degustações, mesmo que tivesse experimentado apenas pequenas quantidades, mas não conseguia resistir a um café. E sabia que os pais do meu noivo raramente estavam em casa nos fins de semana, o que tornava tão importante estarmos presentes, passar tempo com eles, especialmente assim tão próximo do nosso casamento. Eles gostavam de saber de todos os detalhes, afinal, estavam custeando boa parte do evento para o filho único.

O problema foi que, no meio do caminho para a casa dos meus sogros, eu fiquei sem bateria e, novamente, incomunicável. Pedi ao Guto para que mandasse uma mensagem para a Lu avisando que eu me atrasaria, mas com certeza estaria lá. E, pelo visto, foi aqui que tudo se complicou. Ainda não entendo exatamente como aconteceu, mas sei que a Lu achou que eu não estava passando muito bem para ir encontrá-la, e eu achei que ela havia preferido remarcar por conta do meu atraso. Não dei muita importância naquele momento, mesmo ficando um pouco chateada, pois sabia que estávamos nos desencontrando muito nos últimos meses, portanto não estranhei que ela quisesse remarcar.

Guto ficou comigo pelo resto da noite.

Eu não queria pensar que ele tinha alguma coisa a ver com esses desencontros, mas algumas situações estavam brotando na minha mente e eu começava a perceber muitas coincidências, todas envolvendo a sua presença.

Rute e Clara me olhavam com expectativa.

Clara era engraçada e falante, mas agora seu caráter gentil se sobressaía. Eu via como estava contida, talvez com medo de opinar, mas eu sabia que tinha o seu apoio, independentemente da decisão que eu tomasse. Enquanto Rute, que era uma mulher mais racional, analisava o caso por todos os ângulos possíveis e esperava uma reação da minha parte.

— Vou ligar — eu disse, decidida.

Cliquei no nome de Joana na tela e levei o celular ao ouvido. Uma simples ligação, nada com o que se preocupar.

*Eu apenas descobriria se meu marido havia mentido para mim ou não.*

— Oi, Helô! Que surpresa boa! — Ouvi Joana responder do outro lado da linha.

— Oi, Joana! Desculpa te atrapalhar, você pode falar um pouquinho?

— Claro, posso sim.

Olhei para minhas amigas ao meu lado.

— Então, eu estava pensando em fazer uma festinha lá em casa, só para alguns amigos nossos, do trabalho do Guto. Você sabe que dia da semana seria melhor? — perguntei.

— Deixe-me ver... é sempre melhor na sexta, né? Direto do trabalho. Mas qualquer dia é dia! — respondeu, rindo.

— E você acha que eu preciso convidar com antecedência... da última vez o Guto avisou antes ou só na hora mesmo?

Torci para que ela dissesse que foi tudo de última hora. Meus dedos provavelmente já estavam brancos com a força que eu usava para segurar o celular.

— Ah, pode ser em cima da hora, o pessoal não liga!

Suspirei aliviada.

— Apesar de que, da última vez, o Guto avisou no começo da semana para a gente! — ela concluiu.

— No começo da semana? — perguntei, quase sem voz.

— Sim! Assim que ele foi promovido, o escritório todo ficou sabendo. Notícias como essa voam! E pelo jeito boa-praça do Guto, a gente já imaginava que ele ia querer comemorar. Mas ele só convidou um *grupo seleto*, né? — disse e deu risada.

Não sabia se ela estava brincando ou não, mas se estivesse se referindo àquele monte de gente desconhecida na minha casa, certamente estava sendo irônica e eu gostava cada vez mais dela.

— Pois é — optei por uma resposta neutra, já que não conseguia elaborar nada mais criativo.

*Isso significa que todos souberam da promoção antes de mim.*

*E quer dizer que Guto convidou todos com antecedência e não me avisou. Por quê?*

— Mas, vem cá... é alguma ocasião especial?

Doía-me ter que mentir para a primeira pessoa com quem eu tinha tido alguma afinidade. Ela era a única daquele grupo com quem eu sentia que podia ser eu mesma.

— Não. Desculpe-me, Joana... Na verdade, eu não estou planejando festa nenhuma. — Respirei fundo. — Só queria saber se o Guto foi sincero comigo sobre uma coisa.

*Ou várias.*

Fui honesta com ela e comigo mesma. Chega de fingimentos.

Aguardei a sua reação em silêncio. Achei que ela fosse recuar, talvez por receio de ficar mal com o Guto. Ou ela simplesmente poderia achar que eu estava ficando louca, mas, por algum motivo, duvidei disso e lhe dei um voto de confiança.

— Certo. — Sua voz era calma e pensativa. — Tudo bem, Helô. Sem problemas. Se cuida, tá?

— Obrigada — respondi, quase em um sussurro. — Você também.

# CAPÍTULO 22

Eu ainda estava em estado de choque.

Sei que parece ingenuidade da minha parte, mas me custava acreditar que a pessoa com quem eu havia me casado não era quem eu acreditava. Tentava ligar todas as informações que eu tinha em mãos a tudo o que eu conhecia sobre o meu marido. Simplesmente não se encaixava. Destoava como uma melodia sublime para uma letra cantada fora do tom.

Eu estava profundamente decepcionada com ele. Ainda que o amasse, não podia me fazer de cega; ele havia mentido e talvez não pela primeira vez. Levantei o rosto e fixei o olhar, que estava perdido desde quando terminara a ligação para Joana, e lembrei-me de minhas amigas. Elas deviam ter pescado parte da conversa e deduzido tudo, pois tinham aquela mesma expressão complacente que eu havia notado antes. Porém, agora eu percebia que não era pena, e sim afeto. Elas se preocupavam comigo e queriam ajudar, só não sabiam como. Respirei fundo e contei o que Joana me disse na ligação.

Minha cabeça ainda girava e eu não havia decidido o que fazer a respeito, se deveria ou não confrontar Guto e pedir explicações, mas sabia que precisaria fazer algo. Não dava para continuar fingindo que estava tudo normal. Até mesmo porque já não estava nada bem fazia tempo. O problema era que, no fundo, eu sentia um constrangimento absurdo só de pensar em questioná-lo sobre Luana. Guto me faria sentir ridícula por achar que ele tivesse alguma coisa a ver com o nosso afastamento e as coisas com certeza se voltariam contra mim em um piscar de olhos.

Resolvi, no fim das contas, deixar a poeira baixar. Eu estava com os sentimentos à flor da pele e, dessa forma, nem conseguiria articular tudo o que me corroía antes de o Guto neutralizar meus argumentos. Precisava deixar os ânimos se aquietarem um pouco antes de permitir que essas descobertas viessem à tona, pois, quando isso acontecesse, nossa relação sofreria um baque. Por outro lado, talvez fosse disso que ela estava precisando para se reerguer ou desmoronar de vez. De um jeito ou de outro, um caminho deveríamos tomar, pois eu não me acomodaria com a sua indiferença de novo.

Contei meus planos para Rute e Clara, que apoiaram minha decisão de esperar e se colocaram à minha inteira disposição.

Quando cheguei à porta do apartamento, sabia que Guto poderia estar em casa, como nas outras noites. Mas não fazia o menor sentido que ele tivesse passado a chegar mais cedo se não se dava ao trabalho de ao menos conversar comigo. A presença de alguém nunca deveria ser pela metade, tinha que ser por inteiro. E isso não queria dizer esquecer de si mesmo para se doar o tempo todo. Na verdade, era algo simples, demonstrado por pequenos gestos. Por meio de um olhar, de um carinho ou de uma palavra. Não via como isso se aplicava à presença vazia de Guto em nossa casa.

Quando ele começou a chegar mais cedo, eu comemorei em silêncio, pensando que finalmente teríamos mais tempo para a nossa relação. No começo, nós cozinhávamos juntos, ele me contava do seu dia, assistíamos a algo na TV, dávamos risadas. Um casal normal. Era uma rotina confortável, eu devo dizer, a não ser quando chegava o dia do encontro do clube ou quando eu combinava alguma saída com os meus amigos. Era aí que tínhamos um problema. Ele ficava esquisito, arrumava pretextos para me manter em casa, e agora eu sabia que até mentiras foi capaz de inventar. Tudo para que eu não saísse do seu lado. Por um bom tempo, eu me deixei levar pela ilusão de que ele queria a minha companhia, de que estava preocupado com o nosso relacionamento ou de que era um ciúme saudável, "bonitinho".

Não era.

*Vai muito além disso.*

Esta noite ele estava um pouco diferente, na defensiva. Assim que entrei no apartamento, veio em minha direção e me cumprimentou com um beijo rápido. Eu me retraí um milímetro e rezei para ele não perceber. Ainda não estava pronta para confrontá-lo, portanto era melhor que ele achasse que estava tudo bem, por enquanto. Olhei para o seu rosto e era como se não o conhecesse, como se toda a nossa relação tivesse sido uma farsa. Uma bonita farsa. Aquilo me entristeceu e roubou as minhas forças. Senti como se fosse desabar ali mesmo.

Ele me agradeceu, de novo, pois já havia mandado mensagens durante o dia, por ter levado o envelope ao seu trabalho. Disse que eu havia salvado a sua pele na reunião, que aquele documento era uma peça-chave em sua apresentação com os sócios. Ótimo. Fiquei feliz por tê-lo ajudado. Nem mesmo com toda a minha frustração conseguiria deixar de me preocupar com ele. Não porque sou uma santa ou não enxergo suas falhas, mas porque meus sentimentos por ele ainda estão vivos, mesmo que balançando por um fio. Ainda procuro nos seus olhos o homem por quem eu me apaixonei, mas é como se ele só tivesse existido em um sonho, dentro da minha cabeça.

— Vou para o banho — foi tudo o que consegui dizer, depois da sua recepção calorosa.

— Posso ir com você... — disse, sugestivo.

Sua animação repentina me assustou.

Eu me perguntava como era possível uma pessoa saltar do gelo ao fogo em um dia, sem nenhum motivo aparente. O tom de sua voz era brincalhão e provocativo, quase como o do passado, quando eu achava que a razão da minha existência era viver com ele. Quando achava que tínhamos que ser um só, mesmo sem saber que esse *um* se referia apenas a ele, não a mim. Sem saber que eu seria engolida e absorvida para dentro do seu mundo, como se eu não fosse nada antes de ele aparecer. Meu pensamento estava totalmente errado. Eu já era alguém. *Eu sou alguém.* Uma pessoa completa e independente, que nunca precisou da aprovação de ninguém para ser. E que agora precisa aprender a viver para si mesma, também.

— Desculpe, amor, estou cansada e preciso de um tempinho para mim — respondi, com um sorriso seco.

Ele não insistiu, mas ficou nitidamente embaraçado. Imagino que esperava que eu aceitasse suas mudanças de humor e me resignasse à sua vontade, tantas vezes quanto quisesse. Era assim com Guto, ele sempre conseguia o que queria e ainda fazia com que as pessoas sentissem como se ele estivesse lhes fazendo um favor. Eu havia fechado os olhos para todas as suas falhas, mas meus olhos agora estavam bem abertos.

Ele não tentou outras abordagens durante a noite. Parecia estar com um humor melhor do que nos últimos tempos, havia abaixado a guarda e esperava uma abertura da minha parte. Jantamos juntos, mas sem muita proximidade. O clima entre nós era pacífico, embora nada parecido com a nossa intimidade anterior. Ficamos um pouco na sala, ele trabalhando, eu lendo. Sei que ele percebia a diferença no meu tratamento, mas dessa vez eu é que estava chateada demais para me importar.

Pouco depois, eu fui para o quarto e continuei lendo na cama, sob a luz amarela do abajur na cabeceira. Quando ele finalmente veio para o nosso quarto, eu ainda lia, buscando uma fuga momentânea da realidade e do tormento dos meus próprios pensamentos. Ele não me interrompeu, apenas se aconchegou do meu lado, passando o braço em volta do meu corpo, e me desejou boa-noite. Dessa vez ele nem ao menos se mostrou incomodado com a luz acesa.

Tive dificuldades para dormir, e, quando finalmente consegui, foi um sono inquieto, que me fez abrir os olhos diversas vezes no meio da noite, arfando, como se uma pedra tivesse se alojado sobre o meu peito.

Pela manhã, ao me olhar no espelho do banheiro, percebi duas bolsas escuras embaixo dos olhos. Respirei fundo e pensei em Larissa e em seu conceito todo particular sobre maquiagem. Em como ela a usava como uma aliada, uma armadura para encarar o dia. Resolvi testar sua teoria. Hoje eu definitivamente precisava de um escudo. Afastei-me alguns centímetros do espelho e olhei para o resultado. Era impressionante. Havia ficado natural e, ao mesmo tempo, com pouquíssimos produtos e escassa habilidade, eu me sentia produzida. Endireitei a postura e respirei fundo. Aquilo me trouxe uma sensação de estabilidade e autoconfiança quase instantâneas. Sei que isso não era tudo, e não resolvia nem parte dos meus problemas, mas era um passo adiante. Eu decidira usar a maquiagem para camuflar minhas olheiras e a lembrança do motivo por trás delas, mas percebi que se tratava apenas do começo de algo muito mais importante: explorar quem eu realmente era. Parei de pensar na maquiagem como uma futilidade quando a encarei com um propósito; o de me redescobrir. Prendi meu cabelo da maneira que eu passara a gostar e fui com minha mochila para a cozinha fazer o café.

Guto já estava acordado. Com o novo hábito de chegar mais cedo em casa, passou também a acordar junto comigo e ir mais cedo para o trabalho. Uma forma de compensar consigo mesmo, imagino. Encontrei-o tomando café em pé na bancada da cozinha enquanto mexia no celular.

— Bom dia! — ele disse, assim que apareci no corredor, mas se deteve quando viu o meu rosto. — Nossa, mas para que essa produção toda?

— Só fiquei com vontade — desconversei, dando de ombros.

— Ficou muito bonita, amor.

— Obrigada.

Aceitei o elogio de bom grado, mas tive que lembrar a mim mesma de que eu não estava fazendo isso por ele.

— Fez café hoje? — perguntei, mudando de assunto.

— Fiz! Não está nem parecido com o seu, mas juro que dei o melhor de mim, sei o quanto café é importante para a minha esposa — ele respondeu, fazendo graça e se aproximando. — Estava até pensando em fazer um curso, sabe, para aprimorar as minhas habilidades.

— Aposto que está ótimo.

Dei a volta na bancada, me afastando dele. Peguei uma xícara no armário e comecei a mexer na prateleira onde ficavam os remédios.

— Que estranho. Não está aqui... será que eu levei para o quarto? — falei em voz baixa, mais para mim mesma.

— O quê? — ele perguntou.

— Meu anticoncepcional.

— Ah, isso? — ele deu uma risadinha. — Eu joguei fora.

— Como assim jogou fora? Por quê?

— Meu amor, você não acha que está na hora de começarmos a tentar?

— Guto... se você está falando de filhos, não, definitivamente este não é o momento de tentar, quer dizer, olha só pra gente!

Era loucura. Eu não sabia nem por onde começar. Não acreditei que ele tivera a coragem de fazer aquilo. Não era possível que ele achasse mesmo que era um bom momento para pensarmos em engravidar. Mal estávamos nos tocando nas últimas semanas e, mesmo que estivéssemos, todo o nosso relacionamento parecia prestes a desmoronar. E, ainda assim, ele queria trazer um bebê para o olho do furacão.

— Amor, pensa só, um bebezinho para cuidar, para alegrar a casa... — ele disse sorrindo, embora o sorriso não chegasse aos olhos.

Eu o olhava boquiaberta.

— Não, Guto, pelo amor de Deus! Mesmo que estivéssemos em outras circunstâncias, nunca conversamos sobre isso seriamente. Eu não me sinto preparada ainda.

— Claro que você está, amor. Seríamos ótimos pais!

— Não estou, não! — disse, elevando a voz. — E você não saberia se eu estivesse, saberia? Não sei o que deu em você para achar que era uma boa ideia!

— Não sei, só achei que você fosse gostar... e, convenhamos, você não está ficando mais nova a cada dia, amor...
Olhei para ele em completo choque. Isso era pura maldade.
*Em que mundo esse discurso me convenceria de qualquer coisa?*
Não consegui nem responder. Eu estava no meu limite. Não ficaria ali esperando até que ele dissesse mais alguma coisa que me fizesse explodir. Quase perdi o controle e despejei tudo o que estava entalado na minha garganta, todas as mentiras, todas as farsas e manipulações. Eu tinha uma vida, vontades próprias e tinha o direito de dizer não. Deixei a xícara ainda vazia em cima da pia e saí para o trabalho sem me despedir.

Guto acompanhou meus passos até a porta com um olhar ferino, como se me desafiasse. Virei-me para ele antes de fechá-la e entreabri os lábios para dizer-lhe algo, mas ao fisgar seu olhar, senti um arrepio subir pela minha espinha até a nuca. Bati a porta e não olhei mais para trás.

❀

Cheguei à escola fervilhando.
Estava confusa e irritada, e talvez também um pouco assustada com o desenrolar das coisas. Ele perdera completamente a noção da realidade para achar que uma gravidez seria a solução. Um filho devia ser o fruto de um amor e um propósito em comum. Mesmo que nem sempre acontecesse dessa forma, gravidez não era instrumento de barganha e nunca deveria ser usada como saída para os problemas. Guto nunca havia demonstrado esse desejo antes, não dessa maneira, tenho certeza de que não estava pensando em um filho nosso quando sugeriu isso, mas sim em uma maneira de me controlar.

Ele havia acabado de acentuar o abismo que nos separava.
Minha casa não era mais um lar havia meses.
Esse pensamento me levou à conclusão de que eu não esperaria mais, não deixaria poeira nenhuma baixar nem seria intimidada pela

sua presença. Enquanto eu tentava ser sensata, Guto elaborava mais artimanhas para me prender ao nosso casamento. Hoje eu o enfrentaria. Faria questão de ouvir suas explicações e, talvez, se ele fosse realmente sincero, nosso casamento ainda tivesse salvação.

❦

No final do expediente, me despedi do pessoal e peguei o carro para ir para casa. Não demoraria muito até que eu encontrasse o Guto e pudéssemos conversar. Estava dirigindo em baixa velocidade quando senti o carro dar uns solavancos. Pouco antes de chegar até a faixa de pedestres, ele foi perdendo velocidade e morreu. Eu estava parada bem embaixo de um semáforo, sorte que estava vermelho. Rapidamente acionei o pisca-alerta e virei a chave para ligá-lo de novo. Ouvia o barulho do motor querendo pegar, mas nada acontecia. Eu ainda não estava preocupada, meu carro era velho e de vez em quando engasgava.

Tentei mais algumas vezes e nada de o carro pegar. Agora eu começava a ficar tensa. Mais algumas tentativas e eu teria de sair do carro e pedir ajuda, talvez colocar o triângulo na pista. Meu Deus, justo agora. Antes que eu me desse conta, algumas pessoas que passavam na calçada perceberam minha situação e um rapaz se aproximou do vidro perguntando se eu precisava de ajuda. Só pude agradecer. Logo, mais pessoas se juntaram a ele e me ajudaram a levar o carro até a faixa da direita. Assim, saí do carro e comecei a pensar no que fazer, andando em círculos com o celular na mão. Meu carro não tinha seguro e eu não entendia nada de mecânica. Provavelmente teria de chamar um guincho para levá-lo a uma oficina. O problema era que eu não tinha contato nem de um nem de outro. Que vacilo. Pensei instintivamente em ligar para o Guto, mas respirei fundo. Não queria. Liguei para a Clara.

— Amiga, SOS... meu carro quebrou! O que eu faço? Estou parada aqui na Avenida Leitão da Silva.

Não precisava nem explicar por que eu não tinha ligado para o Guto.

— Vixe! Pera aí, vou te passar o número do João, acho que ele vai saber te ajudar. Mas vai me atualizando! — ela respondeu.

Assim que desligamos, recebi o contato do João por mensagem. Liguei para ele e expliquei tudo. Quase não acreditei quando ele disse que viria pessoalmente me ajudar. Ele chegou até mim em tempo recorde, apesar do trânsito.

— Caramba, nem sei como te agradecer, João! — disse, enquanto o observava levantar o capô do meu carro e ligar a lanterna do celular para olhar lá dentro.

— Não tem de quê. Imagine! Eu trabalho aqui pertinho, você fez bem em me ligar.

Eu nem acreditava no meu azar. Parece que quando coisas ruins têm que acontecer, elas fazem questão de acontecer todas ao mesmo tempo.

João olhou da maneira que pôde, mas não conseguiu descobrir por que o carro não dava a partida. Ele disse que conhecia uma oficina de confiança que não ficava muito longe dali e poderíamos chamar um guincho. Ele mesmo ligou e combinou tudo. Enquanto esperávamos, João tentava me tranquilizar conversando comigo. Eu não estava nervosa apenas por causa do carro, era o acúmulo de estresse e frustrações que me deixara em estado de tensão.

Deixamos o carro na oficina aos cuidados do mecânico, que ficou de verificar e me passar um orçamento o mais rápido possível, e nos despedimos em frente à oficina. João ainda insistiu em me levar para casa, mas eu recusei. Se Guto já tivesse chegado, isso só pioraria as coisas. Quando peguei o celular para chamar um transporte por aplicativo, o aparelho se iluminou na minha mão com a foto da minha mãe. Até pensei em desligar e retornar a ligação quando chegasse em casa; não gostava de atender o telefone na rua, mas resolvi atender rapidinho só para avisar.

— Oi, mãe! Estou na rua agora...

— Ai, filha... — sua voz era baixinha e chorosa.

— O que aconteceu, mãe? — falei, assustada.

Ouvi a sua respiração hesitante do outro lado da linha e repeti a pergunta com mais ênfase.

— O que foi, mãe...? Que voz é essa?

— Filha, sua avó caiu. Levou um tombo em casa.

Eu podia sentir as batidas descompassadas do meu coração.

— Estou com ela no hospital, ela foi internada.

Minha cabeça zunia com uma só palavra.

*Não, não, não, não, não, não, não, não, não...*

## CAPÍTULO 23

Engoli em seco.

Antes que minha mãe pudesse me explicar tudo o que aconteceu, eu pedi que tivesse calma. O conselho era tanto para ela quanto para mim mesma, e disse que estava indo para lá naquele mesmo momento. Perguntei pelo Vini, e ela disse que meu irmão já estava a caminho, que tudo aconteceu muito rápido e ela só teve tempo de chamar uma ambulância e ir ao hospital mais próximo. Eu me obriguei a ser forte e controlar as minhas emoções o suficiente para chegar até a minha cidade e ficar com eles. Minha mãe precisaria muito dos filhos agora, e vovó, de todos nós. Desliguei o telefone e cliquei no nome do Guto nos favoritos. Agora não tinha jeito. O telefone chamou até cair na caixa postal. Tentei o telefone de casa. A mesma coisa. Não quis esperar nem mais um minuto, caminhei a passos rápidos pela calçada até achar um ponto de táxi e ir para casa.

Cheguei ao prédio e subi para o nosso andar sem passar pela garagem; se tivesse passado, teria notado a ausência do carro do Guto. Justo no dia que eu mais precisava, ele não tinha chegado cedo do trabalho. No apartamento, além da minha mochila, peguei uma mala de viagem e a joguei com tudo em cima da cama. Andava de um lado para o outro da casa catando coisas e arremessando-as lá dentro desordenadamente, roupas, chinelo, escova de dentes; até que estivesse carregada o suficiente para alguns dias. Percebi, enquanto fazia isso, que eu tinha lágrimas escorrendo pelo rosto. Cobri o rosto com as mãos e parei por um segundo, enxugando os olhos violentamente.

*Forte, Heloísa, seja forte.*

Fechei o zíper da mala e, com uma mão, saí arrastando-a pelo corredor do apartamento. Na outra mão, eu segurava a mochila de sempre. Na sala, joguei-a no sofá de uma vez para ligar de novo para o Guto. Ele precisava me atender o quanto antes.

"Deixe seu recado..."

Desliguei.

Fui para as mensagens e escrevi uma para ele.

Guto, cadê você? Vó Nena está no hospital e meu carro quebrou. Preciso da sua ajuda para ir para Cachoeiro agora. Por favor, me ligue!

Sentada no sofá, estalando os dedos incansavelmente, esperei que ele me respondesse. Os minutos pareceram uma eternidade e não houve resposta. Andei de um lado para o outro, fui à cozinha tomar um copo d'água, verifiquei se não estava esquecendo nada, telefonei de novo e, quando cansei de esperar, peguei minhas coisas, tranquei a casa e desci pelo elevador, ainda olhando a tela do celular.

*Meu Deus, o que será que ele está fazendo?*

Já fazia mais de uma hora desde que eu tentara contatar o Guto pela primeira vez. Quando eu já estava no hall de entrada do prédio, ainda aguardando sua ligação, tomei uma decisão de impulso. Eu iria sozinha. Ele poderia me encontrar lá depois. Não dava para esperar mais, era uma emergência. Pesquisei no Google pelos horários de ônibus para Cachoeiro e havia um que sairia em aproximadamente quarenta e cinco minutos. Perfeito. Chamei um transporte por aplicativo e fui para a rodoviária. Eu não podia perder tempo, não sabia exatamente qual era a situação da vovó, apenas que era grave. Rezava para que nada de ruim acontecesse enquanto eu ainda estava a caminho.

A viagem de Vitória até Cachoeiro de Itapemirim de ônibus durava quase três horas. Eu estava sentada sozinha em um banco nos fundos do ônibus quando Guto finalmente me retornou as diversas ligações. Era inacreditável que, nos últimos meses, ele havia me telefonado e enviado mensagens várias vezes ao dia e, justo quando eu realmente precisei, ele não pôde atender.

— Oi! — respondi seca, disfarçando meu estado ainda abalado por toda a situação.

— Oi, amor! O que houve? Sua avó está no hospital? Estou chegando em casa agora!

— Eu ainda não sei direito, só sei que ela caiu em casa, mamãe a levou para o hospital e ela está internada. — Respirei fundo antes de continuar. — Por que demorou tanto para me ligar?

— Ah, amor, eu estava bem no meio de uma reunião que demorou horas. Só consegui ver sua mensagem no finalzinho... desculpe.

— Hum.

Sinceramente, depois de tudo o que eu havia descoberto sobre ele, não conseguia engolir essa desculpa. Podia até ser verdade, mas eu nunca havia ligado tantas vezes assim na vida. Ele provavelmente viu, mas preferiu ignorar.

— Vamos agora mesmo para Cachoeiro, estou chegando em casa em cinco minutos.

— Não, Guto. Eu já estou dentro de um ônibus indo para lá — disse. — Ele acabou de sair da rodoviária.

Ele demorou um segundo para responder.

— O que aconteceu com o seu carro? — perguntou.

— Depois eu te explico.

Senti a surpresa em sua voz. O fato de eu não ter ficado sentada esperando que ele retornasse a minha ligação ou tomasse as rédeas da situação, especialmente em um momento delicado como aquele, deve tê-lo assustado. Mas já passava da hora de eu tomar algumas decisões por conta própria e começar a cuidar de mim. E, para ser sincera, a conversa que tivéramos pela manhã enfraquecera ainda mais a esperança que eu tinha de que pudéssemos recuperar a nossa relação. Eu esperava conversar com ele naquela noite, observar suas reações, ouvir o seu lado, mas, quanto mais o tempo passava, menos eu via como nós conseguiríamos voltar ao que éramos antes. Eu não sabia como ficaria nosso casamento dali para a frente.

Liguei para a minha mãe e avisei que estava no ônibus. Vini já havia chegado e estava com ela, ambos aguardando notícias dos médicos. Meu irmão me atualizou do quadro, disse que, quando bateu a cabeça, vovó ficou inconsciente por algum tempo e agora estava na UTI. Não consegui ouvir todo o relato sem sentir um nó gigante se alojar na minha garganta. Eu chegaria ao hospital por volta da meia-noite e ficaria com a vovó, assim mamãe e Vini poderiam ir para casa descansar um pouco, apesar de eu não acreditar que a dona Denise fosse capaz de deixar o hospital por um segundo sequer enquanto vovó estivesse lá. Ainda assim, precisaríamos nos revezar para dar suporte à vó Nena por todo o tempo que ela precisasse. Prometi novamente a mim mesma que seria forte.

Três horas parecem um ano quando você está indo ver alguém que ama, especialmente se esse alguém precisa muito de você.

Os livros passaram a me acompanhar regularmente para onde quer que eu fosse, então eu havia trazido o livro que estava lendo para o clube, assim como meus fones de ouvido, que nunca saíam da mochila, embora eu soubesse com toda a certeza que ambos não seriam capazes de distrair minha mente na viagem. Nem se eu quisesse conseguiria me distrair. Apesar da situação em que se encontrava o meu casamento, e de tudo o que eu havia descoberto sobre o meu marido, ele era a última coisa que me preocupava no momento. Eu só pensava em vovó. Vovó Nena em uma cama de hospital. Precisava chegar até ela o quanto antes, meu coração apertava só de pensar.

※

Não fosse a mala de rodinhas, eu teria saído correndo do táxi para dentro do hospital. Fui direto da rodoviária para lá e, assim que cheguei, atravessei as portas de vidro, puxando a mala atrás de mim.

No instante seguinte, eu estava no balcão da recepção perguntando pela minha avó. Enquanto a moça conferia no computador, meu olhar varria a sala de espera procurando pela minha família. Antes que ela pudesse me dizer onde minha avó estava, eu avistei Vini no fundo do saguão. Quase corri em sua direção chamando pelo seu nome. A primeira coisa que fizemos foi nos abraçar.

— E mamãe? — perguntei, ansiosa.

— Está lá dentro com a vovó. A situação é grave, Helô. — Meu irmão me olhava com os olhos inchados de quem já derramara tantas lágrimas quantas eram possíveis. — Eu estava aqui fora te esperando, mamãe disse que você chegaria a qualquer minuto. Vamos lá avisar que você já chegou, para ela ficar tranquila. Assim você também fica um pouquinho com a vó.

Assenti, e nos colocamos em movimento.

— Mas e a mamãe, como ela está? — eu o interrompi, com a voz séria, no meio do caminho.

Meu irmão expirou pesadamente.

— Não está bem, mas vai ficar melhor agora que você está aqui.

Ouvir meu irmão falar sobre a nossa mãe dessa forma fez meu coração afundar ainda mais no peito. Tenho vagas recordações de quando nosso avô faleceu. Eu ainda era uma criança, mas lembro que a casa parecia estar envolta em uma bolha de tristeza. Mesmo Vini, ainda mais novo do que eu e menos consciente do que se passava, parecia sentir que não era hora para suas brincadeiras de criança. Nós procurávamos não incomodar mamãe e vovó, brincando fora do campo de visão delas, e evitando brigas para não as chatear. Não lembro quanto tempo se passou, mas elas foram lentamente voltando a sorrir, a conversar com a voz mais alta e a sair de casa. Depois disso, ficaram mais unidas do que nunca, faziam as atividades e as compras da casa juntas, conversavam e se abraçavam o tempo todo, inseparáveis.

E então éramos só nós. Fomos apenas *nós* por muito tempo.

Eu gostaria que nada pudesse mudar isso.

Caminhamos até o quarto onde vó Nena estava e abrimos a porta. Assim que entrei, vi mamãe de costas para nós, sentada ao lado da cama onde minha vó estava deitada. Nós nos aproximamos aos poucos e vi que mamãe segurava a mão de vovó, fazendo carinho e conversando com ela num tom de voz bem baixinho. Não havia como saber se vovó compreendia, pois seus olhos estavam fechados, o semblante sério, e vários tubos saíam de seu corpo, conectando-se às máquinas próximas.

Nada daquilo parecia real. Os tubos, as máquinas, a palidez mórbida que em nada combinava com o corpo moreno e robusto de vovó. Não fazia o menor sentido. Ela sempre foi uma mulher forte. Se havia algum serviço a ser feito em casa, ela o faria, seja subindo em escadas ou levantando peso, ela não se incomodava. Dizia que devíamos usar os dons que Deus nos deu e fazer algo de bom com eles. Meus olhos se encheram de lágrimas só de lembrar.

Um segundo depois, mamãe percebeu nossa presença. Rapidamente enxugou o rosto com as costas da mão antes de se virar para nos receber. Apesar da tristeza que a dominava, ela herdara a força de vovó. Não queria se mostrar vulnerável. Como se ainda fôssemos seus bebês e ela não quisesse nos assustar com a dura realidade. Forçou um sorriso, levantando-se, e, assim que o fez, eu tive uma visão total da minha avó.

Aproximei-me, dei um forte abraço em minha mãe, me afastando apenas para olhar em seus olhos, e pedi para ficar um pouco com vovó. Ela deu um sorriso triste e disse que ficaria com o meu irmão no saguão. Os dois saíram da sala, me deixando sozinha com a vovó.

Nunca em minha vida eu senti um desespero tão grande quanto eu sentia naquele momento. Assim que a porta se fechou atrás de mim e eu me virei para a minha avó, o maior e mais puro amor que eu já conheci em minha vida, perdi todas as forças que vinha reunindo desde que saíra de Vitória. Fui engolida pelo medo de perdê-la.

Andei a passos lentos até estar ao seu lado e me sentei na cadeira que minha mãe havia ocupado, segurando a mão leve e frágil da minha avó. Não consegui dizer nada para ela. Olhava para o seu rosto, para os seus olhos fechados, tentando, sem palavras, transmitir o quanto eu a amava, o quanto lamentava que ela estivesse passando por tudo aquilo. Senti um tremor quase imperceptível vindo de sua mão sob a minha e achei que havia imaginado essa sensação; olhei com atenção para ela, e senti que tremera de novo.

— Vovó?

Minha voz saiu fraca, como um ruído rouco e engasgado.

Encostei sua mão no meu rosto molhado e a beijei, fechando os olhos por um segundo.

Quase no mesmo instante, a máquina ao lado de sua cama começou a fazer barulho. Não houve tempo para que eu entendesse o que estava acontecendo. Pessoas de branco entraram no quarto, me afastando da cama, e fui levada até onde mamãe e Vini estavam. Eles me contiveram em um abraço.

Eu estava gritando.

## CAPÍTULO 24

Acordei de um sono pesado.

Fazia alguns dias que eu estava dormindo em minha antiga cama de solteiro na casa onde cresci. Guto chegou na manhã seguinte ao pior dia da minha vida, o dia em que perdi a minha avó. Eu não conseguia falar, comer ou dormir direito; tudo trazia lágrimas aos meus olhos, e com mamãe era exatamente o mesmo. Os cheiros e barulhos daquela casa tanto me confortavam quanto me torturavam com a presença invisível de vovó. A penteadeira do quarto com seus perfumes pela metade. Os enfeites da sala arrumados à sua maneira. Porta-retratos de família. Até os restos de comida velha na geladeira, comida feita pelas suas mãos, me traziam de volta a sua lembrança. Tantos resquícios de uma vida inteira tornavam impossível acreditar que ela não estava mais ali.

*Como uma pessoa simplesmente deixa de existir?*

Vini e Guto tomaram as providências necessárias para a despedida da vovó, e mamãe e eu nos apoiamos uma à outra para continuarmos de pé. Não foi fácil. Guto passou apenas a primeira noite comigo, dormindo na mesma cama de solteiro que lhe dava dor nas costas em um quarto sem ar-condicionado, mas depois que eu me recusei a ficar na casa de seus pais, ele resolveu dormir lá sozinho nos dias seguintes. Passava a noite lá e vinha ficar comigo durante o dia. Não que eu fosse uma boa companhia, e isso ele logo percebeu.

Isolei-me e não queria ver ou conversar com ninguém. Meu irmão segurou as pontas de maneira surpreendente. Além de assumir as burocracias necessárias e cuidar da casa, ele logo deu um jeito de avisar no meu trabalho que eu precisaria tirar alguns dias de licença, mesmo que, nesse momento, eu honestamente não estivesse ligando se eles aceitariam a licença ou se eu perderia o meu emprego. Afinal, eu havia perdido o meu chão. Nada podia ser pior.

Eu sabia que precisava fazer algo por mim e que mamãe também precisava da minha ajuda, mas eu ainda não estava pronta. Toda vez que pensava em minha avó e encarava o fato de que ela se fora, sentia meu coração subir pelo peito até chegar no meio da garganta, onde entalava. Eu sentia um desespero sufocante, uma angústia tomava conta de mim, como se, de repente, o mundo estivesse acabando naquele exato minuto.

Não há maneiras certas de lidar com uma perda; cada um lida do jeito que pode, e eu ainda estava tentando encontrar o meu.

Mas hoje era um novo dia. Levantei-me da cama, os olhos inchados, mal querendo abrir. Puxei as cortinas de tecido da janela apenas o suficiente para olhar o dia lá fora. Franzi o cenho. Estava claro, mas não ensolarado. Vesti uma roupa e saí do quarto. Eu só saía para uma ou outra refeição, às vezes tentava conversar com a minha família por algum tempo, mas logo depois voltava para o quarto. Guto ficou alguns dias, não lembro quantos ao todo, mas não demorou muito para ir embora. Tenho certeza de que tinha compromissos importantes no escritório que não podiam esperar. Não o culpei nem me ressenti, assim como não senti a falta dele. Sua partida foi, na verdade, um alívio. Enquanto estava aqui, ele não serviu de nenhum conforto; era apenas uma presença constante, que agora já não fazia diferença. Além disso, ainda insistia em tentar me levar para a casa de seus pais, em falar do nosso casamento e, antes de ir embora, tentou a todo custo me levar com ele para Vitória. Eu bati o pé. Não queria pensar em nada agora, muito menos ter de lidar com ele e os nossos problemas. Nesse ponto, eu não sentia mais que tinha uma casa, não por inteiro. Minha casa com Guto estava impregnada de mentiras e, se eu voltasse para lá, temia estar fraca demais para conseguir evitar sua aproximação. Já a minha casa, com a minha família, estava agora incompleta, faltava a parte mais preciosa.

Eu me arrumei para tomar café da manhã com mamãe e Vini. Fazia tempo que eu não acordava cedo, era melhor aproveitar. Apesar de as olheiras dizerem o contrário, hoje eu me sentia mais bem-disposta. As coisas realmente ficaram um pouco melhores depois que Guto foi embora. Eu precisava de tempo para realocar as peças que se desencaixaram dentro de mim, e isso não aconteceria do dia para a noite ou de acordo com a sua necessidade. Imaginei que eu devia ser apenas uma conveniência para ele. Uma esposa ou um adorno, tanto faz. O complemento ideal para o belo quadro que ele pintava de sua vida perfeita. Afastei os pensamentos com uma sacudida de cabeça.

— Bom dia... — disse, me aproximando da mesa da cozinha.

Mamãe e Vinícius me olharam surpresos. Ainda tive um vislumbre do segundo em que a xícara de Vini parara a caminho da boca.

— Bom dia — cumprimentou Vini, enquanto eu me sentava com eles. — Café?

Fiz que sim com a cabeça e me sentei ao seu lado, de frente para mamãe. Ela também me deu bom-dia e me passou um cestinho de pães com um sorriso gentil no rosto.

Agradeci e comecei a me servir, volta e meia olhava de relance para ela, que continuava bebericando seu café com uma expressão serena, embora seu olhar permanecesse perdido.

À tarde, resolvi não ficar no quarto, pois passara tempo suficiente enfurnada lá. Era hora de respirar. Fui até a antiga estante da vovó para matar a saudade. Os livros mudaram a minha vida, e mesmo quando eu os deixei de lado, eles arrumaram meios de me encontrar. Passei os dedos pelas lombadas dos livros lembrando-me da visita de alguns meses atrás. Eu os visitei de novo nos meses seguintes, mas aquele fim de semana ficou marcado na minha memória por tudo o que vovó me contara sobre a nossa família. Lembro bem do seu rosto, do seu olhar tranquilo e das palavras pronunciadas por ela, na entonação única da sua voz. Todas as noites orava para que ela soubesse, onde quer que estivesse agora, que eu a amava com todo o meu coração. E rezava para nunca me esquecer de nenhum detalhe sobre ela. Nunca me perdoaria por isso.

*Por favor, Deus, não me deixe esquecer.*

Desde o dia em que eu cheguei, não havia me aproximado do quintal, então aproveitei para ir dar uma olhada. A última visita acontecera havia quase dois meses, e desde aquele dia em que encontrara o meu antigo balanço, passei a acompanhar o processo de restauração daquele espaço que ficara por tanto tempo abandonado. Havia muito trabalho a ser feito, desde a limpeza do terreno até a poda das árvores e a remoção das plantas mortas. Além do replantio e de todo um trabalho de jardinagem. Três gerações de mulheres e um rapaz universitário com nenhum dom para jardinagem podiam se virar, mas demoraria um tempinho até vermos bons resultados. Ainda assim, aos poucos, a reforma estava acontecendo.

Cruzei o batente que separava o quintal da área verde e caminhei adiante. Boa parte do mato tinha sido removida e havia uma espécie de trilha de grama baixinha indo do começo do terreno até a minha árvore. Conforme fui me aproximando, percebi pelas diferentes cores que a rodeavam que algo havia mudado. As pequeninas flores brancas estavam maiores e haviam se espalhado para toda a área ao redor da árvore, misturando-se com as flores amarelas e cor-de-rosa de diversos tamanhos. Era o campo de flores mais lindo que eu já tinha visto, e mais ainda por ser o *meu* lugar favorito de todo o mundo. Da última vez que eu estive ali, ele não estava assim. Fui até o balanço vermelho e me sentei. Passei alguns minutos olhando para todas aquelas novas cores ao meu redor. Pensei em como era quase um milagre que elas tivessem florescido ali, quase abandonadas, mas de alguma forma encontrando o seu lugar no mundo.

Meu rosto então se iluminou com a lembrança das palavras de vovó.

*"Nos momentos em que estamos felizes, é quando mais parecemos com nós mesmos. É quando encontramos nossa essência."* Ela tinha toda a razão. Eu prometi que não me esqueceria de ser feliz e que, se tivesse de escolher entre mim e os outros para isso, eu escolheria a mim mesma. A dor da perda ainda pulsava dentro de mim e eu daria um jeito de me acostumar com ela, mas eu não podia quebrar a promessa; eu seria feliz e encontraria o meu lugar. Assim como esse campo de flores, algumas coisas florescem em nós sem que a gente perceba.

Fiz o caminho de volta para a varanda dos fundos me sentindo diferente. Apesar da saudade, me lembrar de vovó e seus ensinamentos não devia ser um peso no meu peito; pelo contrário, era uma dádiva reviver nossas lembranças compartilhadas. Eu estava começando a perceber que ela não havia realmente partido. Não completamente. Sua presença física se foi, mas ela havia me ensinado o suficiente para que eu pudesse me curar da sua perda e ser feliz, e era assim que ela ainda vivia: dentro de mim. Respirei com pesar, pois ainda doía. Eu havia de aprender, mas estava apenas começando. Essa compreensão foi o primeiro passo, e primeiros passos são sempre os mais difíceis.

Entrando em casa, encontrei mamãe de costas organizando as gavetas da cozinha. Ela também havia tirado alguns dias de licença do trabalho, mas, ainda assim, ficar parada não era para ela. Essa era a sua maneira de manter a mente sã, ocupando-se com qualquer coisa que demandasse sua atenção.

— Mãe... — falei em voz baixa e sentei-me à mesa.

— Ah! Oi!

Ela retesou o corpo com o susto, logo virando-se para mim.

— Desculpe, estou atrapalhando? — perguntei.

— Não, imagine! Estou só organizando umas coisinhas aqui na cozinha. Sua vó não ia querer ver essa bagunça. — Sorriu, olhando para o antigo armário de fórmica azul que nunca havia sido trocado.

— Eu sei — assenti. — Acho que preciso começar a me organizar para voltar ao trabalho, minha licença está quase no fim.

— Ah, minha filha, queria tanto que você pudesse ficar mais — disse, vindo se sentar comigo um pouco. — Mas sei que precisa voltar para Vitória. Guto andou ligando, sabe? Ele parecia preocupado.

*Preocupado.*

— É, ele ligou para o meu celular também — eu disse, desanimada.

— O que foi? Algum problema?

— Ah, mãe, tanta coisa... — Respirei fundo antes de pronunciar em voz alta as palavras que eu vinha remoendo havia algum tempo na minha cabeça. — Acho que o nosso casamento acabou.

Minha mãe ficou sem palavras, apenas me olhava com profunda tristeza. Eu havia escondido quase perfeitamente tudo o que vinha acontecendo no meu casamento, mas sei que ela pressentia que as coisas não andavam boas entre a gente. Mamãe sempre tivera um excelente radar para os sentimentos dos filhos, no entanto preferia omitir sua opinião até que nós estivéssemos prontos para contar a ela. Funcionava assim desde quando éramos crianças. Não adiantava esconder uma mentira, ela sempre sabia, e mais cedo ou mais tarde precisávamos confessar para ela.

Contar tudo para a minha mãe me trouxe um alívio enorme. Eu não sabia o quanto estava precisando desabafar com ela. Falei sobre como Guto havia mudado nos últimos meses, como se tornara possessivo, cercando-me por todos os lados e distorcendo tudo o que eu fazia para depois jogar contra mim. Falei sobre como ele havia me afastado de Luana e como agora tentava me afastar dos novos amigos e da vida que eu estava construindo em Vitória. Minha mãe parecia horrorizada, ouvia tudo com atenção e agora segurava minha mão entre as suas.

— Eu não fazia a menor ideia... Desculpe não ter ajudado você, filha — disse.

— Tudo bem, eu ainda não estava pronta para contar. Até pouco tempo atrás eu mesma não entendia o que estava acontecendo, só sabia que nosso casamento não era mais o mesmo — respondi.

Ela assentiu.

— Aos poucos é que fui percebendo como eu estava dividida. Estava cada vez mais feliz em Vitória, mas ao mesmo tempo cada vez mais triste. Eu amava tanto o Guto... — continuei, notando que usava o verbo no passado pela primeira vez. — E talvez por isso tenha sido tão difícil enxergar o motivo da minha infelicidade. Fui burra, mãe. Eu não quis ver o que estava bem na minha frente.

— Você não é burra, Heloísa — ela disse séria, olhando nos meus olhos.

Eu sabia que ela compreendia o que eu estava passando, mas mesmo que a gente consiga aconselhar outras pessoas em situações difíceis, quando acontece com a gente parece que ficamos de braços atados e de olhos vendados.

— O que te fez mudar de ideia? — perguntou minha mãe.

— A vovó — eu disse, e percebi a confusão em seus olhos. — Meses atrás ela me contou sobre o próprio casamento. Disse que lhe dera um mau exemplo e que você teve medo de se separar do meu pai por achar que precisava ter um casamento perfeito como o dela com o vovô. Mas ela também me disse que nunca teve um casamento perfeito, não como você pensava. Eles não se casaram por amor, mãe, isso só veio com o tempo e porque os dois decidiram se esforçar para fazer dar certo.

— Eu sei disso — respondeu com a cabeça baixa.

— Você sabe?

— Sempre soube, Helô — disse, e fez uma pausa. — Quando eu era criança, presenciei as brigas entre eles e ouvi algumas coisas que não devia. Eu ainda era muito nova, mas sentia que meus pais não se davam bem e talvez até não quisessem ficar juntos. Naquela época, temia que estivessem casados só por minha causa.

— Ah, mamãe...

— Mas não foi isso que aconteceu, sabe — ela continuou, pensativa. — Depois de um tempo, comecei a vê-los rindo, fazendo piada e, mais do que isso, apoiando um ao outro. Eu sempre soube que meus pais não eram um casal perfeito, mas eles eram as duas pessoas mais dedicadas uma à outra que eu já conheci.

Senti vontade de chorar ao ouvir sua voz embargada. Não devia ser fácil perder os pais. Apertei os lábios e ela continuou.

— O que aconteceu comigo e seu pai não teve nada a ver com eles — disse. — Entristece-me pensar que a minha mãe não soubesse disso. Nada foi culpa dela. Eu insisti no meu casamento porque amava demais o seu pai, não por medo de decepcionar os meus, por medo de me divorciar ou de não ter um casamento perfeito. Eu me fazia de cega para todos os erros dele porque o queria comigo a qualquer preço. Só consegui abrir os olhos depois que ele me deixou. Eu tomei péssimas decisões e elas foram culpa minha e de mais ninguém. A gente precisa aprender a assumir a responsabilidade pelos nossos atos.

Seu semblante estava cansado e triste.

— Mãe... isso tudo não foi culpa sua. Você estava apaixonada e confiou em um homem que não lhe fazia bem, que usou você e traiu a sua confiança. A *nossa*.

Lembrei do quanto eu havia sofrido quando criança pela ausência do meu pai. Das reuniões de escola, dias dos pais, gincanas. Todas as vezes em que eu quis ter alguém para chamar de pai e ele simplesmente não estava lá. Isso também não era culpa dela. Nada do que meu pai havia feito era culpa dela. Acreditar e confiar em alguém não faz de você responsável pelos atos da outra pessoa.

O rosto de minha mãe então ganhou um tom avermelhado.

— Sabe de uma coisa? — faleicom a voz trêmula. — Você tem toda a razão.

# CAPÍTULO 25

Desci do ônibus às nove horas da manhã.

Saí da rodoviária e, de táxi, fui até a oficina onde havia deixado meu carro para conserto. Eu havia recebido a ligação do mecânico no dia anterior avisando que o carro estava pronto e isso me encorajou ainda mais a voltar para Vitória e retomar minha rotina. Não quis avisar o Guto de imediato. Eu ia pegar o carro pela manhã, iria para casa e teria um tempinho sozinha antes de conversar com ele. Eu mal conseguia pronunciar a palavra em voz alta, ela parecia forte e definitiva como um ponto final.

Divórcio.

*Era isso mesmo que eu queria?*

Não sei se algum dia nós temos realmente certeza de qualquer coisa ou se simplesmente fazemos aquilo que estamos sentindo e rezamos para termos feito a coisa certa. Meus sentimentos pelo Guto ainda eram conflituosos. Embora eu não fosse capaz de apagar as lembranças dos momentos felizes, já não havia mais o amor cego que me fazia admirá-lo e ignorar todo o resto. A sensação de pertencimento que eu experimentava ao lado dele ia se apagando e dando lugar a outro sentimento: o de pertencer a mim mesma. Cheguei à conclusão de que, apesar da insegurança pelo grande passo que eu estava prestes a dar, essa era a única solução possível para cumprir a promessa que eu fizera à vovó.

A caminho da oficina, enviei uma mensagem à Clara, pedindo desculpas pela ausência e avisando que amanhã voltaria ao trabalho. Nos últimos dias, eu não havia conseguido responder a mensagens, atender o telefone ou acessar as redes sociais. Isolei-me pelo tempo que pude, e isso também me ajudou a colocar a cabeça no lugar. Na oficina, o mecânico disse que havia conseguido reparar o carro e que eu não teria mais problemas, porém me aconselhou a observar os postos onde eu abastecia, porque ele desconfiava que o problema fosse gasolina adulterada.

De novo com meu carro em mãos, dirigi até o nosso prédio. Estava um pouco nervosa diante da expectativa de conversar com Guto. Não queria ficar ensaiando demais tudo o que eu queria dizer, afinal, viera remoendo o assunto por toda a viagem de ônibus e me sentia exausta. Por outro lado, eu também não tinha muito o que fazer, então procurei ocupar a mente com outras coisas por todo o meu tempo até a noite. Logo que cheguei em casa, desfiz a minha mala e mochila, coloquei as roupas para lavar e resolvi preparar meu almoço. Como não queria pegar o Guto totalmente de surpresa, enviei uma mensagem para ele. Avisei que tinha acabado de chegar em casa e que o esperava para o jantar. Também avisei que precisávamos conversar.

Ao longo do dia, fiz todas as tarefas pendentes de casa e separei material para as aulas dos próximos dias, pois tinha muito conteúdo atrasado para passar aos meus alunos. No fim da tarde, fiz um lanchinho e me sentei no sofá com o livro do clube no colo. Eu me enganava achando que conseguiria me distrair com a leitura quando algo tão importante estava prestes a acontecer, especialmente quando era algo que dependia só de mim e de mais ninguém. Parecia estranho, mas, pensando bem, lá no fundo eu não me sentia mais tão sozinha. Sabia que comigo vinha a sabedoria da vovó, o amor da minha família e o apoio dos amigos que eu havia feito no caminho. Separar-me do Guto não significava perder o meu chão, pelo contrário, era finalmente colocar os pés em terra firme e caminhar por mim mesma. Por mais assustador que pudesse parecer, e eu havia ficado realmente assustada quando cogitei a ideia pela primeira vez, agora me sentia mais segura da decisão. Foi bom chegar em casa antes dele e tirar esse tempo para mim.

Eu me esparramei no sofá e tentei continuar a leitura de *Madame Bovary* de onde havia parado, mas meus olhos passavam pelas palavras como se não vissem sentido algum nelas. Eu estava agitada e de hora em hora sentia meu coração disparar até quase me deixar sem fôlego. A tarde lentamente se transformou em noite enquanto eu me mexia no sofá, inquieta, lendo mais de uma vez o mesmo parágrafo, até que o tédio finalmente me alcançasse. Havia ficado o dia inteiro em casa, procurando afazeres e esperando o Guto entrar pela porta a qualquer momento, mas nem a minha mensagem ele havia respondido. Só quando meus olhos começaram a ficar pesados é que eu decidi deixar o livro de lado. Não conseguiria ler muito, de qualquer maneira, então era melhor desistir de vez. Olhei no relógio e já passava das dez horas da noite. Eu tinha a leve desconfiança de que ele estava fugindo de mim, talvez, na mensagem, eu não devesse ter dito que "precisávamos conversar". Nervosa e na expectativa da conversa, até a fome me escapou. Fui me deitar sem jantar. Ele não poderia fugir para sempre.

E sei que *eu* não fugiria mais.

❦

Acordei com Guto ao meu lado na cama. Percebi de imediato como eu me sentia desconfortável com aquela proximidade, como se algo não se encaixasse mais. Rolei para o lado e me levantei, pois precisava me arrumar para o trabalho. Era hora de retomar a rotina e, para ser sincera, eu já estava com saudade. Não daria para conversar com Guto antes de sair de casa, pois não sabia qual seria a sua reação e eu não queria pagar para ver. Ele sempre foi orgulhoso e, pelo seu comportamento nos últimos tempos, imaginei que não aceitaria bem. Era melhor esperar para conversarmos com calma à noite. Eu não sentia medo, apenas queria dar tempo para que ele digerisse a informação.

Depois de me arrumar, fui até a cozinha e preparei o meu café, dessa vez nem o cheirinho de café fresco levantou meu ânimo. Peguei minhas coisas e fui para a escola. Seria um longo dia e minha cabeça ainda estava uma bagunça.

Cheguei à sala dos professores e guardei minhas coisas no armário, pegando apenas o que precisaria para as primeiras aulas antes do intervalo. Percebi Clara se aproximando da mesa onde eu arrumava meus materiais e me virei para ela com um sorriso discreto. Ela não esperou que eu dissesse nada, veio em minha direção com passos firmes e me abraçou. Um segundo depois, se afastou um pouco para olhar para o meu rosto, e senti que estava me avaliando, cautelosa.

— Sinto muito, Helô! — falei em voz baixa.

Ela se preocupava em não chamar a atenção para nós duas, talvez com receio de uma comoção entre pessoas ao nosso redor, mas, de qualquer forma, todos os professores estavam muito ocupados entrando e saindo da sala para notarem qualquer coisa diferente. Contive o nó que havia se instalado permanentemente em minha garganta. Eu estava sensível por diversos motivos, mas qualquer menção que tivesse a ver com a vovó me desequilibraria um pouco mais. Só que dessa vez eu não iria chorar. Respirei fundo.

— Obrigada, amiga. Está tudo bem — disse, tranquilizando-a.

Ela me lançou um olhar ligeiramente desconfiado, mas sorriu assentindo em resposta.

— Agora vamos te atualizar das novidades! — Puxou-me com delicadeza pelo braço e nos sentamos à mesa central, conversando e terminando de organizar as coisas para entrar em nossas primeiras aulas do dia.

Todos os professores ficaram sabendo o motivo da minha ausência por meio de um comunicado da diretora. Eu ainda precisava compensar os dias a mais que havia faltado, mas isso não era problema. Descobri que a diretora gostava do meu trabalho e era mais flexível do que eu imaginava nesses casos. Agora eu só precisava me reorganizar. Pelo abraço que Clara me deu assim que me viu, sabia que ela havia ficado muito preocupada comigo, e talvez mais ainda por saber que eu não estava emocionalmente bem no dia em que tudo aconteceu. Ela havia me enviado uma mensagem ao longo da semana avisando que eu podia contar com ela se precisasse de algo. Conhecendo a personalidade de Clara, ela devia ter se controlado muito para não me ligar nesses últimos dias, se esforçando para respeitar o meu tempo. Eu era infinitamente grata por isso. Tudo o que eu precisava era de tempo. Quando enviei a mensagem ontem, ela me respondeu de imediato, como se estivesse só esperando por isso. Queria saber onde eu estava, se estava bem e se precisava de ajuda com alguma coisa. Além de Luana, Clara tinha se tornado a segunda pessoa em quem eu mais confiava para desabafar. Apenas agradeci por tudo e disse que teríamos muito o que conversar no dia seguinte. E foi exatamente isso o que aconteceu.

Não consegui esperar até o almoço, quando teríamos mais tempo livre, e no intervalo mesmo comecei a contar os últimos acontecimentos para ela. Clara sabia que meu carro havia quebrado e que João fora lá pessoalmente me ajudar. Depois disso, branco total. Resolvi começar do início, então contei como fiquei sabendo do acidente da vovó e como havia corrido para Cachoeiro sem pensar duas vezes. Falei sobre como a minha família estava lidando com a perda e a respeito de tudo o que tinha acontecido entre mim e o Guto desde quando eu tinha saído de Vitória.

No meio da conversa, Rute entrou na sala dos professores, juntando-se a nós.

— Antes de tudo, deixa eu te dar um abraço! — E ela veio até mim. — Sentimos muito a sua falta, menina!

Ouvir a insegurança em sua voz era de cortar o coração. Sempre vi Rute como uma mulher forte, enérgica e determinada; mas cada vez mais eu percebia que não é preciso ser segura o tempo todo para ser uma supermulher como ela. *Tentar* ser forte, por si só, exige uma boa medida de força.

— Eu também, Rute. — Sorri.

Foram só alguns dias, mas para mim pareceu uma eternidade. Resumi toda a história de novo, mas eu não me importava com isso, elas eram minhas amigas e cada vez que eu contava era como se eu ganhasse um pouquinho mais de autoconfiança.

— Então você já se decidiu mesmo? Quer dizer, mesmo... mesmo? — perguntou Rute.

— Sim — respondi resoluta. — Sei que é uma grande decisão e que não vai ser fácil, mas, sim, já me decidi.

— Vou repetir o que eu disse outro dia, tá? Você pode contar com a gente para qualquer coisa — disse Clara.

— Vai precisar de uma advogada também, né? Se não conhecer ninguém, eu posso te indicar uma amiga que é maravilhosa.

A pergunta de Rute me fez atentar para o fato de que eu ainda não havia pensado direito na parte burocrática da coisa, e todos os advogados que eu conhecia eram amigos ou amigas do Guto. Definitivamente eu não poderia contatar nenhum deles, então aceitei a oferta de Rute.

— Acho que vou precisar da indicação, sim, obrigada.

❦

Passei o resto do dia me sentindo um pouco apreensiva e a sensação ia crescendo com a aproximação do fim do expediente. Quando o sinal da saída tocou, eu ainda estava na sala dos professores pegando minhas coisas. De repente, um nervosismo começou a me dominar, minha cabeça pesava, minhas mãos suavam e eu estava ofegante. Não fazia o menor sentido, eu estava certa da minha decisão. Acho que ter contado para as minhas amigas naquela manhã tornava tudo ainda mais real, mais palpável. Agora eu tinha até o número de telefone de uma advogada no meu celular, bastava ligar. Mas antes, claro, eu precisava encarar o Guto.

Sentei-me no sofá do fundo da sala e respirei por alguns minutos. Meus colegas de trabalho já haviam partido, mas eu precisava recuperar o controle antes de ir para casa. Quando me senti pronta, levantei-me de uma vez e me coloquei em movimento quase automaticamente. Peguei o carro e me concentrei apenas em chegar até o nosso prédio. Ao estacionar, notei a presença do carro do Guto em nossa garagem. Ele já estava em casa, havia chegado cedo como vinha fazendo nos últimos meses. Por um segundo, tive medo. Lembrei do dia da festa em nosso apartamento e me perguntei se ele não poderia ter armado algo dessa vez também. Uma espécie de fuga ou artimanha. Tenho certeza de que ele sabia no que eu estava pensando desde antes da morte da vovó, talvez ele só não me achasse capaz de ir até o fim com a ideia de separação. Ou talvez pensasse que ainda poderia me dissuadir. Saí do carro e peguei o elevador, minhas mãos não paravam quietas. Algo se retraía em mim, me obrigando a me recompor, toda vez que eu pensava nas palavras que diria a ele. Não havia nada que ele fizesse ou dissesse que me faria mudar de ideia, isso era certo. Ao colocar a chave na fechadura, uma imagem passou pela minha mente com toda a clareza: o sorriso da vovó naquele dia em que ela conversou comigo em meio às flores. A lembrança era como um abraço e quase abri um sorriso só de pensar no rosto dela. Aquilo me cobriu com a certeza absoluta de que eu estava pronta.

*Obrigada, vovó.*

Entrei no apartamento.

— Boa noite, amor — ele disse, assim que eu passei pela porta.

— Oi! — respondi, me sobressaltando. — Boa noite.

Ele estava sentado no sofá, o notebook no colo e uma xícara de café na mão.

— Estava te esperando, pensei que podíamos sair para jantar. Faz tempo que não saímos, né?

— Pera aí, Guto... deixa só eu te interromper logo — disse, ainda parada na porta. — Eu não quero sair. Nós precisamos conversar.

Na mesma hora, ele tirou o notebook do colo e o colocou em cima da mesinha de centro, ficando apenas com a xícara na mão, me encarando.

— Na verdade — continuei —, você sabe disso, falei isso ontem por mensagem e tenho certeza de que você viu e não quis responder.

Joguei o molho de chaves no aparador perto da entrada.

— Ah, eu vi, sim, amor, desculpe! Acabou não dando tempo de responder. Tive que ficar até tarde no trabalho. Estamos com um caso grande no escritório, você nem vai acreditar, Helô...

Larguei a mochila no tapete ao lado da porta e caminhei devagar até ele.

— Eu ia tomar um banho, comer algo, mas quer saber? Podemos conversar agora — eu disse, sentando-me ao seu lado, e ele se virou para ficar de frente para mim.

— Não prefere mesmo sair? Podemos ir naquele restaurante de que você gosta. Eu já estou ficando com fome, e você?

— Não, Guto. Eu disse que não quero sair, quero conversar com você. Agora.

— Tudo bem — ele falou pausadamente, e percebi seu rosto se contrair, mas um segundo depois sua voz saiu brincalhona: — O que tanto você tem para me dizer, hein?

Dei um meio sorriso. Ele ia mesmo fingir que não sabia o motivo da conversa.

— Eu não tenho como falar isso de outro jeito, então vou direto ao ponto. Quero me divorciar. — Senti quando o peso da palavra recaiu sobre o ambiente, tornando-o pequeno, sufocante.

Guto tinha o rosto inexpressivo. Aguardei, esperando por sua reação. Aqueles milésimos de segundos queimavam todo o meu peito por dentro.

— Não entendo, Helô — ele finalmente disse, balançando a cabeça. — Nós nos amamos, somos apaixonados um pelo outro. Vivemos bem, nos damos bem... então qual é o problema? Por que isso agora?

— Não é possível que você não veja! Não nos damos bem, não estamos mais felizes há muito tempo. Do contrário, você não teria inventado tantas desculpas só para me impedir de estar com outras pessoas, não teria me afastado da minha melhor amiga, nem tentado me controlar por meses, talvez anos...

— Meu amor, não tem nada de errado com a gente, e eu estou feliz sim! — disse.

*Será que ele acreditava mesmo nisso?*

— Que desculpas? Que história é essa? — ele continuou, e o seu rosto surpreso era tão inocente que outra pessoa talvez teria parado por ali e pedido desculpas pelo equívoco.

Puxei o ar com força para dentro dos pulmões e continuei:

— Estou falando de você ter escondido a sua promoção e só ter me contado na festa que deu aqui em casa dias depois, tudo para que eu faltasse ao encontro do clube naquele dia. Estou falando de como, antes mesmo de a gente se casar, você me afastou da Luana com mentiras, talvez mais do que eu consiga me lembrar. E por fim, estou falando de todas as vezes que você inventou desculpas para me afastar dos meus amigos, para que eu não me relacionasse com mais ninguém... Que tipo de casamento é esse em que eu não posso nem mesmo ter os meus próprios amigos? Tomar as minhas próprias decisões?

— Heloísa, pelo amor de Deus, isso é coisa da sua cabeça! — disse, desdenhoso. — Ou pior, invenção desses seus novos amigos! Eu sabia que não era uma boa ideia deixar você se envolver com esse clubinho.

— Você está se ouvindo? Você não tem que *deixar* nada, Guto. É disso que estou falando! Por todos esses anos eu segui os seus passos, fiz tudo do seu jeito e nunca reclamei quando não estava bom para mim. Achei que era isso que eu devia fazer, achei que a sua felicidade era o suficiente para nós dois e ponto... Mas não é! Isso tá totalmente errado! A minha felicidade também importa.

— Não acredito nisso. Você era feliz comigo, sim, isso é só uma fase ruim. Diga-me do que você precisa que eu dou um jeito!

Não podia ser. Ele não estava nem mesmo tentando se defender das acusações. Mentir, manipular e controlar não se enquadram em uma "fase ruim".

— Não, Guto. Não! Não tem como *dar um jeito* no nosso casamento. É tarde demais para isso. O primeiro erro foi você tentar me moldar à sua vontade, mas o segundo foi eu ter demorado tanto para perceber. Só que eu não vou mais permitir isso.

— Helô, meu amor... Eu sei que você me ama. Você é louca por mim, sempre foi. Será que não podemos recomeçar? Vai ser tudo diferente, vamos conversar mais, vamos fazer do *seu* jeito.

Olhei firme em seus olhos.

— Desculpe, Guto, mas eu já recomecei. Só que sem você. Acabou — falei com a voz tranquila.

Ele segurou o meu braço com força e me devolveu o olhar.

— Não — disse, sério. — Não aceito isso.

Por instinto, dei um impulso puxando meu braço para trás e me levantando. Recuei alguns passos quando ele se levantou, vindo em minha direção.

— Vem cá, Helô — chamei, a voz doce como antigamente, mas agora eu via como as palavras se derramavam feito veneno.

Aquilo não me enganava mais.

— Ainda podemos ser felizes juntos, você não quer que tudo acabe assim... — disse.

— Chega! Pare de achar que você sabe o que eu quero ou o que é melhor para mim.

Meu coração estava acelerado. Agora ele estava perto o suficiente para que eu reconhecesse o brilho feroz em seu olhar. Aquela era uma fúria que aparecia em raras situações, apenas quando ele era contrariado.

— E o que você vai fazer, Helô? Vai ficar aqui em Vitória e se virar sozinha? Ah, mas você não sabe o que é isso, né? Vai voltar para a casa da sua mãe? — Sua voz se alterava enquanto ele lançava uma pergunta atrás da outra, os olhos faiscando.

*Inacreditável.*

Sua provocação teve o efeito contrário, eu me enchi de coragem.

— Não importa, qualquer coisa vai ser melhor do que ficar aqui com você! — disparei as palavras na sua cara.

Um estrondo me fez encolher e ao mesmo tempo desviar, com as mãos no rosto. Quando abri os olhos, amedrontada, vi que ele havia atirado a xícara na parede ao nosso lado. Ela se estilhaçara em mil pedacinhos e agora havia café por todo lado, inclusive em nossas roupas.

— Amor, me desculpe, eu não... — Suas palavras morreram no caminho, junto com qualquer respeito que eu ainda tivesse por ele.

Esforcei-me para olhar em seus olhos, mas já não havia restado nada do fogo que havia antes.

Dei dois passos cambaleantes para trás e tateei, buscando a alça da mochila, que estava jogada no chão perto dos meus pés. Agarrei-a e fui andando de costas até encostar na porta do apartamento.

— Heloísa...

Peguei a chave no aparador, atenta a qualquer movimento dele, que agora estava imóvel. Destranquei a porta devagar e saí do apartamento, ainda zonza.

Já no carro, meu celular não parava de tocar, então o desliguei e o joguei no banco do carona. Com as mãos tremendo, dirigi por vários minutos sem rumo, dando voltas em quarteirões, mas consciente de que eu não poderia fazer isso a noite toda, precisava de uma solução. Cheguei a pensar em ir para a casa de minha mãe. Essa seria uma solução fácil, mas ainda assim uma fuga, e eu precisava me acostumar a tomar as rédeas da minha vida. De qualquer maneira, precisava de um lugar para dormir.

Minutos depois, eu estava estacionada em frente à casa de Clara. Era o único endereço em Vitória que eu conhecia, por causa de todas as vezes em que lhe dera carona. Ela morava em um prédio antigo de três andares. Saí do carro levando a minha mochila, a única coisa que trouxera comigo, e caminhei até o portão. Toquei o interfone.

— Oi?

Reconheci sua voz do outro lado, um pouco abafada pelo aparelho antigo, e senti um imenso alívio percorrer o meu corpo.

— Clara, sou eu, Heloísa.

Não sei se isso seria possível, mas no que pareceu segundos ela estava lá embaixo, abrindo o portão para mim e me levando até o apartamento.

## CAPÍTULO 26

Eu não queria ser encontrada.

Havia desligado o meu celular e só o liguei de novo no sábado à tarde. Já esperava que houvesse um milhão de mensagens e ligações perdidas do Guto, sabia que ele estaria me procurando, afinal, ele nunca desistia fácil das *coisas*. Doía-me pensar que eu não passava disso para ele, um acessório para o seu ego inflado. Não sei se em algum momento do nosso relacionamento ele havia me tratado realmente como uma pessoa, como alguém com opiniões, vontades e uma vida própria. Relutei em abrir suas mensagens, pois sabia que me magoaria ainda mais, mas não resisti, precisava saber como seriam as coisas dali para a frente, e isso incluía ter que falar com ele mais cedo ou mais tarde. Ao contrário do que ele pensava, e diferentemente de como ele agia, eu não fugiria de nada.

A maioria das suas mensagens repetia a mesma palavra: *desculpe*. Antes, eu acharia muito mais fácil perdoá-lo e esquecer tudo. Seguir em frente sem olhar para trás. Agora era impossível, não dava para passar por cima do que aconteceu, até o meu corpo se retraía ao pensar nele, a lembrança ficou gravada em minha mente, uma marca emocional que por pouco não foi também física. Sua reação foi como um balde de água fria, um choque que acordou todos os meus sentidos, me deixando em estado de alerta, mais consciente do que nunca de tudo ao meu redor. Se me perguntassem antes, eu diria que meu marido jamais seria capaz de levantar a mão para mim, que suas ameaças veladas não passavam de truques para me amedrontar. Porém, passei a acreditar que tudo era possível naquele momento, o medo me transformou em um animal acuado, me fez resgatar dentro de mim um lado primitivo que eu não sabia que existia. Eu poderia ter ficado paralisada ali, esperando um segundo movimento dele, ou poderia ter me desmanchado em lágrimas de desespero, mas foi um instinto de sobrevivência que me impeliu a sair correndo dali e me salvou de algo pior.

Quando saí de casa sem rumo, a única coisa que martelava em minha cabeça era a certeza de que, se eu voltasse atrás naquele momento, estaria deixando uma porta aberta que seria muito mais difícil de fechar depois. De repente, eu me via em uma situação muito parecida com a que mamãe viveu com meu pai. Assim como ela, eu amei tanto o Guto que havia fechado meus olhos para tudo o que ele fazia de errado, para todas as vezes em que ele se esquivou de uma conversa séria, de um questionamento sobre suas atitudes. Eu havia conscientemente ignorado todas as tentativas do meu coração de me alertar. Às vezes a gente só enxerga quando é tarde demais, mas, com sorte, podemos contar com o apoio de outras pessoas. Agradeci por não ter sido tarde demais para mim, e também pelas palavras de vovó, porque elas serviram de inspiração, como se me guiassem pela mão, mesmo que na época vó Nena não soubesse nada do que se passava em meu casamento. Lembrei-me de Eliza e de como as coisas podiam ter sido muito piores.

Eu passei praticamente o sábado todo enfurnada no quarto de visitas de Clara e Diana, que, por sinal, eu acabei de conhecer. Cheguei a dormir um pouco, mas na maior parte do tempo fiquei repassando tudo o que havia acontecido, procurando por pistas que eu havia deixado passar ao longo dos anos e me preparando para o que viria a seguir. Eu precisava fazer planos, apesar de não saber nem por onde começar.

Enquanto, sem sucesso, eu tentava pensar no futuro, também lia e relia as mensagens do Guto. Em algumas, ele apelava para a nossa história juntos, em outras ele dizia que eu ainda estava abalada pelo luto, que não estava com a cabeça no lugar e que não devia tomar decisões precipitadas. Mas, em todas, ele dizia que me amava e pedia desculpas. Desculpas e mais desculpas. O que ele não sabia era que já não importava mais se ele estava sendo sincero ou não, se havia se arrependido ou não, isso não mudava nada. Não mudava o fato de que eu fiquei anos em um relacionamento que me aprisionava, que me privava do convívio com a minha família e amigos, que me menosprezava como indivíduo. E que agora me desrespeitava por completo. Não havia recomeço para algo que nunca existiu de verdade. A única coisa boa em tudo isso era que agora não me restava nenhuma dúvida sobre a minha decisão.

E a sensação era libertadora.

Acordei muito melhor no domingo. Tive uma noite de sono como não tinha havia muito tempo, tenho certeza de que quem me visse imóvel na cama pensaria que eu desmaiara. Agora que eu me sentia descansada o suficiente, estava na hora de fazer algo por mim, mesmo que esse algo se resumisse a apenas me levantar daquela cama. Eu estava decidida a não me esconder dos problemas e, na verdade, eu não tinha nada a esconder de Clara ou Diana, já que elas haviam entendido tudo, na sexta-feira à noite, sem que eu precisasse dizer uma só palavra. Clara sabia da minha decisão de me separar e sabia que eu falaria com Guto naquela noite, portanto meu rosto vermelho, meus olhos lacrimejantes e o desespero em minha expressão entregaram o que havia acontecido desde o primeiro relance. Elas me acolheram sem perguntar nada, Clara me abraçou forte assim que me viu, e elas me levaram ao quarto de visitas. Em seguida, me trouxeram um copo d'água e colocaram uma toalha, um pijama emprestado e uma escova de dentes em cima da cama. Nenhuma das duas me pediu explicações, mas eu sabia que esperavam que eu me abrisse em algum momento e eu tinha intimidade o suficiente com Clara para isso, mas primeiro precisava me recompor. Um passo de cada vez. Eu tinha muito o que agradecer a Clara e Diana, e esse com certeza era o próximo passo que eu daria.

— Bom dia — disse, um pouco sem graça, enquanto me aproximava da cozinha.

Clara me respondeu com a voz animada e um sorriso no rosto.

— Bom dia! Dormiu bem?

— Dormi, sim, obrigada — respondi enquanto tocava de leve em uma plantinha pendurada em um macramê na parede. — Que linda!

— Coisa da Didi — disse Clara, apontando com a cabeça para Diana, que vinha pelo corredor.

— O que tem eu? — perguntou, adentrando a cozinha. — Bom dia, Helô! Tudo bem se eu te chamar de Helô? A Clara só te chama assim aqui em casa, então eu até me acostumei.

— Ah, com certeza! Todo mundo me chama de Helô. — Sentei-me na banqueta da cozinha, ciente de que havia me isolado desde quando chegara. — Mas, Diana, eu queria pedir desculpas por ontem!

— Não, não, não! — ela me interrompeu, agitando as mãos. — Aqui também só me chamam de Didi.

Sorri.

— Certo! — assenti. — Então, agora sim, prazer em conhecê-la, Didi, a Clara também fala muito de você.

Senti que a Clara tinha razão no que havia me dito outro dia, Didi e eu nos daríamos muito bem.

— Ainda assim — continuei —, preciso pedir desculpas a vocês duas, eu não estava no meu melhor momento.

Segundos depois, Clara trouxe uma garrafa de café e alguns pãezinhos com manteiga para a bancada onde havíamos nos sentado. Enquanto nos servíamos de café, me senti grata pelo presente que era ter pessoas como elas em minha vida. Eu me sentia em casa.

— Obrigada — disse, apoiando a xícara. — Obrigada mesmo. E eu sei que você vai dizer que eu não preciso agradecer, Clara, mas eu realmente preciso! Nem sei o que eu faria sem a ajuda de vocês.

Elas se entreolharam com carinho e se viraram para mim, assentindo.

O resto do dia trouxe uma tranquilidade inesperada.

Ajudei Clarinha e Didi a prepararem o almoço, cada uma tomando uma tarefa específica para si; depois fizemos maratona de uma série de TV de suspense que nenhuma de nós havia assistido ainda, o que ocupou toda a tarde e fez com que eu me distraísse quase completamente, e à noite decidimos pedir pizza e tomar vinho.

Era estranho que eu estivesse tão mal-acostumada a momentos como este, atividades que deveriam ser normais para qualquer um, mas que infelizmente não eram para mim. Eu havia me esquecido de como era relaxar, comer besteira e dar risada entre amigas; passar um domingo confortável em casa. Eu havia passado os últimos meses tensa e nervosa. Meu coração disparava a qualquer mensagem do Guto perguntando onde eu estava, a qualquer possibilidade de ele invadir o meu espaço, fosse na rua, no clube ou mesmo na nossa cama. Nas últimas semanas, mesmo que estivesse exausta, eu demorava a pegar no sono, preocupada imaginando se ele tentaria me tocar naquela noite. Eu me esforçava para ignorar a sensação, afinal de contas, ele era o meu marido e eu não deveria me sentir assim, mas, àquela altura, ele mais parecia um estranho. Não restara mais nada daquela antiga intimidade reconfortante que havia entre nós.

Ainda não era medo, não era como o que eu senti quando ele perdeu o controle, era algo mais sutil e incômodo, difícil de definir, mas que fazia com que eu me encolhesse do meu lado da cama. Detestaria ter que recusá-lo, até porque não sei qual justificativa poderia inventar para a recusa sem que ele me odiasse, então apenas torcia para que ele caísse no sono o mais rápido possível. Eu só conseguia dormir quando finalmente ouvia a sua respiração pesada ao meu lado. Estava aliviada por não ter mais que me preocupar com isso também.

Depois do jantar improvisado, e maravilhoso, diga-se de passagem, nós lavamos a louça e desejamos boa-noite umas às outras. No dia seguinte, precisaríamos acordar cedo para o trabalho, além disso, eu também tinha outra coisa muito importante a fazer. Precisava ligar para a advogada que Rute havia me indicado e marcar uma reunião.

Era segunda-feira e, como sempre, havia aquela correria de começo de semana que também me serviu de distração. Eu estava cheia de conteúdo acumulado para passar aos meus alunos e ainda tinha alguns projetos em fase de planejamento para os próximos meses que ficaram inacabados quando precisei me ausentar. Então, eu queria retomar os meus projetos, tanto os do trabalho quanto as leituras do clube do livro, nas quais eu estava atrasada.

No fim de semana, havia comentado com Clara sobre o quanto o clube vinha me fazendo bem e o quanto eu não queria abrir mão dos encontros. Ela me garantiu que todos no clube sabiam e entendiam o que eu estava passando, e que esperariam até que eu estivesse pronta para voltar. Eu lhe assegurei de que estava pronta e não precisava dar um tempo nos encontros, fora o contato com aquelas pessoas e com aqueles livros que me fez olhar novamente para mim mesma. Engraçado pensar que um ato coletivo havia feito com que eu me enxergasse mais como indivíduo, que valorizasse quem eu era e o que eu queria para a minha vida.

Liguei para a advogada na hora do almoço, seu nome era Leandra. Esperei a sala dos professores se esvaziar e fui até a salinha dos fundos fazer a ligação. Era difícil ter que falar sobre a minha vida pessoal em voz alta, especialmente para alguém que eu não conhecia, e eu me sentiria ainda pior se mais alguém ouvisse a conversa. Para a minha surpresa, falar com Leandra havia me tranquilizado mais do que eu esperava; ela passava experiência e segurança até na sua forma de falar. Ela me disse que, de acordo com as informações preliminares que eu lhe passara, o divórcio seria algo descomplicado e que a parte burocrática não demoraria muito a se desenrolar. Aquilo me deixou aliviada, eu não queria que a separação fosse um grande drama, só desejava me sentir bem de novo, e enquanto aquilo não se resolvesse, era como se uma parte de mim ainda estivesse presa ao Guto. Não que o passado fosse desaparecer com uma pilha de papéis assinados, mas pelo menos eu não estaria legalmente presa a uma relação que não existia mais. Combinamos uma reunião para discutir todos os detalhes pessoalmente e, ao desligar o telefone, eu me sentia mais confiante de que tudo daria certo sem grandes complicações.

Além de ter me passado o telefone da Leandra, Rute também se ofereceu para me hospedar em sua casa pelo tempo que eu precisasse, depois que eu lhe contei o que havia acontecido na sexta. Porém, Rute tinha os gêmeos, e eu não queria ser um inconveniente ou dar mais trabalho do que ela já tinha, até porque Clara e Diana também haviam insistido para que eu ficasse com elas até me reorganizar. Aceitei o convite delas, prometendo que resolveria tudo o mais rápido possível. Ao mesmo tempo que a ideia de morar sozinha pela primeira vez me assustava, também me deixava um tanto extasiada.

Ao final do expediente, caminhei com Clara para a saída da escola. A manhã começara fria e o tempo foi fechando ao longo do dia, deixando o céu escuro antes mesmo das seis horas da tarde. Quando estávamos saindo pelo portão com o aglomerado de alunos e funcionários, naquele movimento lento de funil, Clara disse que tinha esquecido sua garrafa d'água em cima da mesa na sala dos professores. Eu disse que a esperaria do lado de fora, e ela voltou para pegá-la. Continuei caminhando em direção à saída, e depois de dar alguns passos para fora da escola, senti algo segurar o meu braço e me puxar em um solavanco.

— Ei! O que... — reclamei tentando me desvencilhar. — O que é isso?

— Sou eu, Helô. Venha comigo que eu quero conversar com você.

Eu nem acreditei quando ouvi *aquela* voz, todo o ar nos meus pulmões foi expulso de uma vez. Não consegui dizer nada. Apenas fui arrastada, boquiaberta, para longe da multidão, até ser encostada em um muro na lateral da escola. Não tão longe que não pudesse ser vista, mas não tão perto que pudessem entender o que estava acontecendo.

— Mas eu não quero conversar com você, Guto. Que loucura é essa? — disse, ofegante, enquanto me desvencilhava das suas mãos.

— Não é loucura nenhuma, Helô! Você não me atende, não responde às minhas mensagens! Você ainda é minha esposa, sabia disso? — disse, tão próximo que me obrigava a colar as costas na parede para ganhar alguma distância.

— Sim, sou sua esposa — respondi. — Mas apenas no papel, e também já estou cuidando disso. Contatei uma advogada para agilizar o processo do nosso divórcio.

— Divórcio... — a palavra saiu cuspida, como se ele tivesse nojo até mesmo de pronunciá-la. Seu rosto estava contorcido de ódio, mal parecia o homem pelo qual eu havia me apaixonado. — Você está louca se acha que eu vou me divorciar assim, sem mais nem menos.

— Guto, você não precisa *querer* se divorciar. Não tem escolha. Não tem como ficar em um casamento se a outra pessoa não quer... Eu te disse isso na sexta-feira. — E agora minha voz era mais branda, como se explicasse a uma criança que era hora de ir para casa. — Acabou.

— Heloísa... você não pode estar certa disso.

Ele se aproximava mais.

— Guto, preste atenção, você já ultrapassou todos os limites vindo até aqui e me arrastando desse jeito. Que isso não aconteça de novo.

— E *se acontecer?* — perguntou, e eu via novamente aquele fogo se alastrando pelos seus olhos.

Arrastei o corpo lentamente, tentando sair pela lateral, mas ele colocou a mão espalmada na parede, obstruindo a minha passagem com o braço.

— E se acontecer? — repetiu.

Olhei para o seu rosto, hesitante, mas uma voz desviou a minha atenção.

— Helô!

Era Rute. Ela vinha em minha direção a passos largos. Atrás dela estavam Clara, Leo e Marcos, o professor de Educação Física. Todos tinham uma expressão séria e olhavam diretamente para Augusto.

— Tudo bem por aí? Clara estava te procurando. Vamos? — Rute se aproximou, parando a uma distância segura, acenando para mim. Guto retirou o braço do meu caminho e eu me movi, devagar a princípio, como se estivesse petrificada, mas erguendo o peito em seguida. Eu não deixaria que ele me ameaçasse.

Foi aí que eu entendi que a porta já havia sido aberta quando ele arremessou aquela xícara na parede, ou até mesmo antes disso. As desculpas e declarações que ele tão cuidadosamente elaborou não tinham o menor significado. Constatei, naquele momento, que ele nunca se arrependeu do que tinha feito, e faria de novo se eu não fechasse aquela porta agora mesmo. Se eu tinha alguma dúvida com relação ao seu caráter, agora já não restava nenhuma. As mentiras sempre aparecem, mais cedo ou mais tarde. Não é possível interpretar um papel por tanto tempo sem deixar a máscara cair, nem que seja apenas por tempo o suficiente para que alguém tenha um vislumbre do que há por trás dela.

Acenei que estava tudo bem, mesmo não estando, e me juntei aos meus amigos. Guto ficou parado exatamente onde estava, observando enquanto eu me afastava, mas, antes que nos distanciássemos muito, sinalizei para Clara me esperar um momento e me virei de novo para ele. Eu esperava que aquela fosse a última vez que falaria com ele sem a presença da advogada.

— Vou deixar a minha advogada ciente do que aconteceu aqui. E, se você me procurar de novo, eu vou chamar a polícia.

Então me afastei, mas, mesmo de costas, senti seu olhar incrédulo.

## CAPÍTULO 27

— Meu Deus do céu, já cogitou comprar um *e-reader*?

Clarinha bufava ao deixar uma enorme caixa de papelão no chão da minha nova sala.

— Ah, tá, até parece que você trocaria todos os seus livros por e-books! — respondi rindo. — Vê se não esquece de me chamar quando você fizer um bazar com todos os seus livros físicos, tá?

Ela me respondeu com uma careta, pois sabia que não podia me julgar, afinal, ela tinha uma estante abarrotada da qual morria de orgulho. Logo atrás dela vinha Didi, carregando outra caixa exatamente igual.

— Gente, que chumbo!

Fiz um gesto de inocência com as mãos, ainda rindo.

Eu havia pedido ajuda às minhas amigas para pegar as coisas no meu antigo apartamento e levar para o novo. Apesar do drama da Clarinha, só havia duas caixas com livros, já que eu estava apenas começando a minha biblioteca quando tudo aconteceu. Também não havia tantas outras caixas como era de se esperar em uma mudança, preferi levar comigo apenas as minhas coisas pessoais. Na verdade, devia ter mais gente do que era necessário para carregar as coisas, mas eu não me importava. Era maravilhoso estar na companhia daquelas pessoas. O pessoal do clube ficou sabendo que eu estava de mudança e se ofereceu para ajudar também, de forma que

Larissa, Suzi e Caíque se juntaram a nós, o que foi ótimo, pois, além da companhia, eu havia mandado entregar alguns móveis novos e precisaria de ajuda para montá-los.

Enquanto fazíamos todo o processo de tirar as caixas do porta-malas do carro e carregá-las pelo elevador até o apartamento, o interfone tocou e o porteiro me avisou que havia mais uma entrega para mim. Era a última. Autorizei a entrada com um sorriso no rosto. Apesar da empolgação com tudo o que era novidade, o móvel mais especial de todos não fora comprado, ele havia sido herdado. Era uma relíquia de família. Perguntei à minha mãe um pouco antes, quando fui passar as festas de fim de ano, se eu podia ficar com a estante da vovó como presente de Natal. Ela topou, e eu aluguei um caminhão pequeno para trazê-la de Cachoeiro para cá. Na última semana que passei lá, nós a restauramos, mas sem mudar sua essência. Ainda era a mesma estante de mogno escuro, cujos veios e depressões na madeira demarcavam a passagem do tempo. Só que agora ela estava mais resistente, com uma nova pintura e verniz, pronta para novas histórias. Percebi somente agora que ela não era tão grande ou imponente quanto eu me lembrava, acho que parte da grandeza dela vivia na minha memória de criança, mas ela era perfeita.

Os carregadores a trouxeram para dentro do apartamento e em poucos minutos meus amigos e eu estávamos ao seu redor, observando-a. A maior parte do trabalho estava feita, então todos se concentraram em me ajudar a escolher o melhor cantinho da sala para posicionar a estante; com isso decidido, começamos a organizar os livros. Não havia sensação melhor do que colocar meus livros, um do lado do outro, naquelas prateleiras. Eu pegava um por um nas mãos, como se lhes fizesse um carinho, e ia me recordando de suas histórias, do que eu sentira e aprendera com cada uma delas.

Depois que terminamos de organizar a estante, dei alguns passos para trás e a observei; estava maravilhosa, mas ainda faltava alguma coisa no ambiente. Fui até um canto do cômodo e peguei o tapete que estava enrolado e encostado em uma parede. Apesar do peso, pedi que me dessem espaço e o desenrolei de uma só vez no chão. Quando vi aquele retângulo marrom e felpudo ao lado da minha estante, tive vontade me jogar e ficar ali por horas. O apartamento ainda estava cru, paredes brancas sem quadros ou itens decorativos. Era um espaço pequeno, porém maior do que eu esperava conseguir alugar com o meu salário. Foi preciso ter muita paciência e visitar diversos imóveis até encontrar este, bem iluminado, com um quarto de visitas para quando mamãe ou Vini viessem me visitar, uma varandinha para as plantas que Didi vinha me fazendo gostar e uma cozinha americana com um lindo revestimento branco imitando tijolinhos. Além disso, era perto de tudo, até mesmo do meu trabalho. Eu mal podia acreditar, meu próprio cantinho!

Assim que pisei nesse apartamento, senti que era ali que eu deveria morar, e vê-lo agora tomando forma com todos os móveis no lugar me trazia uma sensação de conforto indescritível. Aos poucos, tenho certeza, esse espaço se tornaria o meu lar.

Eu estava exausta, mas um sorriso de satisfação não queria abandonar o meu rosto. De repente, vencendo qualquer cansaço, tive uma ideia boba, mas fantástica, e me levantei de súbito.

*Mal podia esperar para fazer café na minha própria cozinha.*

❋

Descobri que havia uma feira de domingo a apenas algumas quadras do meu prédio, era tão pertinho que dava para ir a pé. Logo cedo, tomei um café simples, peguei algumas *ecobags* e fui até lá. Além de abastecer a geladeira com algumas frutas e legumes para a semana, eu também precisava comprar ingredientes a fim de cozinhar para a mamãe, que chegaria perto do horário do almoço. Sabia que ela adorava cozinhar, e nos dias que ela passaria comigo poderíamos cozinhar juntas, como ela fazia com a vovó, mas hoje eu queria fazer uma surpresa. Faria um dos pratos favoritos da vó Nena, moqueca capixaba.

Guardei as compras e separei os ingredientes para o almoço. Coloquei uma música para tocar e comecei a picar a cebola, o tomate e os temperos verdes. Eu ainda tinha uma hora antes de mamãe chegar. Insisti em buscá-la na rodoviária, ao que ela negou veementemente, alegando que precisava saber como chegar sozinha à minha casa para as próximas vezes que viesse me visitar. Típico da dona Denise, sempre querendo fazer tudo sozinha. Eu nem me espantava mais, conforme os anos passavam, eu percebia cada vez mais semelhanças entre nós duas, então era melhor nem discutir. Dei risada quando ela me disse isso, e deixei que fizesse as coisas do seu jeito.

Cozinhar era realmente uma terapia. Enquanto eu cortava, picava e refogava, sentia minha mente vagar. Era a mesma sensação que eu tinha no banho ou ao dirigir. Às vezes me fazia muito bem ter esses momentos de apenas esvaziar a cabeça e deixar os pensamentos correrem livres. Era um alívio. Tudo havia acontecido ao mesmo tempo, na véspera das festas de fim de ano, primeiro a morte da vovó no começo do mês, em seguida a separação e a mudança para o novo apartamento em janeiro. Minha vida virara do avesso de uma hora para outra; mas, olhando para o presente, para o que havia no meu coração naquele momento, eu só via lugar para a felicidade.

É claro que eu não vou mentir para mim mesma e dizer que não havia também um pequeno espaço para as dúvidas em meu coração. Se não houvesse uma pontada de dúvida ou risco em tudo o que fazemos, estaríamos muito mais perto de virarmos robôs do que imaginamos. De qualquer maneira, não foi para esse lado que eu havia escolhido olhar, e quando estamos determinados a ignorar as dúvidas e ver o lado bom e feliz das coisas, é muito mais provável que seja apenas isso que vamos enxergar. Não significa que o resto não exista, que a insegurança ou a tristeza não vá me alcançar, mas eu me permitiria correr esse risco.

Assustei-me com um barulho alto ao qual eu ainda não havia me acostumado. Era a campainha.

Esqueci que já tinha deixado autorizada na portaria a entrada da minha mãe. Sequei as mãos no pano de prato e corri para a porta. Eu era pura empolgação, finalmente ela conheceria o meu apartamento.

Abri a porta e fiquei em choque. Um segundo depois, sacudi a cabeça e soltei um gritinho animado.

— Não acredito! — Minha voz soou muito mais estridente do que eu tinha intenção, e logo eu estava pulando de alegria indo para cima deles. — Como assim, gente?

Minha mãe estava entre Vini e Luana, que também trazia Maria agarrada em seu pescoço.

Abracei os quatro.

— Era mais do que justo trazer seu irmão e sua melhor amiga comigo! — disse minha mãe, alegre. — Tava todo mundo com saudade!

— Por isso você não queria que eu te buscasse na rodoviária, né? — perguntei, provocando. — Venham, vamos entrando!

— Também, filha, mas eu quero mesmo saber chegar à sua casa sozinha, oras. Quero vir te visitar mais vezes — respondeu, e eu a olhei com ternura.

Entrei por último e fechei a porta.

— E que cheirinho bom é esse, hein? — disse Vini enquanto adentrava a cozinha e, de brincadeira, ia farejando exageradamente. — Tá todo mundo morrendo de fome!

— Imagine, não se preocupe com isso — Luana disparou, olhando para mim.

—Ah, Lu! Nem acredito que você também veio, tem tanta coisa para gente conversar, amiga...

— Mas depois do almoço, né? — meu irmão nos interrompeu, rindo.

— Sim, senhor esfomeado — respondi, revirando os olhos. — Depois do almoço, tá bem?

Sentamo-nos à mesa e eu servi a minha moqueca capixaba, acompanhada de arroz branco e salada. Apesar de não ter comparação com a moqueca da vovó, ainda assim não me fez passar vergonha. Meu irmão estava certo, o cheirinho estava divino. Parece que eu havia acertado a mão no tempero, tinha ficado delicioso e me rendeu alguns elogios que eu aceitei orgulhosamente. No almoço, concentramos a conversa em assuntos leves, como o aluguel do novo apartamento, em como mamãe estava determinada a me visitar com mais frequência e na intenção do meu irmão de vir procurar estágio em Vitória. Fiquei pensando em como seria maravilhoso ter a minha família sempre assim, tão pertinho de mim. Seria um sonho.

Descobri, em meio às conversas, que mamãe e meu irmão, na verdade, pegaram carona com o marido da Lu, que viria a Vitória rapidamente a trabalho. A Lu encontraria com ele depois e ficariam na casa de parentes até terça-feira, o que me daria a oportunidade de vê-la mais um pouquinho. Conforme a tarde foi chegando, depois de esgotarmos todas as conversas mais leves, fiz café e nos sentamos entre a sala e a varanda. Ficamos um pouco mais sérios e senti seus olhares sobre mim. Reconheci de imediato o que aquilo significava. Eu pensei que conversaria sobre tudo isso a sós com a minha mãe, mas já que estavam todos ali, não havia motivo para não entrar no assunto de uma vez. Comecei falando sobre como no começo eu me sentira insegura da minha decisão, como nunca havia imaginado que me divorciaria e de como eu fiquei com medo de morar sozinha pela primeira vez. Era duro admitir que eu me acomodara na segurança do meu casamento e, mais do que tudo, de como eu estava tão completamente enganada sobre o Guto.

Entretanto, falar sobre a separação já não provocava os mesmos sentimentos de antes, eu não ficava apreensiva, envergonhada ou incerta. Pude ver como suas expressões mudaram de preocupadas para orgulhosas quando terminei de falar. Guto e eu chegamos a um ponto da nossa relação que, apesar das lembranças felizes, no final eu só procurava uma saída.

Perguntei à mamãe se ela tinha chegado a uma conclusão a respeito do que faria com a casa da vovó.

— Ainda não sei bem — respondeu, desviando o olhar para a varanda.

Eu sabia o que aquela propriedade significava para ela, era um elo do qual ela não desejava abrir mão. Lembrei-me do meu balanço rodeado de flores e abaixei o rosto.

— Eu te entendo. Uma hora você vai ter certeza do que quer fazer. Não precisa ter pressa para decidir, tá? — respondi, mas eu sabia que ela estava se sentindo sozinha naquela casa.

Vi meu irmão passar o braço em torno dos ombros de mamãe.

— Sabe, se há uma coisa de que eu não tenho mais medo nessa vida é recomeçar... — falei olhando para todos e pousando o olhar nela. — Você é a mulher mais forte e inteligente que eu conheço, tenho certeza de que tomará a melhor decisão.

— E estaremos aqui para apoiá-la no que precisar, mãe — completou Vini.

Depois dessa conversa, Lu disse que estava ficando tarde e a bebê já estava adormecida em seus braços. Sendo assim, ela ligou para o marido vir buscá-la. Quando o interfone tocou avisando da chegada dele, eu me aproximei da minha amiga, prometendo não perder mais o contato daquele jeito e nos despedimos com um forte abraço. A falta que eu tinha sentido dela, especialmente naquele momento da minha vida, era tão grande, que assim que ela foi embora senti um aperto esmagando o meu peito. Eu não estava triste pelo nosso afastamento, não mais, pois isso tinha ficado no passado. Estava apenas com saudade, e um desejo imenso de recuperar o tempo perdido, então levei um sorriso aos lábios e me virei para mamãe e Vini.

— Quem quer pizza no jantar?

## CAPÍTULO 28

Eu havia perdido os dois últimos encontros do clube por conta de todas as mudanças que aconteceram na minha vida naqueles meses. O processo do divórcio foi mais rápido do que eu esperava, mas bastante desgastante. Eu podia jurar que estava preparada, mas em alguns momentos não consegui evitar que o peso do que estava acontecendo me abalasse. Alguns dias depois, cheguei à constatação de que a conclusão do divórcio havia me desestabilizado apenas porque, apesar de eu não ter mais sentimentos pelo Guto, eu ainda conservava sentimentos pelo que o "nós" havia significado um dia. As recordações da vida que tivemos, tanto as coisas boas quanto as ruins, continuariam fazendo parte de mim para sempre. A diferença era que agora elas não moldavam mais quem eu era. E eu não precisava apagar o meu passado para, só então, poder recomeçar; pelo contrário, as experiências do passado fortaleceriam a pessoa que eu estava me tornando.

No começo, eu tentava não demonstrar insegurança e dizia para mim mesma que estava tudo bem – ou que pelo menos ficaria tudo bem. Também não queria que ninguém soubesse que eu estava com medo, mas olha que curioso: quando menos se espera, a gente descobre que é capaz de muito mais do que pensa. Mamãe ficou comigo até meados de janeiro, fazendo companhia e ajudando na organização de tudo, enquanto Vini cuidava das coisas em Cachoeiro.

Agora, o ano letivo estava começando e as coisas finalmente voltavam ao eixo. Eu me sentia mais no controle da minha vida e, com isso, percebi que já era hora de retornar aos encontros do clube. Na primeira semana de volta às aulas, eu tinha perguntado para Clarinha qual seria o livro do mês e, mesmo em meio à confusão daquelas semanas, eu conseguira concluir a leitura a tempo.

O encontro de fevereiro foi marcado no mesmo café bar em que havíamos realizado um encontro extraoficial do clube, tantos meses antes. Eu cheguei cedo e o local ainda estava um pouco vazio, então entrei na cafeteria olhando ao redor em busca de algum rosto conhecido. Segundos depois, ouvi risadas e identifiquei Clara, Suzi e Eliza sentadas a uma mesa na área externa, nos fundos da cafeteria. Apressei o passo até elas, sentindo-me, de repente, muito bem-disposta.

— Oi, gente! Vocês chegaram cedo, hein? — disse. — Achei que ia chegar antes de todo mundo!

Elas me receberam com sorrisos e abraços calorosos e, em seguida, sentei-me ao lado de Eliza.

— E aí... — Clara iniciou. — Conseguiu terminar a leitura? Mal conseguimos conversar esta semana, né?

— Pois é, início de ano letivo é uma correria... — respondi, enquanto tirava da bolsa o livro do mês. — Mas consegui, sim!

Sacudi o livro no ar, satisfeita.

—Ah! Dou graças a Deus por não ter que decorar mais nenhum nome de aluno! — brincou Eliza, mas todo mundo sabia que ela era apaixonada pela sala de aula, só aceitou se aposentar porque era ainda mais apaixonada pela família e, especialmente, pelos netinhos.

Surpreendentemente, esse amor pela sala de aula vinha me contagiando, e eu estava cada vez mais envolvida com o meu trabalho. Não me sentia mais tão deslocada.

—Até parece! — disse Clara, rindo e a cutucando com o ombro.

— É muito bom ter você de volta, Helô! Sentimos sua falta, viu? — disse Suzi do outro lado da mesa, e me lançou um sorriso gentil de boas-vindas.

— Obrigada — respondi. — É bom estar de volta!

Eu havia encontrado alguns dos membros do clube em outras ocasiões nos últimos meses, mas fazia tempo que eu não me reunia com todos eles para discutir uma leitura. Na verdade, eu havia me afastado dos livros durante um tempo e só consegui retomar as leituras quando peguei o livro desse mês – que, por sinal, se tornara um favorito. Enquanto jogávamos conversa fora, os outros foram chegando, arrastando cadeiras e cumprimentando uns aos outros à medida que se sentavam a mesa. Fiquei feliz em perceber que, apesar de todos saberem pelo que eu havia passado, nenhum deles mudou o seu tratamento comigo. Eles me cumprimentaram com o semblante aberto e puxaram assunto, sem rodeios, de maneira que eu me senti completamente à vontade novamente. Em pouco tempo, nós já estávamos todos reunidos, tomando cafés, chás e sucos, enquanto nossas vozes se elevavam na empolgação das conversas. Não fossem os livros, alguns jogados, outros empilhados, duvido que alguém de fora teria adivinhado que ali se encontrava um grupo de leitores discutindo O conto da aia. Sentada ali, pensei no quanto eu senti falta desses momentos.

— Queria te contar uma coisa, Helô... — disse Clara, vindo se sentar ao meu lado.

O encontro estava quase chegando ao fim, e o grupo havia se dividido em diversos grupos menores. Sempre fazíamos isso antes de nos despedirmos, aquele era o nosso momento de confraternizar e colocar o papo do mês em dia. Em um mês muita coisa podia acontecer, eu bem sabia disso.

— Está com cara de ser coisa boa, hein! Pode contar! — respondi.

Clara deu risada, e, pelo seu rosto, minha suposição devia estar certa.

— Não é nada de mais, na verdade. É que esta semana eu criei um Instagram para postar os meus desenhos — disse, tirando o celular da bolsa.

— Como assim "não é nada de mais"? — respondi, surpresa. — Foi uma ótima ideia, Clarinha!

Senti sua timidez começando a ceder enquanto ela rolava a tela para me mostrar as postagens que já havia feito em sua conta. Podia parecer uma coisa simples para muitas pessoas, mas eu sabia que ela provavelmente ponderara sobre aquilo por um bom tempo até tomar a decisão de criar o perfil. Ainda não era fácil para Clara abraçar esse seu outro lado e deixar que as pessoas o vissem. Por muito tempo ela havia sido convencida de que desenhar era perda de tempo e de que não havia futuro para os artistas. Sei que ela não acreditava nisso de verdade, mas também sei o peso que as expectativas dos outros podem ter na gente. Não importava muito se ela faria disso uma profissão ou não, pois qualquer que fosse a sua escolha, o importante era que ela não tinha mais vergonha de mostrar o que a fazia feliz.

Pouco depois, Camila e Larissa se juntaram a nós, engatando em uma conversa animada sobre o que fariam no feriado de carnaval. Percebi que Camila estava falando um pouco mais do que de costume, e me senti na liberdade de perguntar o motivo da animação. No fim das contas, ela estava mesmo comemorando, pois naquele mês saíra o resultado do vestibular e ela havia passado em Medicina. Larissa estava sentada ao lado de Camila e, antes mesmo de esta terminar de nos contar a boa notícia, já estava abraçando-a e fazendo festa bagunçando o seu cabelo. Clara e eu também nos levantamos de imediato e demos a volta na mesa para abraçá-la. Todos nós sabíamos que ela ia prestar vestibular para Medicina, então já estávamos na torcida por ela. Camila era tão reservada que, no encontro de novembro, não chegou a mencionar se havia se saído bem na prova, então o assunto ficou perdido, e, como eu faltara aos dois encontros anteriores, também não sabia se ela havia comentado algo depois.

Após as felicitações, nos sentamos de novo e Larissa se dirigiu a mim.

— Ah! Antes que eu me esqueça, adorei a maquiagem, Helô!

Agradeci à Larissa pelo elogio. As dicas que ela me dera me deixaram com vontade de pesquisar mais sobre maquiagem na internet. Comprei algumas coisas para testar e comecei a me olhar mais no espelho, observando com atenção o que ficava melhor em mim e o que eu realmente gostava de usar. A essa altura, eu já havia praticamente incorporado na minha rotina os truques básicos de maquiagem que Larissa ensinara, e ainda acrescentara outros que acabei aprendendo sozinha. Agora era quase automático fazer alguma coisinha simples de maquiagem sempre que eu ia sair. Antes, por mais que eu tentasse gostar, acho que havia um bloqueio por um senso de imposição, que me fazia rejeitar por completo a ideia de me maquiar, exceto quando eu precisava fazer isso pelos outros – o que agora me soava como um completo absurdo.

A conversa corria solta quando meu olhar foi atraído para uma luz na minha lateral. Quando me virei, vi Suzi de pé, caminhando em direção à nossa mesa segurando um bolo. No topo dele, uma vela acesa se destacava na penumbra do ambiente.

— *Parabéns pra você...*
— Ai, meu Deus...

Cobri o rosto com as mãos por um segundo, sentindo um calor subir até a face. Sentia-me emocionada, como se me dividisse entre o rir e o chorar.

Todos se levantaram assim que Suzi chegou com o bolo e agora estavam de pé cantando "Parabéns". Eu queria dizer que meu aniversário acontecera havia alguns dias, mas isso não ia adiantar, eles sabiam, e já que haviam cuidadosamente preparado aquela surpresa para mim, eu não iria de jeito nenhum estragar com falsa modéstia. O melhor era aproveitar. Quando tirei as mãos do rosto, deixei que as emoções chegassem à superfície sem pudor. Eu havia descoberto outra coisa importante nesses últimos tempos. Nem todas as surpresas são ruins, e às vezes a gente precisa dar espaço para que elas aconteçam.

Os olhos de todos estavam em mim e o som das palmas ao meu redor parecia acompanhar o ritmo das batidas do meu coração. Controlei o nervosismo e bati palmas com eles, deixando a sensação de felicidade se espalhar pelo meu corpo.

Ficamos quase uma hora a mais que o previsto no café bar. João disse que não aceitaria sair de lá enquanto ainda houvesse bolo, ao que todos concordaram em meio a gargalhadas. Estávamos brincando, mas falávamos sério. Dante fez até um sinal de juramento firmando o nosso pacto. Nem parecia que a maioria de nós trabalharia no dia seguinte. Olhei para a mesa cheia, para os rostos alegres dos meus amigos, e agradeci a cada um deles, pois aquele era o melhor aniversário que eu tinha em muito tempo.

 Depois de todas as comemorações e de todos os abraços, algumas pessoas começaram a se despedir. Ficaram somente Clara, Suzi, Eliza, Larissa e eu. Fazia tempo que eu não via Eliza, então eu não estava mesmo com pressa de ir para casa. Eu me sentia leve e apreciava a sensação de liberdade conquistada, afinal, era escolha apenas minha ficar mais tempo com meus amigos. A velha e estranha sensação de culpa fora embora.

 — E como você está? — perguntou Eliza, me olhando com atenção.

 — Estou bem. — Olhei para todas elas. — Para falar a verdade, estou melhor, sabe? Não sei explicar direito, mas me sinto melhor.

 Eliza assentiu.

 — Eu não quis perguntar antes, com os rapazes aqui, porque não sabia se você estava bem para falar na frente de todo mundo.

 — É, eu não sei... — falei, e realmente não sabia. Apesar de me sentir próxima de todos no clube, eu nem sempre gostava de ser o centro das atenções e ainda precisaria de algum tempo para falar sobre tudo com mais naturalidade.

 — Mas eu estou bem mesmo — continuei. — Antes eu estava sempre pisando em ovos, como se estivesse prestes a fazer algo de errado... Eu até evitava certas conversas porque sabia que, se eu entrasse em determinado assunto, ele ficaria chateado pelo resto do dia. Eu estava sempre me culpando ou pedindo desculpas, mesmo sem saber o motivo. É um alívio enorme não me sentir mais assim.

 — Era a necessidade de agradar — disse Suzi, ao que Eliza concordou com um aceno. — Acho que nós sempre queremos evitar fazer o papel de "chata", não é? Mesmo quando sabemos que estamos certas sobre alguma coisa.

— Ah, mas isso tem que acabar... Discordar ou se recusar a algo não quer dizer que você é grossa, apenas que você é uma pessoa com opiniões e vontades próprias. Se isso fizer com que te chamem de chata, seja a chata, mas bata o pé para o que você não quer — disse Larissa, dando de ombros.

— É, agora eu sei disso — respondi. — E vejo que, quando nós amamos alguém, essa necessidade de agradar o tempo todo pode acabar fazendo com que concordemos com uma série de concessões com as quais, no fundo, não queríamos concordar.

— É aí que mora o perigo — disse Clara, a voz baixa e amarga, talvez lembrando de sua própria experiência tentando agradar os pais.

— Não é errado querer agradar aos outros — acrescentou Eliza, e nos viramos para ouvi-la —, só que esse "agradar" não pode passar por cima de quem você é. Não pode te fazer infeliz.

Todas assentimos.

— Helô — continuou Eliza —, eu não sei detalhes do que aconteceu contigo nesse relacionamento, mas também não preciso saber para te dizer o seguinte: você não tem culpa de nada disso. Você não foi fraca nem deu motivos para que nada disso acontecesse. Às vezes custamos a perceber que algo está errado, ou muito errado. E, às vezes, nem conseguimos perceber isso sozinhas.

Na mesma hora, suas palavras me fizeram recordar do que eu mesma havia dito à minha mãe algum tempo atrás. Era um precioso lembrete. Quis guardá-lo em algum lugar para nunca mais esquecer.

❋

Depois de nos despedirmos, ofereci carona à Clarinha, como era de costume depois dos encontros. Ela agradeceu e caminhamos até o carro ainda conversando sobre a noite. A partir daquele dia, eu não pretendia faltar a nenhum encontro, estava determinada a fazer daquele um ano novo, um ano de leituras, de recomeços e reencontros. Minha lista de leituras estava gigantesca e só crescia a cada dia. Eu havia acrescentado pelo menos cinco novos livros a ela graças àquele encontro.

Contei a Clara que ultimamente eu vinha pesquisando destinos para as próximas férias.

— Mas já? — perguntou, dando risada.

— Claro! — disse, enfática, complementando: — Passei o mês de janeiro inteirinho organizando as coisas no apartamento e tive muito tempo livre... o que foi ótimo, claro! Mas também me deu muito tempo para pensar no que eu gostaria de estar fazendo nas próximas férias.

— É verdade. E para onde você gostaria de ir?

— São tantos lugares, deixa eu ver... Londres, Paris, Egito, Israel, Amsterdã, Roma...

— Minha nossa! Você andou pesquisando, hein?

Clara fazia graça da minha empolgação.

Sei que eu provavelmente estava sonhando um tanto alto, mas a vontade que eu tinha de ver o mundo havia retornado, como se estivesse apenas esperando a oportunidade. Também sei que eu não teria condições de visitar todos esses lugares de uma vez, mas não custava nada explorar as possibilidades. O começo do ano havia me enchido de novas esperanças. Eu não estava apenas sonhando, estava fazendo planos e me prepararia para fazê-los acontecer.

# CAPÍTULO 29

*Um ano depois*

— Caramba, nem acredito que chegou o dia!
— Nem eu — disse Clara.

É verdade que estávamos um pouco nervosas, já que era a nossa primeira viagem internacional, então chegamos bem cedo e agora estávamos tomando café da manhã para esperar o horário do embarque.

— Vou sentir saudades... — falou Didi olhando para Clara sentada ao seu lado. — Mas sei que vai ser a viagem dos seus sonhos!

— Pena que você não conseguiu as férias... — Clara respondeu, fazendo bico.

— Ah, pode parar! Já conversamos sobre isso mil vezes. São só três semanas! Pense no tanto de coisa que você vai aprender lá, na baita experiência que será essa viagem! Não quero saber de chororô, hein?

Didi sorria enquanto afastava uma mecha de cabelo do rosto de Clara.

Nós estávamos planejando essa viagem havia vários meses.

Eu só pensava nas cidades, nos monumentos e museus que iria conhecer, mas Clara faria um curso de desenho em Paris que, com certeza, acrescentaria muito a ela profissionalmente. Eu tinha pensado em fazer a viagem sozinha, a princípio, mas, quando comecei a pesquisar sobre Paris, vi algumas possibilidades de cursos rápidos e, quando me deparei com os cursos de desenho, não pude deixar de mostrar para Clara. Ela me disse que nunca havia cogitado nada assim antes, mas dava para ver o quanto ela ficou empolgada com a ideia. Uma ideia que foi amadurecendo ao longo dos meses. Ela comentou com Didi, e as duas passaram a pesquisar mais e a fazer alguns orçamentos sem compromisso. Fiquei muito surpresa quando Clara se aproximou de mim no intervalo das aulas para dizer: "Vou com você para Paris!".

Havia muito planejamento envolvido, tanto financeiro quanto familiar. Didi e Clara vinham conversando também sobre a possibilidade de irem juntas, mas as férias da Didi não batiam com as férias escolares que tínhamos. Além disso, Didi convenceu Clara de que ela iria para estudar, como em um intercâmbio, e que nas próximas viagens elas dariam um jeito de irem juntas. Da minha parte, só tive que conversar bastante com mamãe e Vini para deixá-los tranquilos com relação à viagem. Tanto mamãe quanto meu irmão nunca haviam saído do Brasil e se preocupavam com a minha segurança. Vini encontrou um estágio excelente em Cachoeiro, então continuava morando na casa da família.

Expliquei tudo para eles em uma das visitas, meses atrás. Mostrei todo o meu planejamento, os seguros e as precauções que havia feito, e até mesmo os meus roteiros em cada lugar. Sempre gostei dessa parte de pesquisa e planejamento, então foi uma delícia fazer todo esse processo aos pouquinhos durante o ano, assistir a vídeos na internet, anotar dicas, desde lugares para visitar até pratos da culinária local que eu não poderia deixar de experimentar. A cada passo, a viagem parecia mais próxima, mais real, e agora eu mal podia acreditar que já estávamos ali, prestes a embarcar. Eu ficaria com Clara por apenas duas semanas. Ela estaria ocupada praticamente o dia todo, então eu faria os passeios enquanto ela estudava, e nos veríamos à noite. Depois eu partiria para Roma, onde tinha outra lista enorme de lugares para visitar.

— Vai passar voando, Clarinha! — disse, levando a xícara de café até os lábios.

— Você está falando isso só pra me tranquilizar! Sei que você está aí se tremendo de nervoso também! — ela me respondeu, rindo.

— É verdade — confessei, comprimindo os lábios, pensativa. — Mas é um nervoso bom!

— Eu concordo com a Helô, vai passar voando mesmo! — acrescentou Didi. — E depois, não adianta chegar aqui e ficar cheia de saudade de Paris, não, hein, senhorita!

— *Moi? Jamais.*

Clara se virou para Didi, ainda rindo, pegou seu rosto com as duas mãos e calou sua boca com um beijo rápido.

— Assim espero! — Didi respondeu.

Depois de pagar a conta, nos levantamos e começamos a caminhar em direção à área de embarque. Não faltava muito agora. Eu olhava constantemente o relógio e a ansiedade começava a fazer minhas mãos suarem.

Recordava-me nitidamente da confraternização com o pessoal do clube, que fizemos no apartamento havia poucos dias. Ultimamente, a gente aproveitava qualquer motivo para nos reunirmos, fosse para falar sobre livros ou apenas para desfrutar da companhia uns dos outros. Decidimos que o fim do ano e a viagem para a Europa eram motivos suficientes para uma "despedida". Ainda me chocava que dez pessoas tivessem dividido o espaço no meu apartamento ao mesmo tempo. Aquela fora a primeira vez que eu recebia tanta gente em casa e, modéstia à parte, havia sido um sucesso. Não foi nada luxuoso; pelo contrário, preparei aperitivos, cada um trouxe alguma comida de casa, e os que não precisavam dirigir ainda acompanharam a mim e a Clara no vinho. Eu estava de férias e comemorando na minha casa, com os meus amigos. Aquele era o meu lar. E agora que eu sabia o que me fazia feliz de verdade, quem quisesse entrar para essa lista precisaria primeiro saber conviver com todo o resto.

Quando chegamos até uma pequena fila, senti meu celular vibrar no bolso lateral da mochila e o peguei. Parei um momento para conferir, era uma mensagem de Rute. Virei-me para Clara sorrindo e li a mensagem em voz alta. Ela dizia estar orgulhosa da nossa coragem e determinação. Disse também que nunca tinha conhecido duas mulheres tão merecedoras de uma viagem à Europa como nós duas. E, a essa menção, até a Didi deu risada. Ao fim da mensagem, ela nos desejava uma boa viagem e preenchia uma linha inteira com *emojis* divertidos.

Não parecia nada de mais, mas aquela mensagem despertou em mim um sentimento saboroso de realização. Meu corpo foi tomado por uma alegria contagiante que chegava até os meus olhos, quase desaguando. Guardei o celular. Peguei o cartão de embarque e o passaporte. Dei um abraço forte em Didi e me afastei alguns passos, avisando a Clara que a esperaria logo adiante. Clara se virou para despedir-se de Didi, que beijou com delicadeza a sua mão, e depois deu vários beijos em todo o seu rosto, desejando-lhe uma boa viagem com a voz embargada.

Nossas malas já haviam sido despachadas, então pegamos nossas bagagens de mão e seguimos para a fila. Olhamos para trás todo o tempo, acenando e sorrindo, até que entramos na sala de embarque.

❦

Aquele era o fim de tarde mais bonito que eu já tinha visto.

É claro que o pano de fundo ajudava muito. Eu havia acabado de sair da visita ao Louvre e estava havia alguns minutos caminhando às margens do rio Sena. A vista era realmente inacreditável, as construções históricas e os monumentos se misturavam às cores do pôr do sol frio como se fosse um charmoso quadro em tons róseos. Essa parte da cidade realmente faz jus a tudo o que dizem. Nem me dei ao trabalho de tirar o celular do bolso dessa vez; nenhuma fotografia seria capaz de captar a beleza real dessa paisagem. Aproveitei o tempo livre da minha última noite em Paris para caminhar devagar e absorver tudo ao meu redor, queria poder gravar na memória cada esquina dessa cidade. Aproximei-me do muro que separava a calçada do rio Sena e olhei lá embaixo. Algumas poucas pessoas caminhavam na parte baixa bem próximo à água, e olhando mais longe eu podia avistar os *bateaux* cheios de turistas.

Continuei andando por mais algum tempo até começar a ver os *bouquenistes*. São vendedores de livros usados, e alguns até raros, em barracas verde-escuras que se assemelhavam a uma espécie de caixote, mas que, além de venderem livros, cartazes ilustrados, cartões-postais e souvenires, pareciam fazer parte da alma artística da cidade. A verdade é que eu fiquei encantada desde quando os descobri na internet. Fiz questão de garantir no meu roteiro que eu passaria por alguns entre um ponto turístico e outro, e eu até já havia parado em alguns deles, mas ainda não havia comprado nenhum livro. Como aquele era o meu último dia na cidade, era também a minha última chance de levar um livro de recordação.

Passei devagar por alguns, apenas olhando superficialmente, sem parar de andar, até que um deles me chamou a atenção. Não sei se foi a disposição dos livros na mesa, ou o sorriso convidativo do senhorzinho que parecia o dono do negócio, mas demorei um tempo a mais ali. Aproximei-me e passei as mãos pelos livros, atenta ao olhar do homem, e quando percebi que ele não se importava, retribuí com outro sorriso.

Olhava atentamente as capas e me guiei mais pelos nomes de autores do que por títulos, já que eu entendia apenas o suficiente de francês para manter uma boa educação na viagem. Esbarrei com o título *Le Comte de Monte-Cristo*, de Alexandre Dumas, e quase dei um salto. Era o livro do próximo encontro do clube. Em homenagem à nossa viagem, os membros do clube decidiram ler um autor francês, e o livro escolhido havia sido *O conde de Monte Cristo*. Peguei o livro em mãos, olhando a edição diferente e o seu estado de conservação. Estava ótimo. Alguns livros são tão preciosos que não conseguimos deixá-los para trás. Esse era quase como um sinal, um lembrete. Eu pretendia ler o livro em versão digital para discutir a leitura com o pessoal na volta da viagem, mas, mesmo que eu não fosse ler em francês, esse pequeno tesouro ia voltar para o

Brasil comigo. Eu podia vê-lo na estante, me remetendo àquele sol, àquele fim de tarde infinito.

Eu já não pensava tanto nisso, mas aquele livro trouxe à tona a lembrança de como a minha vida havia mudado depois que eu me permiti ser quem eu realmente era. O primeiro passo foi quando eu decidi que permaneceria no clube. Talvez eu não soubesse na hora, mas era aquele velho reconhecimento que sentimos quando encontramos algo que é parte vital de quem somos.

Lembrei-me quase na mesma hora de que eu precisava ligar para Clara. Não podia partir para o meu próximo destino sem que nos encontrássemos para papear uma última vez.

— Oi, sou eu! — disse.

— Ei! Estou saindo do curso agora, e você? Está onde?

— Acabei de sair do Louvre, estou indo para o hotel.

— E aí, me conta, como foi lá? Dessa vez deu para aproveitar mais?

— Ai, Clara! Acho que preciso voltar mil vezes! É maravilhoso... Mas é enorme também! Ainda bem que eu fui de novo, mas estava lotado do mesmo jeito.

Ela riu do outro lado da linha.

— Bem que eu te disse! Vamos jantar em algum lugar hoje? — perguntou.

— Vamos, sim! Mas preciso dormir cedo porque amanhã vou para Roma, lembra?

— Como é que eu ia esquecer? Você falou disso a semana inteira. Não gostou de Paris, é?

— Eu estou em um caso de amor irremediável com esta cidade — disse, com sinceridade.

— Ué, então por que vai embora tão cedo?

Ela perguntou fazendo graça, pois sabia que meu roteiro estava acertado havia meses, tudo comprado e organizado com antecedência.

— Digamos que eu... — e parei por um momento para olhar ao meu redor, aos poucos a noite começava a cair, e as luzes eram acesas em postes, restaurantes e lojas à beira das calçadas. No tempo de uma piscada de olhos, a cidade adquirira um aspecto místico. Naquele instante, Paris era algo indefinido, nem dia nem noite, mas uma linda mistura de ambos. – Amei Paris, mas estou pronta para uma nova aventura.

# EPÍLOGO

*Dez anos depois*

"Becky correu até ela e pegou sua mão, e a apertou contra o peito, ajoelhando-se junto a ela e soluçando com amor e dor.
— Sim, senhorita, é sim — ela disse, e suas palavras saíram todas entrecortadas. — O que quer que aconteça... com a senhorita... vai ser sempre... uma princesa, e nada vai mudar isso, nada."

— Acabou o capítulo, meu amor. Vamos parar por aqui, não é? Está quase na hora do almoço — falei, fechando o livro.

— Ah, não, mãe! Lê mais um pouco! Lê mais um pouco! — implorou, com a sua voz dengosa de menina.

— Vamos ver então se dá tempo de ler mais um capítulo antes de o papai nos chamar!

Abri novamente o livro e continuei lendo por mais alguns minutos. Estávamos sentadas na grama, minhas costas firmemente apoiadas na árvore atrás de mim, e as de minha filha apoiadas em meu peito. Eu tinha o livro aberto em minhas mãos, bem à sua frente, para que ela pudesse acompanhar. Uma edição grande e ilustrada de *A princesinha*, seu livro favorito. Ela estava indo muito bem na leitura na escola, mas esse era um livro longo e ela sempre me pedia para ler para ela, assim como eu fazia quando ela era mais novinha, antes de colocá-la para dormir. Minha filha estava agora com 7 anos de idade. Era uma menina esperta e criativa. Gostava de livros, mas também adorava subir em árvores, e por isso estava sempre com os joelhos ralados; mas, acima de tudo, suas atividades favoritas eram pular, correr e brincar de pique no quintal da vovó.

Nos últimos anos, havíamos reformado o quintal em Cachoeiro. Precisamos de ajuda, como eu já esperava, mas agora ele estava irreconhecível. Algum tempo depois de voltar da Europa, passei em um concurso público em Cachoeiro, então, voltei para a minha cidade; e meu irmão gostou tanto da empresa em que fez estágio que seguiu carreira ali e, com os anos, conquistou um cargo importante. Depois que se casou, não teve mais dúvidas de que ficaria mesmo na cidade. Mamãe também resolveu, no fim das contas, ficar com a propriedade que era da vovó, e juntos reformamos todo o local. Alguns detalhes permaneciam os mesmos: a árvore e o meu balanço, algumas árvores frutíferas e a horta da vovó, mas o resto estava incrivelmente mudado. A casa também passou por algumas reformas. Mamãe decidiu que estava na hora de renovar os móveis e alguns cômodos, então, depois da aposentadoria, usou suas economias para transformar o ambiente. Tudo ficou tão aconchegante que Vini e eu sempre arrumávamos desculpas para reunir nossa família nos fins de semana, especialmente com aquele quintal enorme para as crianças brincarem. Meu irmão também teve um filho. Ele era mais novo do que Anna, mas ela adorava passar tempo com o priminho e mal podia esperar pelo próximo. A espertinha cobrava o tio quase que diariamente com aquele rostinho irresistível, e era tão convincente que eu não duvidava de que mais cedo ou mais tarde Vini chegaria com a notícia.

Era impossível estar ali com a minha filha, depois de tantos anos, e não sentir a presença da vovó. O jardim estava mudado, mas ainda era a sua casa, o seu quintal; e a sua família, que florescera sob os seus cuidados. O colorido que se espalhava por todo lado naquele terreno era tão exuberante e de uma força tão palpável que eu só podia acreditar que tinha um dedinho da minha avó naquilo tudo.

Como se ela ainda pudesse mexer uns pauzinhos por nós de onde quer que estivesse.

— Mãe! Por que parou de ler?

— Desculpe! Estava pensando na sua bisa — respondi, e sacudi a cabeça, espantando os pensamentos melancólicos.

— A bisa Nena?

— Sim. Lembra da história que eu te contei? Só estamos neste jardim lindo por causa dela.

— Claro, mamãe... a bisa cuidava de tudo!

— Ela fazia o melhor que podia, filha. E foi só por causa dela que a vovó e a mamãe arrumaram este jardim para você brincar.

— E o balanço vermelho também, né?

— Sim, o balanço quem fez foi o seu bisavô. Ele também ficaria muito feliz em ver como estamos cuidando disso aqui — falei e olhei em volta.

O almoço de fim de semana sempre saía tarde, e nesse momento eu agradecia o atraso, pois não queria que mamãe me visse emocionada. Não importava o tempo que houvesse passado, sempre que nos lembrávamos da vovó nosso coração ficava apertado, ainda que talvez um pouco menos a cada dia. Ela era responsável por tantas coisas que talvez não tivéssemos tido tempo de agradecer o suficiente. Eu nunca me esqueceria da promessa que havia feito a ela, e, até aquele momento, vinha conseguindo cumprir. Estava feliz na escola em que trabalhava, tinha me reconciliado com a minha melhor amiga e agora estávamos mais próximas do que nunca, havia me casado com um homem por quem eu era apaixonada, não irracionalmente, mas para quem eu entreguei meu coração aos poucos e que me conquistou, acima de tudo, pelo respeito e pela admiração com que me tratava. Tínhamos uma filha linda juntos. Eu continuava frequentando os encontros do clube regularmente e, assim, aproveitava para matar a saudade dos meus amigos todos os meses. Com os anos, mudamos os encontros para os sábados, pois, dessa forma, quem morava longe também conseguia participar. Nos últimos anos, eu me apegara a tudo o que me fazia feliz e não cogitei abrir mão por nada. Se não fosse pela vovó, eu pensaria que era quase um pecado ser tão feliz assim. Mas hoje eu sei que não é, e, se tivermos a chance, devemos ser tão felizes quanto pudermos ser.

— Ei, minhas princesas! — Uma voz disparou atrás de nós. — Hora do almoço! Vovó está chamando.

Virei-me para trás, piscando os olhos para afastar as lágrimas.

— Estamos indo! — gritei.

Levantei-me do chão, tirando Anna do colo, e bati em minha roupa para remover o excesso de grama, que por um segundo flutuou como uma névoa na minha frente. Abanei os braços para fazer a poeira baixar. Era um dia de céu azul e ensolarado, e eu queria poder ver tudo com clareza. Avistei, adiante, o sorriso largo e convidativo do meu marido. Ele tinha uma mão sobre os olhos para se proteger do sol. Sorri de volta, acenando com a mão livre. Segurei o livro e peguei Anna pela mão, caminhando com ela pela trilha que havia alguns anos vovó construíra, em direção ao amor da minha vida. Quando nos aproximamos, ele segurou nossa filha pela outra mão, me lançando um olhar terno, e caminhamos os três de mãos dadas para encontrar o resto da família.

# AGRADECIMENTOS

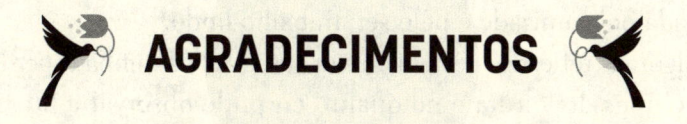

Um livro não nasce sozinho.

Eu achava que sabia disso, mas só estando do lado de cá eu percebi o quanto essa frase é verdadeira. Todas as outras vozes, olhares e mãos – até aquelas que não estão mais aqui comigo hoje – foram primordiais na construção da história que você tem em mãos agora. Este é o meu primeiro livro e, portanto, talvez o mais importante, pois me devolveu o prazer e a coragem de escrever o que penso em forma de prosa. De transformar realidades e vivências, minhas e de outros, em histórias ficcionais. Escrever era um sonho havia muito esquecido, mas que, graças a algumas (ou muitas) pessoas especiais, se tornou realidade.

Aos meus melhores amigos nesta vida, pai e mãe, agradeço por todos os esforços que sei que fizeram por mim, pelos ensinamentos e por segurarem a minha mão e nunca me deixarem desistir.

Sou profundamente grata ao Marlon, meu esposo, que passou bons meses sendo duplamente carinhoso e compreensivo com o meu estresse e minhas crises existenciais durante a escrita deste livro. Amor, você é o melhor companheiro de vida que eu poderia ter! Nada disso seria possível sem você.

Às minhas amigas e leitoras beta, Andrezza e Aninha: eu chorei recebendo o feedback de vocês, salvei os áudios e as mensagens do WhatsApp em uma pastinha para ler e chorar tudo de novo mais algumas vezes. Vocês não têm ideia do quanto me motivaram ao longo de todo o processo.

Tive a honra de contar também com o olhar sensível de uma leitora beta e revisora que lapidou ainda mais o texto. Mell Ferraz, obrigada pela amizade e pelo seu trabalho lindo.

Algumas reflexões deste livro são baseadas na minha experiência com clubes de leitura e no quanto eu pude observar a literatura transformar a vida das pessoas (incluindo a minha). Fiz amigos para a vida toda nesses clubes e quero agradecer a cada um deles pelo acolhimento, pelas risadas e por me fazerem querer ser uma pessoa cada vez melhor.

Agradeço a todos os amigos e amigas, colegas de profissão, que a internet me trouxe desde que comecei um canal sobre literatura em 2013. Falar sobre livros na internet nem sempre é fácil, mas dividir as alegrias e tristezas cotidianas com vocês é o que me faz continuar, e com certeza vocês são uma enorme parte deste livro. Vocês sabem quem são.

E aos que me acompanham nesta jornada como criadora de conteúdo literário, e agora escritora, só posso agradecer por ter vocês na minha vida, me apoiando e incentivando a cada passo do caminho. Cada mensagem que eu recebo de vocês é extremamente gratificante e faz tudo ter sentido.

Quando apresentei a premissa deste livro para a Alba, hoje uma das minhas agentes literárias, nunca imaginei que ela abraçaria tanto a ideia tão prontamente. Há mais de um ano, tínhamos falado sobre a possibilidade de eu escrever um livro, mas desde então eu ainda não a tinha procurado. Assim que ela ouviu a premissa, começou a comemorar e me pediu algumas páginas. A recepção foi tão calorosa que metade de mim estava eufórica e a outra metade, amedrontada, mas, como dizem, "vai com medo, mas vai", e eu fui, e quem me deu esse primeiro empurrãozinho foi ela, portanto, meu mais carinhoso obrigada a Alba, a Mari e a toda a equipe da Increasy.

Preciso agradecer de todo o coração à Editora Planeta, que recebeu o meu livro de portas abertas, que acreditou e apostou tanto nesta história. Ao selo Outro Planeta, minha casa literária. Ao meu editor Felipe Brandão, à Andresa Vidal e à equipe da Editora Planeta, que me deram todo o suporte e cuidaram do meu trabalho com tanto carinho.

É uma dádiva e um privilégio estar aqui hoje e ser lida por vocês. Agradeço-lhes por sua leitura e espero que tenham apreciado a história da Helô e de seu clube do livro.

**LIVROS CITADOS:**

*Garota exemplar,* de Gillian Flynn
*A cor púrpura,* de Alice Walker
*Jane Eyre,* de Charlotte Brontë
*O morro dos ventos uivantes,* de Emily Brontë
*O retrato de Dorian Gray,* de Oscar Wilde
*A hora da estrela,* de Clarice Lispector
*Capitães da areia,* de Jorge Amado
*Mar morto,* de Jorge Amado
*A morte e a morte de Quincas Berro D'Água,* de Jorge Amado
*Eu receberia as piores notícias dos seus lindos lábios,* de Marçal Aquino
*Madame Bovary,* de Gustave Flaubert
*O conto da aia,* de Margaret Atwood
*O conde de Monte Cristo,* de Alexandre Dumas
*A princesinha,* de Frances Hodgson Burnett

**Acreditamos
nos livros**

Este livro foi composto em Fairfield LT Std e impresso pela Geográfica
para a Editora Planeta do Brasil em fevereiro de 2022.